# 巴奴的救贖

# BANU'S REDEMPTION

古莉尼薩——著
Gülnisa

# 目次

# 第一章　自投羅網

我已經兩年多沒有回去了。每次回國，從機場開始的盤問會持續到伊犁老家，不同的部門詢問同樣的問題，答案已經爛熟於心。據說今年回去的新疆維吾爾人都是從機場直接到再教育營。我也知道二〇一七年是不尋常的一年，家鄉傳來的消息是那麼地令人震驚，一個個熟悉的同事和朋友一夜之間失去蹤影，沒有公開的審判，人們在竊竊私語中傳遞著各種消息。我對自己在這邊看到的報導和傳言將信將疑。

給母親打電話是想打聽那邊的情況，可是母親對時局的探尋避而不答，告訴我她生病了，住在重症監護室已經三天了。起初我心裡一沉，但是聽到她絲絨般溫暖的嗓音，話語間令人安心的語氣，隨即猜到她又像過去一樣為了達到某種目的生起「病」來了。可是，究竟為了什麼呢？母親不願意直接回答，她的閃爍其詞更增加了我的疑慮。作為女兒聽到母親說自己住進了ＩＣＵ當然不能無動於衷。於是，我問母親，您希望我回去看您嗎？你不覺得應該回來看看我嗎？媽媽反問了一句。我和媽媽的關係並不親密，我們之間的牽掛比應該有的要少得多。我很清楚媽媽她想要的是兒女環繞病榻前的滿足感。嫂子是醫生，應該向她瞭解一下情況，但是我又覺得沒有必要，實際上自己潛意識裡就是想弄清楚家鄉究竟發生什麼事情，回去看望母親是作為女兒的一種姿態。打電話給馬修，告訴他我要回中國了。馬修並沒有特別阻攔，只是讓我再慎重考慮一下，說這不是一個好主意。不是我膽子大，我相信凡事都有一個因，我用「人在正道走，不怕皇帝抓」的維吾爾老話自我安慰，相信沒有越過政府的紅線，就沒有什麼必要擔心自己的安危。馬修知道我決定了的事情定是要做的，於是淡淡地說了一句「隨便你怎樣」便不再談論此事。我向大學人事處請了一個星期的假，買了伊斯坦堡─北京往返機票。

經過九個小時充滿憂思的飛行，飛機安全降落在北京國際機場停機坪。凌晨五點多走出飛機通道，打著哈欠尾隨著奔向海關的人們緩緩移步，並沒有特別的擔心，因為每次只有在烏魯木齊入境時才會被帶到小屋裡去單獨問話，我一直都覺得北京是一個可以講道理的地方。但是，我還是做了最壞的打算，準備接受所有的不測。

在通往邊防檢查站的路上我拐進衛生間，站在梳妝鏡前望著自己布滿血絲的雙眼自言自語：鎮定，最壞的結果無非是跟自己的族人遭受共同的命運。忽然間從鏡子裡看到一個女人站在我身後，心一驚，牙刷掉落在地，撿起來再一回頭女人已無蹤影。我深吸一口氣竭力鎮定下來，然後不緊不慢地刷牙洗臉，抹了點口紅。我望著鏡子，鏡中人神情張皇。咬緊打顫的牙齒，甩了甩頭髮，推著小巧的行李箱加入了湧向海關通道的人流。

前方不遠處邊防檢查站的武警身後站著幾位身穿便衣的人，似乎翹首望向這邊，不知道他們是不是衝著我來的。邊防檢查窗口排起了長隊，我不敢抬頭看向前方，不時朝我瞟過來的目光讓人心慌。我遞上護照時，邊防武警迅速翻看了幾頁抬頭問了句：「什麼民族？」這個問題觸碰到了我最敏感的神經，我翻了翻白眼一字一頓地大聲回答說：「維吾爾！」他驚愕地抬頭眨巴了幾下眼睛，不敢相信有人竟敢如此回答他提出的問題。他面帶慍怒轉身將護照遞給了等在一旁的女警，咕噥了一句：「這個人有情緒，你帶她去那邊。」

我默默地跟在女警察身後，走進了一間辦公室。裡面已經有人在等著我了，他們開始翻看我的雙肩包、手提箱，拿走了手機。時間在流逝，想到來接我的侄女，我有點沉不住氣了，開始變得煩躁，對盤查我的女武警說：「告訴我，我可以出去跟家人說句話嗎？」

「不行！」一名男武警簡短地回答。

「那我打個電話吧，叫接機的人別等我了。」

「可以。說漢語！」說著把手機還給了我。

打完電話我問他們檢查完我可以走吧？

周圍的人仔細翻看我的筆記和隨身攜帶的書籍，沒有人理會我的問題。

我沉默了。這是每次出入境時都會遇到的例行檢查，任何抗議和爭辯都將會使自己的處境更加糟糕。我不想給自己惹麻煩。他們把護照還給了我，把我帶出海關交給兩名持槍武警。他們押著我來到一樓大廳。這通常是我出機場時的最後一道關口，右邊掛著白色門簾的門楣寫著衛生室，進去後是一個走廊，兩邊是各種名目的處置室，我被帶進一間寫著「出入境管理辦公室」的大房間，裡面只有幾把椅子和幾張靠牆擺放的辦公桌。我被告知要在這裡等待來自烏魯木齊相關部門的人，不能自己回烏魯木齊。我問他們出了什麼事，他們說沒出什麼事，凡是從國外回來的新疆人都要這樣。聽了這話我放鬆下來了，根據以往的經歷，我深信這種針對特定族群的陣勢不會對像自己這樣的人造成太大的損害。經歷了一場驚嚇，舌頭和上顎黏在一起，於是站起來想要倒杯水喝，可是警惕地望著我的那名武警戰士立刻喝令我坐下，並且陰著臉從抽屜裡取出一副手銬走過來，麻利地把我的雙手銬在了一起。這一切都發生在幾秒鐘裡，我一時難以接受，大喊：「你們這是幹嘛呀？怎麼能這麼對待我，我做了什麼？我可是守法公民啊！」武警戰士大聲呵斥道：「再說就給你上腳鐐！」

空氣像凝固了一般，我無奈地坐回到椅子裡。讓我冷靜下來的倒不是恐懼，而是隨遇而安的麻木心境。這種情感上的麻木，是我每次出入境時遭遇到超過我本身承受能力的緊張狀態後的慣常反應。終於，等到了烏魯木齊來的人。看到熟悉的女警官，我像遇到救星一樣站了起來並迎上去。這是我的責任民警張曉芳，搞「警民一家親」活動的時候，她還邀請我跟她一起去游過泳呢。她看上去四十歲左右，油黑的齊耳短髮和白皙的皮膚給她增添了幾分知性，要不是上眼皮有點耷拉，她的眼睛算是好看的杏仁眼。她擠出笑容說了聲：「啊，你回來了？」算是打了招呼，用下巴示意武警打開了手銬。

他們帶我上了飛往烏魯木齊的飛機，我被一個男便衣警察和張警官夾在中間。飛機起飛前，我們像其他乘客一樣簡單交流了幾句，張警官刻意與我保持距離，而扁平臉小個子便衣卻對我在國外從事的工作甚感興趣不停地問這問那，滿臉堆笑，完全不像一個執行嚴肅公務的人。他還提議互加微信，主動給了他的電話號碼。他說他叫烤肉串，我知道這只是一個網名，問他怎麼起了這麼一個名字，他說隨便起的。

烤肉串的親切使我的精神鬆懈下來，進入了昏昏欲睡的狀態。過去的兩天我幾乎沒有闔眼，不確定的狀態讓我十分焦慮不安，無數種可能的情況在我的腦子裡像小老鼠一樣竄來竄去，令我亢奮不已。四小時二十分鐘的航程不算太長，但是也足以在睡眠中解除困乏。既然已經像網飛蟲一樣被蜘蛛網黏住，轉機去伊犁探望媽媽也幾無可能，那就隨他們處置吧。這樣想著一陣睏意襲來，我漸漸進入了夢鄉。

天空布滿陰霾，颳著刺骨的寒風。我起晚了，因為害怕遲到後的罰站，發瘋似地往學校跑，可是學校不在了，那裡出現了一個又大又厚的黑鐵門。大門緊閉，我想進去可怎麼也推不開，繞著學校的圍牆走了一圈，發現已經不可能從禮堂後邊那個豁口鑽進去了。因為牆更高更結實了，上面還有鐵絲網。牆外的老榆樹還在，這使我安下心來。哼，你們休想害我挨剋。我爬上老榆樹，抓住伸展到校園裡的樹枝，像猴兒一樣盪進了校園。

音樂和口號聲。循聲走進禮堂，看到一群赤裸的青年男女一邊唱歌一邊手舞足蹈。啊，難道這就是那個傳說中人們永遠唱歌跳舞，不知憂愁的地方？對著我的是一個女人的大屁股。我躲在她的身後，裸體女人嘴裡不停地喊著什麼，弓背彎腰，使勁舞動雙臂打著節拍，兩腿之間的陰影就在我的鼻子下面，甚至聞到了她下體的氣味。面朝我的小夥兒和姑娘們似乎正傾盡全部心力，揚臉望著屋頂張開雙臂旋轉、旋轉再旋轉，彷彿他們可以由此升向天空！他們看上去像上了發條的玩偶，既無羞恥也無怨怒，歌唱舞蹈，不知疲倦。離我最近的是一個瘦高的小夥子，兩撇漆黑的眉毛，右眼烏青，下巴有一個胎記，似乎在笑，但那只是面部肌肉的震顫。我儘量讓自己盯著女人的身體，她們擺動著腰肢，有的纖細，有的臃腫，形態各異的乳房在胸前晃來晃去。突然，有胎記的大哥哥朝我大聲喊了起來：「巴奴——快逃，巴奴——快逃！」我扭頭看到一群僵屍一樣面目可憎的男人正站在我的身後。我衝出禮堂，卻怎麼也搆不著那個伸進校園的樹枝。僵屍變成了手提長槍的士兵，他們並不上來抓我，獰笑著看我徒勞地跳啊跳……

我在驚恐中醒來，有片刻功夫不知自己身在何處，看到身邊的兩個人才意識到自己正被押解回家，不禁心情黯然起來。到了烏魯木齊機場，烤肉串說把你交給轄區民警了，沒有什麼大事，不用擔心，有事可以找我。說完就朝停車場方向去了。便衣的態度可以說是溫和親切的，這使我感覺十分困惑，難道這是暴風雨前的異常徵兆？

我和轄區民警上了一輛在便道等候的警車，車上有一位少女坐在司機旁邊，正跟司機說說笑笑。這種輕鬆的氣氛讓我感覺自己的夢境是那麼地荒誕。我主動跟他們打了招呼，還問司機這個小美女是您女兒嗎？司機笑了笑對這個套近乎的問題算是作出了禮貌的回應。我還想跟張警官敘舊，可是她臉上一副拒人於千里之外的表情讓我退縮了，不過她還是讓我坐在身邊，也許覺得我沒有逃跑的機會，或者並沒有把我當成犯人。幾個人輕鬆地一路寒暄著開出了機場高速公路。北京時間兩點十五分正是烏魯木齊的午休時間。新疆警察對我的態度始終是禮貌和溫和的，這讓我感覺自己似乎受到了優待。

到了派出所，張警官刷卡開了電動門，穿過一樓值班室走到盡頭的樓梯口進入地下室，映入眼簾的是一排帶鐵柵欄的囚籠，裡面的人聽到動靜走到鐵柵欄邊向外張望，我看到一雙深邃憂傷的眼睛，卻不忍直視，忙別過臉看向別處。警官帶著我穿過囚籠走到一間像實驗室一樣的房間，吩咐她的同事先弄「五採」然後帶我去一號審訊室做筆錄。

一個留著平頭穿著白大褂的年輕民警滿面笑容地向我解釋說，例行公事啊，不要緊張，現在先採血。聽到他說維吾爾語時略帶哈薩克族口音，我馬上改用哈薩克語回應他：「當然，這是你的工作，採就採唄，正好可以提供不在犯罪現場的證據。」與其說我的配合態度，不如說是我地道的哈薩克語讓他釋放出了更多的善意。於是我們在笑談中很快完成了採血採指紋、拍攝多角度照片，取瞳孔紋樣、讀短文錄聲音。生物資訊採集進行得十分順利，白大褂不停地誇我素質高，配合得好。

白大褂領著我穿過一排拘留室，刷卡打開一扇電動門，指了指那個開著的門說了聲「進去吧」。身後的鐵門閉合相撞的聲音令我心驚膽戰。一號審訊室大概九平方公尺，方方正正，正對著門擺著一張辦公桌，上面是一台電腦，屋子對面的牆上有一個長方形的電子螢幕，顯示的：2017.06.17, 15:08。正中擺放著一把可以上鎖的椅子，我想這就是傳說中的老虎椅了。我打算坐進去，可是張警官示意我坐在離她最近的一把普通的椅子上，她自己坐在電腦前開始錄口供。

# 第二章　我的供述

「你在國內的工作單位？」張警官的嗓音沙啞低沉，讓我想起人們常說的莫合菸嗓子。

「沒有。」我覺得這個回答過於簡單，可能會顯得生硬，讓她以為我有情緒，所以連忙解釋說：「原先的單位，也就是伊寧市十三中炒了我的魷魚，因為我讀完研究生沒有回去上班。」

「說說你都去過哪些國家，什麼時候怎麼去的，還有在那邊都做了些什麼。」

「二〇一二年五月二十五號我第一次出國去的是土耳其。」我不假思索地答說。

「怎麼走的？」她補充了一句，「通過什麼途徑？」

「畢業那一年，我的導師郭廣南為我爭取到了伊斯坦堡文化大學一年的獎學金。交流項目結束後，考慮到國內就業比較困難，就接受了大學的聘約，當漢語老師，推廣中國語言文化。在國外，我一直與分裂勢力劃清界限，從不跟不三不四的人打交道，我……」

張警官揚起紋過的藍色眉毛睜大了眼睛，她柔聲打斷了我的敘述，「你是郭廣南的學生呀？講講你跟老師的關係吧，儘量詳細一點。」

我覺得她的語氣裡透著一種期待。

「您認識他？」

她不置可否地望著我笑了一笑，還遞過了一瓶水。她的問題令我困窘，也許警服裡面包裹的只是一個喜歡窺探別人隱私的小女人？

我將身體靠在椅背上，惴惴不安地想也許不該主動說出導師的名字。不過，跟這個赫赫有名的漢族老師之間非同尋常的關係可能會拉近自己與張警官的距離。在這裡人們是沒有隱私的，他們無所不知，除非是不感興趣的東西。反正什麼都瞞不住，說了就說了吧。想到要回首不堪的一段經歷，我深深地吸了一口氣。

「是他把你弄出去的？為什麼是你呀？」她用克制的語氣追問了一句，可是我看到她的臉上掠過一絲陰霾。

「嗯，二〇〇九年我考上了研究生，本來考的是國際漢語教育專業，後來由於X大學出了新規定，這個專業有了民族限制，就把我調劑[1]給了郭老師。我很幸運能成為郭老師的學生。他是國內著名的西域歷史專家之一，我很尊敬他，我能有今天也全靠他的栽培。」我想利用這段關係說明自己民族團結搞得好，根本沒有民族情緒，於是像講述別人的故事一樣娓娓道來。

老師的盛名和權威是無容置疑的，作為他的學生，我深知這種影響力意味著什麼。他常常單獨給我上課，憑著女人的直覺，我感覺到他對我產生了興趣，也相信自己能夠掌控與他的關係。

說心裡話，我一直在得與失之間權衡，潛意識裡等待著那件事情的發生，直到我們一起去北京參加研討會，關係才明朗起來。郭老師是這次研討會的核心人物，他要求會議主辦方臨時安排自己的女學生做會議主題發言，自然是一點問題都沒有，對於一心想巴結這位學術大佬的那些人，學生的學術水平並不重要。

註冊報到結束後已是中午時分，我們沒有去吃會議餐，而是去了一家叫頌音樂的餐吧。是我在網上找的。裝潢還不錯，可是裡面空無一人，剛進去覺得有點陰森森的，但這正合我們當時的心境。我們點了牛排和紅酒。背景音樂若有似無，一瓶酒見底，老師也訴說了自己家庭生活的種種不如意。談話間他一直握住我這個學生的手，不停地撫弄著。

在回各自房間之前，郭老師站在樓道拐角處，低聲對我說，把你的論文給我送到房間，我幫你看看。我聽出了話音之外的東西，心領神會地點了點頭。

那天應該是喝多了，我覺得自己頭重腳輕步履不穩。記得回到房間洗了個冷水澡，清醒了許多，想起好朋友賽南姆遇到吃完大盤雞就想掏出小盤雞的渣男時說過的一句話「唉，我們女人咋就跟男人不一樣呢？其實閒著也是閒著」。是啊，現今又有多少人會把愛情當作上床的條件？電話鈴響了，我是那樣的心神不定以至於碰翻了座機，慌忙拾起掉在地上的聽筒貼近耳朵。

---

1 意指調動、調撥名額。

「過來，二〇八號。」老師的命令語氣不容商量。

我停了下來，望向窗外。那一天在那個房間發生的事情我從來沒有對任何人講起過，那麼現在也不想說出它的細節。

「然後呢？」張警官的語氣聽上去有點氣餒。

「還能咋樣？我感覺自己被侵犯了。」

「怎麼會呢？你不是自己決定送上門的嗎？」她的聲音出乎意料地顫了起來，看來警官生氣了。這太奇怪了，跟你有什麼關係，你生的哪門子氣?!

「其實……我其實對他根本沒有興趣。」不消說，主動說出這層關係，真是失策和愚蠢——何必對她講真話呢？

「可是你最終還是成為了他的小三。」張警官激憤的語氣令我震驚。

我就像殺了亞伯的該隱雙手蒙臉，將所有的悔恨和恥辱都隱藏在了掌心。

那一天，來到老師的房間門口，猶豫了起來，想到接下來房間內將要發生的事情，我的內心充滿了掙扎，我決定告訴他我不要做主旨演講然後掉頭走開。門是虛掩的，推門進去後看到郭老師一絲不掛的站在面前。這種情形是我始料未及的，我只想轉身離開但他伸手把我拉進了懷抱。我沒想到會以這種簡單粗暴的方式開始，想要掙脫卻被他扔到了床上，我的雙腿耷拉在床沿邊，沒有再抗拒。他說，維吾爾姑娘真美啊！很麻利地褪去了我的內褲，將我的裙子拉到胸前露出雙乳。我緊閉雙眼，雙手放在身體兩側，任由他擺布，我始終皺著眉頭，緊咬著嘴唇，將臉側到一邊。

從浴室出來我穿戴整齊急於離開，可他說，如果你願意，可以留下來。我強作歡顏用調笑的語氣對他說，那行，留下來幹正事吧。然後遞上了自己的論文。

老師徹夜未眠將自己的觀點和新發現揉進了我的文章裡。第二天上午，我的主題演講引起了關注，我成了明星，來自全國各地的代表紛紛向我索要聯繫方式並與我合影留念。

「講啊，他是怎麼侵犯你的！」她的聲音緊而沉，彷彿墜著一塊石頭扔了過來。

緊逼的語調把我的思緒拉回到了審訊室。沒有掩飾的恨意通過她的眼神流瀉出來浸淫到空氣中，令我不寒而慄，我慶幸自己沒有把細節說出來，於是轉移了話題：「我得去伊犁看我母親，她在重症監護室。這會兒我本該在伊犁的。」她緊盯著電腦沒有回應，我繼續央求道：「您也該休息了吧？放我回家吧！」

「唉，」她輕嘆一聲，就像京劇「變臉」一樣，瞬間轉換了表情，答非所問地輕聲抱怨道：「今年春節後就沒有休過一天假，無論什麼時候接到通知就去領人。要在烏魯木齊機場出關還好，否則就得去內地任何一個機場。真希望你們能向上頭反映一下，尤其是像你這樣的知識分子應該有自己的通道吧？」

「向誰反映？去北京找總書記啊？再說我也算不上是個知識分子。」我對著張苦笑著搖了搖頭。

「好吧，從頭開始。說說你們在一起時的情況。」她執拗地回到了起點。

跟老師朝夕相處的情景像電影一樣在我的腦海浮現，我該如何把握講述的尺度？

記得從北京回來後，彷彿此前關閉的通道都打開了，他在自己需要的時候會隨時召喚我，我儘量找藉口婉言拒絕。然而一週一次的面授卻無法逃避。他站在我的身後向我口述指導意見，看我在本子上做記錄時一隻手有時會突然從領口伸進來，把玩捏弄我的乳房。他說，不大不小，像一顆蘋果一樣緊實渾圓，然後坐到我對面豎起大拇指，一副猥瑣的模樣令我羞憤不已，真想一刀捅進他的大肚皮然後狠狠地攪它幾下，讓他的那節豬腸子再也不能玷汙我的身體。但是我不敢發作，只能乾笑幾下作為回應。起初為了避免與老師獨處一室，我堅持敞著門。與漢族導師之間的親密關係只能令我的家人蒙羞。但是另一方面，在眾多女學生中間，郭教授偏對我一人關愛有加，我很想利用這一點，因為我從來沒有寫過一篇長過八百字的作文，大專學的是醫療保健專業，進修一年獲得專升本[2]，僅靠自己拿出像樣的畢業論文幾乎是不可能的。順應他，是會得到豐厚的回報的。我權衡良久，終於作出了選擇。回想當初，我常常吃驚於自己的沉淪，由最初反感這種侵犯，到逐漸的習慣並迎合他的要求。他儘管相貌平平，大腹便便，淵博的學問和帝王一般不容置疑的氣場卻給他增添了幾分魅力，我由衷地欽佩他。追求帕爾曼使我受到的傷害，讓我產生了深深的自卑感，以至於我害怕與俊美年輕的男子接觸。然而跟老師在一起卻覺得很放鬆，不用考慮自己有沒有吸引力。當一個女人持無所謂的態度時反倒會令對方癡迷，這是我在與老師交往的時候悟出的一個道理。我常常凝望著坐在電腦前專心工作的導師，突然間會覺得他有點像自己已故的父親——同樣濃密的絡腮鬍子，豐滿的臉頰，敞開的領口露出幾根花白的體毛，這在他們漢族男人身上是很少見的。就如他自己所言，漢族的血統並不純粹，來自甘肅天水的他祖上是不是就是突厥回鶻也未嘗可知。我願意相信這樣一種假設，這使我覺得他像自己人。如果他能給我創造上升的機會，接受他的愛撫又何嘗不可，要是換了其他像我一樣需要幫助的女學生，她們也會很好地利用自己的青春和美貌的。

「我們是……」我想找一個恰當的詞來形容和郭老師的關係，「我們是朋友……，都很孤獨，所以互相需要……」

「還有相互愛慕？」她打斷了我的話，低頭看著螢幕，看似隨意但語調中卻含有一種難以捉摸的情緒。

「他對我不是愛。」我肯定地回答。

「可你們有過一段美好的時光，難道我說得不對嗎？」她想套我的話，我覺得。

「也許吧，可是羞恥感一直伴隨著這種關係。」我的聲音細若遊絲。

「那是為什麼？你覺得他……他只是好色，玩弄女性？」她艱澀地擠出問句，向下撇動的薄

---

2 專升本是中國從普通高等教育的「專科」升到「本科」的簡稱，近似台灣的專科學校轉升大學。

嘴唇流露出譏諷的味道。

我垂下眼簾盯著自己的腳尖。那是什麼呢？多年來這個問題一直困擾著我，尤其是離開中國，自己一個人生活的這段清苦歲月裡。向張警官坦白了這種關係之後，我覺得她首先是一個女人，向她提出這個問題應該不會不合適吧？於是我小心地問道：「真的，我們算怎麼一回事？我是不是斯德哥爾摩症候群患者？」

張曉芬顯然知道這個詞，她抬起頭瞅了我一眼，然後撇了撇嘴，語氣尖刻地問道：「你知道什麼是斯德哥爾摩症候群嗎？人家又沒有虐待你！」是的，「虐待」是無從談起的，甚至可以說我利用他對我的情感，讓他為我做了很多事情，我是唯一可以命令他，而不用為此付出任何代價的女人。這是他對我說的。

直覺告訴我，張曉芬對我和郭老師那段經歷有著特別濃厚的興趣，她在尋找自己需要的東西。那是什麼呢？我必須小心，很難說其他女人的風流韻事不會激起像張警官這種陰柔內斂的女人的嫉恨。

我不是受害者。這個回答儘管沒有完全紓解我心頭的疙瘩，但是我依然感覺它減輕了我的羞恥感。是的，自己本可以拒絕，但是卻半推半就。導師是受慾望主導的好色之徒，還是被青春和美貌吸引的正常男人？的確，他是不滿足的，當他盡情享樂之際總會用英語「We only live once」為自己開脫。作為導師他也是盡責的，他引領我進入了高深的古代歷史研究領域，一遍遍地修改我的論文，以至於論文的完美表述已經完全不像是出自一個年輕學子之手了。在老師這個年齡，他的自信和談吐使他魅力四射，豐富的生活閱歷、充裕的可支配金錢加上對女人的瞭解，使他總能輕易捕獲身邊的獵物，提攜那些陪伴他的女人，利用自己的權威和影響力幫助她們事業上升。對此我也是早有耳聞。問題是，我甘願前仆後繼成為他的新女友嗎？儘管鑑於權力的差異，老師可能是操縱的一方，但我的曖昧態度卻也是這種親密關係循序漸進的催化劑。一週一次的約談從學術到人生無所不包，老師說我總是詢問最切題的問題，這令他對我喜愛有加，而他在講述時聲音雄渾激昂也讓我春心蕩漾，他的撫摸和親吻似乎變得水到渠成一般自然。我儘管有過短暫的婚姻，但是對男女魚水之歡所知不多，前夫常常抱怨我不解風情，遲鈍笨拙。我想自己是屬於性冷淡那種類型的。可是當老師的手從我的膝蓋輕柔地滑向大腿，又從襯衫下摩挲我的後背時，我的腰部卻產生了難以言狀的麻酥感，我的身體是如此輕易地被他喚醒，我轉身深深地望向他，我想要得到呵護、關愛，作為一個女人我感覺自己就像是沙漠裡的玫瑰一樣……

他利用自己的影響力讓我的論文優先發表在核心期刊上。其實那大部分都是老師的心血，對他來說，寫出一篇高品質的論文，也得伏案一週，甚至更長時間。他說，我即將退休，學術成果已經足夠多，而你需要往上走，就算是我給你的禮物吧。我很想自己的名字與他的並排印在雜誌上，可是他言辭激烈地拒絕了。他是羞於與我為伍。可是管他呢。

二〇一〇年春節過後，為了完成項目，老師向研究所申請了頂樓的一個套間，把資料也搬了過去。裡外兩間，裡間是帶浴室的小臥室，外間是書庫一般雜亂的辦公室，散發著故紙舊書的霉味。

我沒有告訴張曉芬的是我在老師休息室的隨意自在。他的一切都對我敞開，包括那些珍貴的古代文獻，我們的討論甚至衝破了禁忌——從「新疆」一詞蘊含的意義到因政治需要而修史的問題，他的言傳面授使我對「我來自哪裡」這個問題有了清晰的答案。我們之間沒有祕密，他與我分享他的財富，將他的銀行卡密碼寫在我常用的詞典扉頁上，讓我隨時購買自己喜歡的東西。他常常拉我坐在自己的腿上，給我看電腦裡的文獻影印件，一邊講解，一邊摩挲我的肌膚。興致好的時候我也會留下來在老師的休息室午休或過夜。我在學生中有了優越的地位，同學開始巴結我，有人甚至想透過我解決與老師之間的問題，這讓我既尷尬又懊惱，研究所裡與我擦肩而過的同族長輩眼中含著的鄙夷不屑也使我如芒刺在背。再不能這樣繼續下去了。可是，每當下決心疏離他時，我發現自己已經對老師產生了深深的依戀，我不想讓別人來占據自己的位置，因為我開始嫉妒依舊與他保持親密關係的其他女人。直到有一天，在去單位餐廳打飯的路上一位圓臉老女人衝過來朝我吐口水，並用不堪入耳的髒話辱罵我，我才真正意識到我和老師視而不見的那個人其實一直都在那裡，自己已經成為插足別人婚姻生活的第三者。在人來人往的十字路口，圍觀者中有不少熟面孔，這更令我無地自容。這件事情之後，我們兩人的關係就像被潑了一盆涼水一樣驟然降下了溫度。老師安排我去北京語言大學強化英語，與此同時為我爭取到了土耳其伊斯坦堡文化大學進修一年的獎學金。

「是的，沒錯，二〇一二年五月二十五日我第一次登上飛往土耳其的航班。」我輕聲確認道。

「你記性好得很嘛。」張警官抿著的薄嘴唇微微向上挑起。

「是啊，那是我第一次出國嘛。」我說。

「他給了你多少分手費？」她出其不意地問道。

我笑了，「哪有什麼分手費！我想都沒想過弄錢的事情。」

「那，你們現在還有聯繫嗎？」

我斷然回答：「早就沒有了。我一出國就斷了聯繫。」

實際上土耳其那幫對古代突厥歷史感興趣的學究需要中文文獻資料時，為了討好他們我總是毫不猶豫地向郭廣南索要並要求他翻譯成英文，稍有耽擱便責問他為何還不交「作業」？他從不氣惱，只是耐心解釋自己每天忙於什麼並一再承諾和保證。直到今年年初我們還有聯繫，有的時候一天會有兩、三封郵件，大部分都是我問他答，看似平淡無奇的寥寥數語，但是字裡行間卻流露出對彼此的牽掛。

「你哪一年大學畢業的？為什麼離開伊寧市？」

張曉芬警官不再深究我和郭的關係，這讓我鬆了一口氣。我的思緒回到了遙遠的過去。

# 第三章　壞人

我從護校大專畢業後，在家待業近一年，總算被塞進一所中學當校醫，一是占了「民考漢」[1]和黨員的優勢，二是因為母親託了關係。報到那一天我記得很清楚，是清明節，春光明媚，空氣中充滿馥郁的花香。很多單位都前往伊犁河邊種樹，卡車車廂裡的人興高采烈，或站或蹲，被風馳電掣般的汽車帶往目的地。我緊追著汽車把自行車蹬得飛快，齊腰長髮被風吹得飄了起來，到了目的地「唰」地一個急煞車停了下來。進了十三中的大門，是一條筆直的通往教學樓的林蔭路。左面是一個運動場，正在上體育課，一個穿大紅翻領運動衫的體育老師正在訓練學生打排球。

我身高一米七，就因為脖子長，上中學的時候得了個外號叫長頸鹿。我的業餘愛好是排球，所以不由得被他們吸引，站在一邊欣賞起來，一心巴望著體育老師能邀請我跟他的學生們一起玩。老師在教學生扣球，他發出一個個吊球，讓男女學生跑上前扣擊。這個場面最顯眼的還是老師，他寬肩、強壯，身材十分勻稱。火一般跳躍的一團紅色，使我聯想到草原上奔馳的駿馬，四肢強健有力，透出無限的活力和陽剛之氣。他黝黑的面龐被紅T恤襯托得英氣勃勃。想到今後要跟他一起共事，他會時常到醫務室要點兒跌打止痛的藥膏，而我會輕柔地給他塗抹在身上……[1]

那一刻我對他印象深刻，也許算不上一見鍾情，但是，此後不久我便墜入情網，那是一種刻骨銘心的愛，我為此付出了沉重的代價。

「我知道這個人，」張警官意味深長地說道。

我詫異地睜大了眼睛：「他又不在這裡，您怎麼會知道？」

「我都知道，完了再跟你說。」

她知道些什麼呢？有那麼難以言傳的感覺，又有那麼多愛恨交織的故事，她怎麼會都知道呢？我開始感覺不安。張警官並未抬頭就已經感覺到我的情緒變化：「說清楚你和他的關係，這對你自己有好處，別著急，我們有的是時間。」說完她丟下我出去了。

我看了看牆上的電子鐘，差七分十七點。離警察下班還有兩個多小時。我起身站在窗前，背對著敞著的房門聽著張曉芬在隔壁說話的聲音，感覺自己彷彿穿越時光隧道回到了那個時刻並冷眼旁觀。

校長是個瘦小的老頭，他說他叫古龍，古代的古，成龍的龍。在校長室辦完手續，正在寒

---

1 「民考漢」：少數民族學生在參加全國普通高等學校統一招生考試時，使用漢文答卷。

喧之際，樓道裡傳來一陣踢踏的腳步聲，一個男孩子喊了聲「報告」哭喪著臉推門進來。他告狀說，帕爾曼老師踢了他一腳還罵了一句髒話。此刻古校長頗為不耐煩地高聲問：「他為什麼打你？」

孩子約莫十三、四歲，一看就是難以管教需要教訓的小傢伙。他低著頭一聲不吭。古校長厲聲命令道：「好啦，知道啦，你回去上課！」孩子出去後，校長在辦公室來回踱步，似乎被這事搞得心煩意亂。我心想這也太小題大做了吧，體育老師踢男生一腳算什麼大事？校長一眼看穿了我的心思，對我說，這個帕爾曼你離他遠一點，他不是一個好人。這是校長的原話。如此直接地說自己老師的壞話，還警告新來的員工與他劃清界線，令我深感震驚和困惑。我很想說，好人壞人請讓我自己去判斷，我有自己的標準和原則，卻又把話嚥了下去。

他盡力控制住怒意，以一種平靜的聲音說：「他這個人不好好工作，還不尊重領導。你在政治上要求進步，已經入了黨，這很好。對於周圍的人要擦亮眼睛，發現問題一定要向組織及時彙報。」他注意到我臉上不以為然的表情便停止了告誡，轉而叫人帶我去跟各個教研室的老師認識一下。

其實民族教師只有一個辦公場所，所有科目的老師都待在一間大辦公室裡，體育老師也不例外。漢族學生和他們的老師都在另一幢樓裡，由於我只管民族師生的傷病處理，所以主管民族教學的教務副主任肖開提沒有帶我去那邊。

正是第三節課課間休息時間，教研室裡有不少人，有的在訓學生，有的低頭批改作業，有的在上網，沒有人注意到我們走進來。「帕合，帕合[2]，這麼大兩個人進來都不能讓你們抬一下頭，像九月羊羔一樣美麗可愛的姑娘都引不起你們的興趣嗎？」肖開提主任地地道道的伊犁塔蘭其口音聽上去饒有趣味。看到老師們停下了手中的活兒，他鄭重地介紹說：「這位是新來的校醫古麗巴奴。」他特意在我的名字前面加了個「古麗」，有個年輕人低聲讚歎了一句：「真是玫瑰花兒一樣美麗的巴奴[3]啊！」聽到這句話我心裡暗自得意，可臉上卻表現出難為情的樣子，跟肖開提一前一後站在門邊，不知道是不是應該模仿職場習慣走上前去跟他們一一握手。正當我侷促不安地站在門口進退兩難時，一個低沉柔和的男低音在我身後響起：「為什麼不說聲薩拉姆埃萊庫姆迎接新同事？」我扭頭看到那個體育老師擰著眉頭一副怒氣沖沖的樣子，不禁低頭笑了，然後頭一歪從額前的瀏海下向他投過一瞥嬌媚的目光。他三十歲左右，黝黑而略帶不安的臉上展開一抹靦腆的笑容，猛地握住了我的手：「可惜，我們已經丟棄了本民族熱情好客的傳統。」他的語氣裡明顯地流露出對室內只顧交頭接耳卻不起身迎接的各位老師的不滿，說話時依舊緊蹙兩道濃眉，就像一個皮條客強迫對方與我建立某種親密的關係。我看到他的吆喝沒有起作用，心裡不

2　維吾爾語讚歎聲。
3　波斯語，意為公主。

禁黯然起來：今後要跟他們朝夕相處了嗎？他們根本不喜歡我，也不會接納我，因為我是一個民考漢，而且又穿成了這個樣子：裙子太短，露出大長腿，無袖襯衫的第三個扣子不知什麼時候綳開了正好露出乳溝。管他呢，反正我待在衛生室，用不著天天跟這夥人打交道，再說他們當中也沒有跟我年齡相當的女人。我被他們盯得有點不知所措，假裝害羞地掩飾自己對眾人的不屑，低聲說道：「沒關係的，反正已經介紹過了。」

「我叫帕爾曼，是體育老師，師大體育系畢業，已婚。」他伸出右手揮了揮，右手無名指上一枚結婚戒指一閃而過。他從自己開始一一介紹了室內的每個人。蓬亂的黑色額髮下面是一雙陰鬱的大眼睛，身上蒸騰著汗味，像極了我哥哥的味道——他怎麼會是古校長眼中的壞人?!

「你跟帕爾曼是戀人關係嗎？」張警官回到了審訊室，顯然她是出去吸菸了，呼出的氣息中散發出優質香菸的味道。

我抗拒道：「那不是真的，他從來就沒有愛過我。」

「你和他的關係並不簡單。你的卷宗中記錄著一些相關的事情。」張警官的眼睛灼灼逼人。我害怕回顧過去。可是，唯獨回顧過去，才可以找到生活的意義，唯有痛苦才使我感覺自己還活著呀。於是，我決定揭開自己的傷疤。

# 第四章　如花盛開

我正式上班了，那是一個蘋果花飄香的季節。衛生室裡除我之外還有一名李醫生，快到退休的年齡了，言語不多，給人友善而溫厚的感覺。她輕聲細語地向我講解校醫的職責以及兩人的分工，讓我熟悉操作規則等。我感覺這工作無非是小女孩過家家時常做的那些事情，並沒有用心去聽。

上課時間衛生室基本上沒有什麼人來，我開始看我的《小說月報》、《譯林》，更時常帶著無限思慕站在窗畔，俯視樓下的操場，目光總是被帕爾曼的身影所吸引。在伊犁四月的春風中，帕爾曼會獨自出現在操場，穿著寬鬆的運動長褲，一件紅色短袖T恤；他站在球網旁邊，手裡拿著學生名冊，學生陸續來到操場集合。這個時刻他會伸出手拍拍某個男生的肩膀或者扯一扯他們的耳朵。他永遠也不會想到他的每一個細小的動作對我意味著什麼。我幻想他在扯我的耳朵，叫我不要太過於任性，而我側轉身輕輕用雙臂環住他粗壯的脖頸，微閉雙目渴求他的親吻。他低聲問道：「你遺失在何方，我的玫瑰？」

在這種錯亂的幻覺中，我無法區分現實與幻想，常常熱淚迸湧。通常李醫生的出現會使我的慾望消退並恢復理智。

如果不是因為家長投訴帕爾曼，我恐怕永遠都不會向他表白心跡。

五一節[1]剛過，教育局來了一個調查組。我在上高中時就因為積極要求進步成為了預備黨員，所以他們希望我說出自己對此事的看法。我被邀請到校長辦公室，校長不在場使我感覺放鬆了許多。

「您覺得帕爾曼老師怎麼樣？」一位長臉、眼泡浮腫的中年維族幹部首先發問。

「我跟他不是很熟，但是從我自己聽到和看到的情況來看，他很敬業，學生們喜歡上他的課。」

「他經常打罵學生，您不知道嗎？」

「體育課本身就難免發生身體接觸，有的學生真的是很頑劣呢，把老師惹急了，控制不住踹一腳我覺得沒有什麼大不了。聽說那個男孩子調戲女生才……」

他們的神情變得輕鬆起來，好像我的回答讓他們找到了問題的答案。顯然，我的判斷出現了失誤，一個領導模樣的人不為所動，堅持追問：「老師打人是應該的嗎？」

我竭力保持鎮靜：「不，我不是這個意思，主要是這門課的特點決定了這種事情發生的合理性，就像教練懲罰隊員一樣。」

「他是不是……嗯，有強烈的民族情緒？」

像被蛇咬了一口，感覺脊背發涼，這才是問題的重點啊！我輕聲應答：「這個不好說，沒看出來。」

最後一個問題使我警惕起來，意識到他踢的是一個漢族小孩的屁股，這使情況變得有點微妙。如果牽扯到這種敏感的問題，或許會給他帶來麻煩。我毫不猶疑地說出了古校長在我報到那天對我說的話，最後總結似地說出了自己的看法：「欲加之罪何患無辭，如果領導想要拔掉這顆刺，總會找到理由的。」

調查組的人面面相覷，我深信他們已經被我捕獲。

早就超過下班時間了，我一個人留下來整理自己的思緒。我發現自己又站在窗畔，空曠的操場籠罩在金色的薄暮之中，我的黑駿馬此時應該在家裡與他的家人共進晚餐了。

醫務室的電話響了，我連忙接聽，熟悉的男低音令我心頭一震。

---

[1] 五一節即五一國際勞動節（International Workers' Day; International Labour Day; May Day），世界上有八十餘個國家將勞動節定為全國性的節假日。對工農起家的共產黨來說，五一國際勞動節具有重要意義，象徵勞動者頑強不屈的奮鬥精神以及爭取合法權益的鬥爭成果。一九四九年十二月二十三日，中央人民政府政務院將五一國際勞動節定為「值得紀念和慶祝的節日」，放假一天；一九九九年，將五一假期調整為七天形成黃金週；二〇〇七年時，五一假期由七天變成三天；到二〇一九年起，勞動節放假五天，此後不變。

「巴奴，」他低聲喚道，「我在樓下，想跟您說幾句話。」

真主啊，您總算聽到了我的祈願！

帕爾曼騎著自行車馱著我橫穿整個市區，我當時猜想他不計後果在一個很愛嚼舌頭的小城市帶著我招搖過市，是不是意味著我倆之間的關係發生了質的變化？我們來到漢人街，推著自行車在熙熙攘攘的人流中緩慢移動。小吃店和露天攤販沿著一條水渠延伸到小巷深處，渠邊成排的柳樹遮擋著傍晚的夕陽。鄉下農民自家種的蔬菜、水果，手工製作的生熟奶油，麥香四溢的饢餅令我目不暇接，媽媽常說這裡除了雞奶什麼都有。正值下班時間，我和帕爾曼並肩行走在摩肩擦踵的人流中格外引人注目，就像蕾莉和馬吉努[2]一樣般配。

剛出籠的包子混合著柳條蒸籠的清香味兒，我停住腳步看著廚師麻利地將熱氣騰騰的薄皮包子從籠屜裡取出來放進客人的盤子裡，感覺真的是餓極了，希望不要再往前走了。他說要讓我品嘗一家小飯館的拉麵，全市就屬這家做得最香。聞著餛飩、羊雜碎、灌肺子和烤肉的香味，肚子發出快樂的咕咕聲，這讓我感到難堪，他卻深感有趣地頻頻朝我微笑，說：「明年這條狹窄的小巷就要被改造了，到時候你想吃都吃不著這些美味了。」這時我注意到幾乎所有的店鋪牆面上都寫著醒目的「拆」字。我們的城市每天都在發生著變化，那些承載我們民族傳統和生活記憶的街道、花園和房屋正在被一排排整齊的高樓替代。走進了巷子深處，來到一處僻靜的餐館，我們坐在盆栽無花果樹環繞的小圓桌旁。單獨相處使我感到困窘，不停地用餐巾紙擦拭桌面，他輕輕地按住我的手示意我停下來。他的觸碰使我如觸電般怦然心動，我閉上眼睛，感受這特別而溫暖的瞬間。他的頭髮在夕陽照映下泛著棕色的光芒，黑色的眼眸深深地望著我，簡短、坦率地解釋說：「您今天替我說話，我很感激。」

原來是我的仗義執言給我帶來的美妙回報！我開始對我們的小聚會感到陶然自得，就像施恩者面對受惠者一樣，繪聲繪色地說出調查組的問題和我的回答，他饒有興趣地傾聽我的描述。和他如此近距離的談話，使我興奮不已，我的臉頰發燙，心兒狂跳不止，對他的朝思暮想就在舌尖翻轉，呼之欲出。

小夥計將兩盤色香味俱全的拉麵放在我們面前。吃飯時不得交談的習俗使我停止了饒舌，而表達思慕的欲念也被暫時掩藏起來，我像淑女一樣儘量不發出咀嚼的聲音。

「這是一家很老的飯館，打我小的時候就常來這裡，他們的拉麵做得很香，是吧？」

我愉快地接嘴道：「是的，跟我奶奶做的一樣好吃。」

飯後我們並不急於離開，又要了兩杯可瓦斯[3]。餐廳裡迴盪著維吾爾族歌星薩奴柏爾略帶沙啞的歌聲。

---

[2] 蕾莉和馬吉努是尼札米（一一四一—一二〇九）用波斯語創作的同名敘事長詩中的男女主角，這是一個關於至死不渝之愛的悲劇故事。

[3] 一種含低度酒精的蜜汁飲料。

請來的布穀鳥，歌聲在哪裡都寂寥，
來吧布穀，讓我們成為情人，你無依我無靠。
體諒我的心意吧，陪伴在我的身邊，
心中的悲愁，我該向誰去訴說。

我們默默聆聽，夏日的黃昏是如此地美妙，薩奴柏爾的歌聲卻使我柔腸寸斷，我困倦地閉上眼睛，哀婉的樂聲混合在花草的芳香和我的淚滴中，我感到他的指尖像一隻蝴蝶的翅膀極其輕而細緻地滑過我的面頰，但僅僅停留了一、兩秒鐘。

「您是一個情感豐富的姑娘。」他的眼睛在太陽映照下折射出奇異的色彩，溫柔地望著我，「薩奴拜爾的歌我也喜歡。這首歌我聽了不下十遍。」帕爾曼輕聲低吟，放在桌子上的一隻手隨著節拍上下移動，我伸手輕輕撫弄他手腕上的藍色血管。他有點不自在起來，把手縮了回去端起杯子，喝了口飲料，隨口說了一句，「我不喜歡紅顏色。」

「可我第一次見到你的時候，你在操場上課穿的就是一件紅T恤。」

「如今人們並不是想穿什麼就穿什麼。」這句話讓我十分窘迫，我的臉大概紅到了脖子根，暗暗責備自己的愚蠢。帕爾曼的表情變得嚴肅起來，「紅顏色讓我聯想起血腥的場面，很刺眼。雖然討厭但上課時我還得穿！」

隨即他跟我談起自己的家庭，守寡的母親如何將他拉扯大，嘗盡了人間的辛酸，而現在他有了一個幸福的家庭，他的妻兒給了他無限的溫暖。他的話使我墜入無底的深淵，我感到絕望。我們相處的這幾個小時，他一直是那麼溫情，我以為他會不顧一切與我這個身材苗條修長，美麗可人的姑娘交往。

「告訴我，帕爾曼，我該怎麼辦？」

他微微一笑，沒有回答。薩奴柏爾沙啞而空靈的歌聲繼續在暮色中迴盪——

為了你，我淚流不止，
為了你，我心中燃燒著烈焰……
因為思念，心中充滿憂傷，
我的歌兒像泉水不斷……

帕爾曼起身結帳。

當我們走出小巷，來到寬廣的馬路，我抬起頭望著他，眼裡肯定滿含著絕望的請求，他很體貼地陪我步行回家。天空垂下了深藍色的帷幕，我們推著自行車，一左一右默默前行。

是的，他不喜歡紅色！可是，為了引起這個男人的注意，我穿上刺目的紅色，每天打扮得像個新娘，整天站在窗畔，巴望他能看見我迷人、性感的樣子。但是他卻花了一整晚時間跟我講他的妻子！眼淚滑落面頰，被晚風吹乾，我沒有用手背去擦拭，任憑它橫流然後又被吹乾……。

張警官把一盒紙巾推到我面前。我抽出幾張揩了一下鼻涕。

此後最初幾個月，我盡力掩飾著自己對帕爾曼的迷戀，小心翼翼地把對他的熱情埋在心底，因此我確信身邊的人都沒有察覺到我和他相處時忍受的折磨。我讓自己變得理智的原因是不應該追求一個有家室的男人，另一個原因是我跟他在一個單位工作，俗話說「兔子不吃窩邊草」，不想丟人現眼就不要跟已婚同事發生感情糾葛。

為了忘卻這段令我心碎的單相思，我開始和別的小夥子交往，但是他們總是最初被我的外表吸引，隨後又被我內心的冷漠和驕傲所激怒，因為我竭盡全力反抗他們對我的進一步要求。最糟糕的結果是我發現自己除了帕爾曼不可能再愛別的人了。幾乎每一天我都會充滿嫉妒地回想起他談起他妻子時的情景，他用人們談論藝術傑作時才會有的崇敬口吻談論著他的「小姑娘」——他是這麼稱呼她的。說話時眼睛發亮，目光也變得遙遠、迷濛起來。

「你離開伊寧市的原因和他有直接關係嗎？」張警官斜乜著杏仁眼問了一句。

「是的，我想把一些傷心事拋在身後。」我的身體在椅子裡下沉，我不敢確定我坦誠的敘述是否能起到拯救自己於危難的效果，但我還是想繼續敘述我的故事，也許很久以來我都在等待這一天的到來。

當我過了二十五歲時，我的家人開始為我的婚姻問題操心，他們想不明白，為什麼長相出眾的我不能抓住小夥子們的心。後來在一位同事的介紹下，我認識了薩拉伊丁，他的父母都是幹部，兩個姊姊也已出嫁，他是家裡最小的，在機關工作，長相也不錯。這樣的條件是很難得的。我們家裡的人生怕我失去這次機會，鼓勵我們儘快結婚。我為了忘卻痛苦的愛戀，於是匆忙定下了婚期。但是在結婚前一個星期，我卻約帕爾曼跟我見了面。

我記得很清楚，七月初的一天下午政治學習時，我請了婚假，然後給學校裡每一位老師發送請帖，可是我沒有看到帕爾曼，我給他打了電話，約他在我們第一次吃飯的拉麵館見面。等他出現的一個小時就像一個世紀一樣漫長。他不會來的，我對自己說。可是就在我放棄希望打算回家時他邁著輕盈的腳步向我走過來了。一抹金色的斜陽映照著他黝黑的面龐，烏黑的眼睛，挺直的鼻梁，濃密的鬍鬚，還有那令我著迷的嘴唇。由於運動，他的身體是那樣的健美，動作沒有一絲不協調，他的一舉一動形成了特有的優雅，令我為之屏息。當他在我對面坐定時，我明白自己還在深愛著他。

「聽說你要結婚了，恭喜！」他伸出右手，我並沒有伸手握住它。

「沒什麼可恭喜的！」我輕聲應答。

「不要這麼說，像你這樣迷人的姑娘一定會得到幸福。」他的手在空中畫了個圈。

「可是，帕爾曼，我不會幸福的。」我的語調憂傷、哀怨，眼淚像斷了線的珍珠一樣滾落下來。

他惶惑地望了望四周，生怕別人看到我在哭泣。

「古麗巴奴，求求你，別這樣。」他在乞求我的平靜，身體前傾，流露出痛苦的表情。

「帶我離開這裡。」

「你呀，讓我怎麼說你呢，」他沉吟了片刻，一隻手托著腮望著我沉思，「好，走吧。我們去兜風，去河邊看日落。」他輕聲而緩慢地說著，再一次伸出了右手。我屏住呼吸，借著他手上的力氣站了起來，聽任他帶著我走出飯館，坐進他開來的黑色別克商務車，任憑他開向任何一個地方。我發現開過了伊犁河大橋，來到平原林場，最後在河邊一塊比較開闊的地方停了下來。

走到河邊，他熱情地招呼我，來看呀，紅彤彤的落日！

我看到殘陽如火，從水面直燒到天際，橙紅色的雲朵是那麼的瑰麗，卻依舊帶著一絲哀傷和落寞。我沒有心情與他並肩欣賞落日，仍舊待在車裡。他打開後邊的門鑽了進來，坐在我的身旁。我聽到了他粗重的呼吸聲，感覺到自己的心臟有一種鮮明的悸動，甚至可以說是劇烈的。我側轉身凝望著他，天色已經暗了下來，他的眼睛在黑暗中閃閃發亮，我輕輕地呻吟著，呼喚著他的名字。

「好姑娘，你不該這樣，你不該愛上我！」說著手指輕輕滑過我的面頰、頸項，似蟬翼，像錦緞。

「帕爾曼，哦，帕爾曼，愛我吧。」我扭轉身子向他貼近，我們緊緊相擁親吻，像飢餓的野獸，盡情地吞噬彼此。

當我們的身心交融在一起時，因那一剎那間火燒般疼痛而流下眼淚，隨後它又化作一種奉獻後的釋然肆意流淌。當他知道我是第一次後，顯得十分惶惑不安，仰面躺在河邊草地上，把我一個人丟在車上。我品味著那一刻鑽心的疼痛和強烈的情感衝擊，望著他在月光下的健美身姿，不由得想要再嘗試一次。我將一個大方圍巾鋪在身下躺在他的身邊，伸手摸索他的身體，他儘管內心懊悔抗拒，可是身體已經做好了進入的準備。

這一次他輕托著我的身體升騰、飛翔，我聽到自己像特寫鏡頭裡的玫瑰一般綻放，花瓣像鮮血一般豔紅，在他的輕撫下戰慄，發出琴瑟般美妙的聲音。他貪婪地不知疲倦地一次次進入我的身體，沒有一句言語。那種漂浮在雲中的感覺讓我不能自持，我用細長的手臂勒緊了他的脖子嚶嚶哭泣……

清晨，伴隨著百靈鳥清脆的啼鳴，空氣中好聞的炊煙味，我被送回了自己家附近的一片果樹林，我們在那裡告別，他在我的額頭印上濡溼的一個吻，這使我想到了一個事實：他要離開我了，永遠。我望著他的背影，他穿過樹林而去。光線消退了，我的心即刻充滿空虛——沒有他我怎麼生活？

# 第五章　我的黑眼睛

沉浸在回憶中，我黯然神傷。

「你兒子在哪？」

「兒子?!……我不明白。」張警官的問題像鞭子一樣抽在我的心頭。

「嗯，這裡，寫著你有一個兒子。」她緊盯著電腦輕聲說。

我怎麼會忘記自己曾有過一個兒子，小小的他才六個月就夭折了。他爺爺給他取名薩拉姆，而我堅持稱他雅迪卡爾，這是我給他選的名字。孩子被診斷出患有腦癱這個現實澈底摧毀了我的生活。我的婆家人由此開始對我冷眼相待，丈夫的家人從沒有探望過我們，雖然我們住得並不遠，只隔著幾個街區。我接受了他們的判決，每天都在負罪感中掙扎，再也沒有享受過夫妻生活的歡愉，我就像快要淹死的人一樣在水裡一沉一浮，沒有人抓住我伸出的手臂，沒有。

「離婚是因為你的不忠嗎？」她的聲音低沉卻咄咄逼人。

說來話長。你真想聽？

張曉芬說：「我們可以先吃飯然後再繼續做筆錄。」她泡了兩碗方便麵，我討厭這種濃烈的怪味，沒有動口。

「可以開窗戶嗎？」我輕聲請求道，泡麵的氣味令我想起在火車上東來西去的民工。新鮮空氣沖淡了室內的汙濁氣息，我舒了口氣，雙臂抱在胸前，回憶起伊犁老家的溫暖親情和令人心痛如割的往事，一種真切而鮮明的感覺攫住了我——負罪感！

我犯下了不可饒恕的罪行，這跟帕爾曼的死有關。

婚後我仍然不能忘記帕爾曼，每天去學校上班都意味著與帕爾曼的相逢，只要衛生室裡沒有人，我就會站在窗前俯視校園，目光追隨著他的身影，一刻也不想離開。當我發現自己懷孕後，對他的思戀更是令我感覺生不如死——就像害口的孕婦想吃什麼稀缺的東西一樣，我只想跟他在一起。每週一次的政治學習時間是我可以近距離看到他的機會，他只是像普通的同事那樣跟我打個招呼，就再也不看我一眼。對他的迷戀逐漸變成了怨恨。

那是新年前夕，下午沒有體育課，學生們在打掃操場的雪。我靠著暖氣一邊撫摸著肚中的寶寶，一邊想著自己的心事。這時帕爾曼推門進來了，他的神情有點緊張，面容憔悴，可能幾天都沒有刮鬍子了。他迅速地瞟了一眼我凸起的腹部，順手把門鎖上了。在我的對面坐定，遊移不定的眼睛停留在我的身上，露出親切的微笑，打趣地問我兒子是不是喜歡踢足球。他對我身體的關注令我激動萬分。我意識到鮮血湧到我的臉上，心臟開始笨拙地加速跳動，然而望著他線條分明的面龐我卻一句話都說不出來。他帶著俊朗的笑容好像很隨意地向我諮詢了幾個關於如何處理槍傷的問題，還叫我給他講了講打針的要領。他說一個朋友偷獵被同伴誤傷了，不敢去醫院。他朝我擠了擠眼睛，故作輕鬆狀。我簡短地做出回答之後主動給了他一些藥品和針劑，一心想利用這難得的機會親近他。

看到他急於離開，我搶先站到門前擋住他的去路。

「帕爾曼，你知道我的每一天是怎麼度過的嗎？」我的聲音低得像蚊子飛過，哽咽、沙啞。他開始不自在起來。我心裡湧起無限的哀愁，「你為什麼連看我一眼都不願意，我就那麼招你討厭嗎？」

「不是，你非常漂亮，是個好姑娘。可是我們認識的時間不對，我已經結婚了。這一點你必須明白。」後半句話的真實性使得前半句顯得那麼客套和虛假。

「那一晚你倒是忘記了自己的已婚身分。」我用諷刺的口吻說出了這句話。

「那又怎麼樣，是你約的我，」他停頓了一下，然後緩慢地說，「在那樣的情況下任何一個男人都會那麼做，這說明不了什麼。」這句話令我羞憤不已。

我揶揄地說道：「至少你應該想到自己的行為可能帶來的後果。」

「不錯。」他回答，「但那只是一次衝動而已，而且就算我想要跟你在一起，我也得考慮這件事可能對我的孩子們造成的傷害。」他繼續用低沉而富有磁性的聲音說道：「我不想傷害你，希望你能照顧好自己，我願意遠遠地望著你，望著你面帶微笑度過每一天。」他一邊心不在焉的敷衍我，一邊把我從門邊推開。

我心裡一陣難過，就勢緊緊地抱住了他。覺得一股沉痛的情緒在我心中攪動，那是一種悲慟。

「巴奴……」他試圖安慰我，伸手擦去我的淚水。

我握住他伸出的那隻手，就好像快要淹死的人抓住了一根樹枝。「帕爾曼，沒有你我無法生活。」我聽得出自己的聲音在顫抖，「想告訴你一件事情。我懷的是你的孩子——」

「別叫我難堪，」他一甩手打斷了我的話，「撒謊對你沒有好處。」聲音刺耳難聽。

「我沒有撒謊，」我繼續說，「這是事實。但是，我沒有要求你承擔任何責任，只是想讓你知道這樣一個事實。」

「閉嘴！我已經受夠你了，還有你那可笑的陰謀！」

他的話讓我的心縮成一團。我捕捉住他逃逸的目光，緊盯著這個男人如烏雲般變幻莫測的黑色雙眸，「你這話是什麼意思？」我的聲音幾近悲鳴，「我以為你喜歡……」

「你確實是一位漂亮的姑娘，但是卻不怎麼有道德。那一天我只是不想讓你太傷心，用男人的方式安慰了你。不要再糾纏我，我不想再聽到你胡說八道，關於你的孩子！」

一股絕望迅即將我淹沒。沒想到帕爾曼竟會說出這種話！他的這番話把我對他的崇敬與愛慕撕得粉碎。這突如其來的打擊令我戰慄、崩潰，感到自己將要窒息。我嚥了口唾沫，掙扎著想要應對他的羞辱，然而腹中的小生命開始不安地蠕動，我走神了，默默地望著遠處，說不出片言隻語。

帕爾曼的話語像尖刀一樣刺痛了我的心，他的冷酷與絕情使我深受傷害，結果生起病來，嘔吐伴隨著低燒，在床上躺了一個星期。那一段時間，我躺在沙發上，一邊看電視一邊回想起和帕爾曼在衛生室爭吵的情景，肝腸寸斷，恨意難消。現在回頭看，當時自己處於一種病態的精神狀態中，被自己想像出的愛情所傷害。無論多麼痛苦，它都應該是我獨自承受的後果，就像一個人得了討厭的疾病，總會挨過去的。而帕爾曼作為一個男人，他有自己天生的弱點，也許是不願意重複那個錯誤吧。可是我，卻帶著陰鬱的心情，尋求著報復他的機會。

「你檢舉他窩藏逃犯是出於報復嗎？」

我打了一個冷顫，可以清楚地聽到自己牙齒的「咔嘶咔嘶」聲，但是我不想讓她看出我內心翻湧的波濤：「不完全是。作為一個黨員，覺得自己有義務配合調查。」

張曉芬警官一手托著腮瞇縫著眼睛，似乎在判斷這堂而皇之的回答之虛實。電話鈴聲打破了令人不安的沉寂，她看了一眼螢幕，開始接聽電話：「啊，對，那就是大數據推送的結果，可以採取行動。嗯，行呢，我現在出去跟你說具體情況，你先別掛啊。」

我重新回到學校上班的第一天，天氣寒冷異常，孩子們為了迎接新的一年而興高采烈地布置著教室，我們的衛生室反倒顯得冷清、寂寞。離下班還有一個多小時，古校長打電話讓我去他的辦公室一趟。我走進位於二樓的校長辦公室，看到校長和三個穿著警服的陌生人待在那裡，室內的人都神情嚴肅，好像有人剛遭到可怕的意外，而他們都在尋求對策似的。我一走進去就有一種不祥的預感，十分緊張不安。他們讓我坐在沙發上，校長還親自給我倒了一杯茶。我握著紙杯的手不停地顫抖，茶水也潑灑了出來。我的慌亂引起了他們的懷疑，他們互相交換著眼色，尖銳的目光像無數根針刺到身上，我只想趕緊逃脫。一個人走到古校長身邊對他說了句什麼，古校長點點頭出去了。

「你是共產黨員吧？」一個四十歲左右的男人和顏悅色地問我。

我點點了點頭。

「校長對你很欣賞，有意要提拔你啊。你在這裡工作幾年了？」他像拉家常似地跟我說話，可是我依舊不能放鬆下來。一位年齡跟我相仿的維族女警官坐到我身邊，望著我的肚子柔聲問我，「什麼時候生呀？」我說：「四月底……」她突然改變話題，「你和帕爾曼走得很近，對吧？」她直呼「你」，讓我心裡十分反感，這在維吾爾語顯得十分不敬。

「我不明白您在說什麼。」我感覺自己像被追捕的小獸，危險就在眼前。

「一週前帕爾曼到你工作的衛生室跟你說了什麼？說！」她粗魯地命令道。

我就像被冰冷的一桶水澆溼了一樣，渾身顫抖不止，胃開始翻騰，灼燒的感覺令我噁心。我想站起來，可是她按住我的肩膀無聲地命令我不要動。

「他跟你說了什麼？之後為什麼你就請了病假？」

「我不能說，因為這是我們之間的私事。」我的聲音是那麼的虛弱無力，聯想到關於槍傷的問題，我猜想帕爾曼遇到不同尋常的麻煩了。

「我們對你和他之間的私事不感興趣，直說吧，他是不是想讓你去為一個人醫治傷口？」女人的聲音很尖銳，我下意識地捂了捂耳朵。

「巴奴，你是黨員，又是老師，要配合我們執行公務，如果知情不報同樣也是犯罪。你知道能判你幾年嗎？十年！現在是你立功贖罪的機會。」一直沒有說話的、領導模樣的第三個人開腔了，他的話聽上去像是極力耐住性子的警官，又像是循循善誘的教師。

我完全崩潰了，出於恐懼和怨恨，說出了帕爾曼在衛生室詢問的一切。他們用手機做了錄音，還讓我在一張證人證詞上簽名按了手印。當我蹣跚著腳步離開校長辦公室時，他們拍著我的肩膀，鼓勵我好好工作，就像讚賞聽話的毛驢一樣。

帕爾曼沒有再來上班。我清楚地意識到我的證詞可能是擊中他的要害的那塊石頭。我知道自己對他做了什麼，可是，他又對我做了什麼？這是我尋求內心平衡的唯一理由。是他自己一再把我拋到嫉恨的苦海裡掙扎，是他自己把通緝犯弄到家裡治療的，我不說他們也已經知道了。我沒有告密，我只是說出了他們已經掌握的事實。

聽說帕爾曼救治的朋友阿卜杜黑里力在抓捕行動中逃脫了，城裡到處都是他的通緝令。搜捕差不多進行了兩個月。據傳阿卜杜黑里力會化妝術且身手不凡，他總是在他們的眼皮底下成功逃脫。警察最終在果子溝一個牧民家裡抓住了熟睡的他。然而在電視台的新聞節目滾動式播放這一反恐成果的時候，他是被關在鐵籠裡的，像一隻病貓一樣蜷縮成一團。

四月二十三號伊寧市體育館召開了公判大會。那天我正在醫院待產。

多年來，我一直想要忘記的那一刻在這個審訊室裡重現且清晰無比。

為了起到震懾作用，伊犁州電視台全場直播了公判大會的現場。總共十一人被押上高高的主席台，掛在胸前的牌子上寫著他們的罪名和姓名。他們的名字上面都打了一個紅色的叉，一串串取自《古蘭經》的人名是如此鮮明地表達著這些男子的原罪。每個人都拖著沉重的腳鐐。兩邊各有兩名武警將他們的頭壓得不能再低。鏡頭一閃而過，似乎有意不讓觀眾看清他們的表情。他們穿著同樣的橙色囚服，都被剃光了頭髮壓彎了腰。哪怕台上有一百萬人我也能一眼認出他來。阿卜杜黑里力就站在他的身邊，臉色蒼白，似乎站立不穩，被兩個膀大腰圓的武警揪著肩膀，摁著脖頸，一鬆手就會一頭栽下去一樣。宣讀判決書時，我的耳朵嗡嗡直響，帕爾曼的判決書很簡短，被控包庇和協助恐怖活動組織罪，法官宣判判處死刑，立即執行。一隻鋼爪揪住了我的心臟，我的胃開始痙攣，肚子裡的孩子也在掙扎似地伸展肢體，頂得我喘不過氣來。我坐在病床上咬住領子的一角讓自己不要喊出聲來。

宣判結束後一隊軍車載著這十一個死刑犯開往達達姆圖刑場，經過青年街市場時馬路兩邊的人群比以往任何時候都要多。一位婦女出現在鏡頭，在她的哭喊聲中擁擠的人群像水流一樣向兩邊分開，她穿著一件白色的連衣裙，奔跑中髮辮散落在腰間，寶藍色的圍巾從肩頭滑落，女人兩隻手伸向空中像一團雲一樣移動，衝過了警戒線撲到了軍車的前邊，狙擊手射出了致命的子彈。隨著女人應聲倒地，畫面轉到了像潮水一般湧動的人群，前面的人被後邊的人推搡著一次次越過警戒線，擋住了囚車的去路……

那一天我生下了兒子，孩子不到兩公斤。

生與死就像往常一樣進行。

「公安武警果斷處置，暴徒劫持罪犯的計畫未能得逞。」第二天的早間新聞播出了這一消息。醫院的護士說，白衣女人是帕爾曼的妻子美荷古麗，兩口子就像蕾莉與馬吉努一樣相愛並且死在了同一天。這個噩耗刺激了我，整整一個星期，我發燒說胡話，與死神擦肩而過。

月子是在娘家坐的，按習俗做完月子應該由婆家人接我回去的。四十天的時間裡丈夫一次都沒有來看過我。婆婆跟大姑姊帶著豐厚的禮物來探望過一次，臨走也沒有提何時接我回去。我無法向家人解釋自己的男人為什麼既不來探望也不想接我們母子回家。我把自己放進了一個硬殼裡，用它把自己的恐懼、悔恨和屈辱包裹起來，兒子使我處於亢奮之中，我幾乎一眼不眨地盯著小東西一看就是幾個小時，那黑色的眼睛，鬈曲的細柔毛髮我怎麼都看不夠。誰也不知道我在想什麼，我也沒有人可以訴說。

# 第六章　重生

「你在想什麼？我進來都好一會兒了，你一點反應都沒有。」

「我在想我的兒子。他死了，因為得了腦癱。」

「咋死的？腦癱孩子也有培養成材的啊。」張警官的聲音是那麼地輕柔，但是，卻像驚雷一樣在我的頭頂炸響。

我睜大眼睛望了一眼發問的警官，低聲說了一句：「發生了意外。夜裡餵奶的時候我睡著了，孩子透不過氣來……」語氣中露出慌亂與驚悸，我用手托住額頭不敢直視警官的眼睛。

張目光銳利地盯視了我一會兒沒有再追問孩子的事情，也許對他們來說一個孩子的死是無足輕重的。我感覺擺脫了獵人的追殺，輕輕地吐了一口氣，這一聲嘆息雖然很輕卻顯得異常清晰。

「我瞭解到你前夫的家庭條件挺好的。我再問你一次，離婚是因為你的作風問題嗎？」張警官似乎閒扯似地隨意問了一句。作風問題？一個二十多歲的女孩子哪來的作風問題！可是，當你朗聲大笑，像風兒一樣自由地表達自己的時候，有多少男人不會認為你輕佻、有機可乘呢？不過現在這四個字對於我這個過來人算不上是冒犯，畢竟離婚就像是一種救贖。

張曉芬說的沒錯，我前夫的爸爸是離休老幹部，家境非常好。離婚是我丈夫提出的。我們感情不和，離了對雙方都是一種解脫。兒子沒了，這件事情就像毒霧一樣瀰漫在我和前夫共同呼吸的空間，從他憂鬱的眼神，沉重的嘆息中流瀉出來。你不知道那種讓人窒息的空氣是多麼地令人絕望。失去兒子一年之後，我們平靜地分手。各自領到離婚證的那一天天氣出奇地好，下了一夜的雨，早上空氣裡瀰漫著蘋果花的芳香，天空飄著幾朵白雲，我像脫掉了厚重的冬衣一樣，感到周身輕鬆。更準確地說，就好像在陰鬱的深淵中沉溺了很久，終於奮力浮到表面，大口地呼吸著新鮮空氣。

現在回頭審視自己的生活狀態，我能從悲痛中走出來是因為學會了自我暗示。我對自己說，就讓我接受這件事情給我帶來的好處吧。離婚對於我如同重生一般。最後一次回家取東西的時候，對於自己曾經生活了兩年多的家沒有特別的留戀，與他默默地對望了幾秒鐘，他的眼裡亮閃閃的，我想那是淚花。我完全沒有掩飾自己急於解脫的心情，拉著一只大箱子頭也沒回地走出了他的生活。我想再次遇到他跟其他路人不會有什麼區別，這使我感到夫妻關係的有趣和不可思議。

實際上當時我更多的是為自己能夠從深重的負罪感中得到解脫而感到高興。隨著年齡的增長，我學會了自省，開始意識到自己當時是多麼的自私和任性。即使過了這麼多年，每當我回想起當初對待親情、背叛、生死以及婚戀的態度，仍然會臉頰發燙，胸口隱隱作痛。

我不想在這個小城市逗留，思索我迷茫而曖昧的處境。尤其是無法在那個每天都會勾起我往事回憶的校園進出。每一天夜裡我都會想起我生命裡最重要的兩個人，淚水順著我的兩鬢流進我的耳朵，在潔白的枕頭留下了淡黃色的淚痕。一個人得有多麼強大的內心才能承受生命之痛啊！可我不想以死謝罪。我還年輕，才二十八歲，一切都可以重新開始。儘管對於自己的前程充滿憂慮，但是我仍然堅定不移地打算辭職，遠離這個令我觸景生情的地方。我不相信還有其他可能使我解脫的途徑。面對家人的激烈反對，我一意孤行，沒有回頭。

肖開提已經升任副校長，他負責民族教學，和民族教師有關的事情由他說了算，我決定去找副校長提出辭職要求。他是個禿頂的矮胖子，五十出頭，看上去比實際年齡要老得多。我到學校去的時候，算好時間，剛打過上課鈴，不會遇到太多的人。副校長一個人在辦公室寫著什麼，看到我只是抬起頭，什麼都沒有說。我覺得他對我還算不錯，給我創造條件，讓我一個護校畢業的大專生在教育學院進修取得了本科學歷，把我從醫務室調到教務科，讓我帶高三畢業班的漢語課。可我還是不喜歡他，我認為他是一個古板、毫無幽默感、唯命是從、一心想往上爬的小人。尤其是每週三的政治學習，他最喜歡說的是：「我們要密切注意學生的思想動向，不僅要瞭解他們在學校的一舉一動，還要掌握他們離校後的活動。」老師們乾脆改行當密探得了！他的漢語說得也不標準。雖然民漢分開學習，他也要用漢語主持會議，他把「教育學生自愛」，說成是「教育學生自我愛」，而他說這話時聽上去就是「做愛」，漢語好的年輕老師面面相覷，忍俊不禁。

此刻我站在他的面前，將我的辭職報告遞到他的手上。他皺著眉頭看了一會兒，放到一邊，然後拉開抽屜開始整理文件，終於抬起陰鬱的棕色眼睛望著我，等我解釋。雖然我有足夠的勇氣辭去這份很多大學畢業生夢寐以求的工作，但是被他的怒意所震懾，我嘟噥了一句：「我想離開伊犁，去烏魯木齊。」

他不解地搖了搖頭，「哎，傻瓜，一年後再回頭，這工作還能恢復嗎？」

「不能吧？」我遲疑地回答道。

「您沒有想過還有更好的方式，可以回到這個單位？」他狡黠地眨了眨眼睛，平庸的圓臉變得生動起來。

「比如？」我不敢相信他的話，小心地探問。

「您去讀研究生，我聘人代課直到您回來上班。」

我近乎狂喜地發出了一聲令自己尷尬的尖叫，隨即捂住了嘴。他咯咯笑了幾聲，臉微微漲紅。眼裡的盈盈笑意，泛著青色的絡腮鬍子，使他看上去像個真正的維吾爾男人。

他站起來繞到辦公桌前面，身體後仰，靠著桌子的一角，準備與我告別。

「那麼您要離開伊犁，」他說，「是啊，我也曾經那麼想過，可是我做不到。」

「我不知道。」我的聲音不勝疲憊，「我只想離開這個地方，有很多不愉快的回憶。」生怕他會改變主意，「我一定要離開這裡，無論如何。」我望著他褐色的眼睛輕聲說道。

他伸出了一隻手，我趕緊雙手握住，開始感到有點緊張，不知道接下來他會說什麼。

「我明白，我都知道。您應該換個環境生活了。烏魯木齊最適合您這樣的姑娘。我祝您一切順利！」

我忐忑不安起來，一方面為自己的錯誤判斷而慚愧，另一方面又覺得他話裡有話，含有諷刺意味。也許他聽說了什麼？我一直以為我和警方的談話沒有人知道，看來並非如此。

他簡短地吩咐我必須辦理的手續，然後跟我再一次握手告別。我知道我還會走進這所中學的大門，沿著林蔭小道，走進教學樓，拐進他幽暗的辦公室向他表達我的謝意，我會好好地感謝他，我是一個知恩圖報的人。

「等等，」張盯著電腦皺起了眉頭，「你二〇〇八年五月離開的伊犁，二〇〇九年底考上了研究生。這中間在哪裡？都幹了什麼？」

「在烏魯木齊市塔里木語言培訓中心代課。」

「講一講你在那裡認識的同事。尤其是二〇〇九年七五事件期間你們都做了些什麼。」張警官的問題是我很樂意回答的，因為我覺得這段時間是我生命中最值得懷戀的時光。我側轉身望著牆上掛著的長方形電子螢幕上的時間和日期，若有所思。已經八點了，談話似乎才進行到一半，今天還能離開這裡嗎？

張似乎看出了我的心思，她語氣冷淡地說：「你不能去伊犁。你的情況都摸清楚以後我們會作出研判。」我知道爭辯和講理都沒有用處，好在母親已沒有生命危險，於是向她表明了願意配合調查的態度。她從包裡摸出一包菸抽出一支，小心地放進襯衣口袋裡，衝我微微一笑出去了。我看到菸盒上印著「真龍」二字，心想，好聞的香菸原來是這樣的啊，自己跟賽南姆從來沒有抽過這種味道的。

我再次將雙臂抱在胸前，抬頭望著牆上的時鐘，思緒就像那一閃一閃遞增的時間一樣跳躍到了十年前。

# 第七章　如魚得水

「下車啦！」我驚醒過來，欠身看到車上已經沒有幾個乘客，司機手裡提著一個笤帚正低頭望著我諂笑。我一骨碌爬起身，收拾起隨身物品，下了車。大巴旁邊的行李箱邊站著幾個人，只剩下我的大號旅行箱，孤零零地躺在那裡。我使勁兒拽行李箱的時候，一個年輕人過來幫我把它推到了一邊，然後用帶點吐魯番口音的維吾爾語問道：「去哪裡？」我回答說紅旗路文化巷，他說三十塊。我還不是很清醒，點點頭示意他搬東西。他一邊往汽車後備箱塞箱子，一邊嘟噥，真沉哪，裡面裝著金子嗎？我笑答道：「一半是書呢。」

我坐在後排，若有所思，看看錶新疆時間才四點，雖然曙光已經照亮了八月的城市，街上卻行人稀少，這應該是人們睡得最香甜的時候。雖然知道我今天要來，可是哥哥、嫂子這會兒不會歡迎我，應該再晚兩、三個小時到他們家。

「大姊，到了，還往哪邊開？」

「這麼快就到了，原來只是十塊錢的路呀？」

司機開始訴苦，姊姊呀，我開的是黑車，白天怕抓住，夜裡不睡覺跑車不容易呀，混口飯吃，您就看著給吧。

「再往前開點，到那個鐵大門前停下來。」我掏出三十塊遞給他。我想一大早大大方方地把司機打發了，說不定到烏魯木齊以後事情會順利起來呢，圖個吉利吧，再說都是維吾爾人。

醫院家屬院的大門緊鎖著。我把行李箱放倒，坐在上面，把提包放在膝上，打起了瞌睡。鐵鍊碰撞的聲音驚醒了我，看門老漢一邊開鎖，一邊問我：「找誰？」我報上了哥嫂的名字，他默默地敞開大門，閃進了小屋。

站在單元門前，望著沉甸甸的箱子發愁。陸陸續續從門洞裡走出來的老人看到我突然放慢腳步，維穩期間養成的警惕性使他們對陌生人特別敏感，他們神情嚴肅地一邊上下打量，一邊小心翼翼地從我身邊繞過。我感覺自己是闖入了別人領地的不速之客，不想再站在入口處接受行人的審視，一狠心一個台階一個台階地開始往上挪動。當我挪到六樓哥哥家門前時，已經心慌氣短，出了一身冷汗。每次上六樓我心裡都想，為什麼不裝個電梯呢？今天是星期天，他們一定想睡個懶覺呢，吵醒他們肯定會令嫂子不快。躊躇片刻，渴望見到親人的心情壓倒了拘謹和顧慮，於是我按下了門鈴。

嫂子開了門，穿著一件低胸睡衣，露出好看的半個乳房，睡眼惺忪，臉上毫無表情，閃到一邊任我一個人把箱包拖進屋裡。

我尷尬地笑笑，木然站在門邊，不知道是否應該主動與她擁吻。聰明的她似乎看穿了我的心思，禮節性地扶住我的肩膀，湊過臉來毫無接觸地來回點了兩下，我明顯感覺到她用拇指和食指捏住我的肩膀，推著我，使我不得靠近她。嫂子一頭濃密的棕色長髮披散在腰間，往日總是盤成高高的髮髻修整呈橢圓形的臉龐，此刻像滿月一樣。白裡透紅的健康膚色說明她練瑜伽注重保養的工夫沒有白費。飛揚的眉毛下微微突出的眼睛又大又圓，若不是濃密的睫毛增添了一點柔美，乍一看會給人怒目圓睜的感覺。

我猜想哥哥還在睡覺，便壓低聲音用夾雜著漢語單詞的維吾爾語向她解釋來這麼早的原因。她的眼睛一直沒有完全睜開，隨便寒暄了幾句，說是失眠一夜，趁著瞌睡還沒跑掉要再睡一會兒就步履蹣跚地進了自己房間關上了房門。我把箱包推進客房，躡手躡腳地歸置了一下，躺倒在沙發上。過了許久，看看錶，快到七點了，嫂子那邊依然寂靜無聲，我很想上個廁所，再洗個澡，沖掉大巴汙濁的空氣留在自己身上的異味，可是又擔心流水聲會驚擾她。靜默中聽到開防盜門的聲音，趕緊起身想看個究竟，卻聽到哥哥粗重的喘氣聲。顯然他昨夜沒有回家。哥哥進了門，脫了鞋和外套就進了衛生間，聽到嘩嘩的流水聲，我想他是想把身上的酸臭酒氣沖洗乾淨呢。

嫂子數落著哥哥，帶著哭腔，她是在說再也忍受不下去，要離婚之類的話吧。終於聽到了哥哥的聲音，他習慣說漢語：「行了行了，本來是要回來的，太晚了，怕打擾你休息就在辦公室躺了一晚上。」嫂子用維吾爾語嬌嗔道：「回不來說一聲呀，讓人家一夜留門，睡不成覺。」我豎起耳朵聽著，覺得他們倆進了自己的臥室，就趕緊拿上自己的洗漱用品去了衛生間。

我從衛生間出來時，嫂子和哥哥已經在廚房等我喝早茶了。哥哥以長者的目光親切地迎著我，詢問母親及其他親戚是否平安。他沒有問起我的事情，我稍稍鬆了口氣。

奶茶兌得有點淡了，茶葉放少了，我想。然後一躍而起，回到客房從包裡拿出一大罐冰凍奶皮子，放到桌子上。哥哥咧嘴一笑說，「我最喜歡喝帶奶皮子的香茶了，可你嫂子總是限制我，說脂肪太高。這樣的奶皮子，應該沏一壺濃茶。」說著他起身要去重新沏茶。我按住他說，哥，你坐吧，我給你兌一碗正宗的奶茶。嫂子的眉毛已經揚了起來，一高一低，我知道她要說一些刺耳的話了，可是裝作沒有看見，起身離開了飯桌。

「巴奴，媽媽沒有給你打一些饢帶過來嗎，就是那種用牛奶和麵的香饢？」哥哥偏著腦袋代替嫂子責問我。

「我走得急。」我弱弱地回答了一聲。

「不是吧，不是離婚又離職了嗎，是作了長住的打算才來的吧？」嫂子不依不撓，「烏魯木齊好像遍地金子似的，都往這裡跑。」

「佐拉姆嫂子，」我說，「我的包太沉，帶不了太多的東西……」

我坐回餐桌，給每個人斟上散發著濃郁茶香的奶茶，默默地喝著。

「嗯，說說你的打算吧。」哥哥微微揚起帶有凹痕的下巴，挑了挑兩道整齊的黑眉毛。

我糾正嫂子剛才說過的話，「我沒有辭職，工作還保留著。我要考研究生，不過得先找份工作。」

「哪有那麼容易呀，那些名牌大學畢業的大學生都找不到工作，您歲數也不小了，調動難著呢。」嫂子低頭望著自己的茶碗，聲音雖低卻顯得很尖刻的語氣替當官的丈夫作出了判決。

我抬頭望著哥哥，心想他也許會表示願意幫助我。我們相差八歲，他就像父親一樣看著、護著、寵著我，直到他跟這個叫佐拉姆的女人結婚。長著一個鷹鉤大鼻子，眼睛也像鷹隼一樣銳利的哥哥躲閃著我的目光，發出很大的咀嚼聲，不停地往嘴裡塞著食物。唉，有什麼辦法呢，哥哥在家務事上從來都是聽嫂子的。

「有一所大學同意讓我試講。」

「真的嗎？」哥哥高興地問了一句，表情明顯地鬆弛下來。我想他聽到我可以自己解決工作問題不用給他添麻煩深感欣慰呢。哼，留著你的資源幫你老婆家的親戚找工作吧。

「是的，是農業大學。」我隨口撒了一個謊，彷彿聽到了自己的心跳聲。說完我察看嫂子的表情——漂亮的臉蛋像冰雕一樣，我猜想她或許看穿了我的謊言，於是心虛地補了一句，「我也沒有太高的期望，找個代課老師的工作也能餬口。」哥哥抬起頭聳了聳肩膀隨手扯過一份《晨報》擋住了自己的臉。

喝完早茶，哥哥陪嫂子逛街去了。他們是一對有趣的夫妻，單是交流所用的語言就耐人尋味：哥哥說漢語，嫂子用維吾爾語回答，嫂子一說蹩腳的漢語，哥哥就開始說維吾爾語。這會兒陪老婆逛街，讓我聯想到他昨晚的去處和由此產生的愧疚感。也許他真如別人所說在外面養著二奶，還生有一個兒子？不過我覺得這不太可能，他們唯一的女兒留學美國，十八歲就結婚生了一個兒子。早早做了外公的哥哥不會做這種不體面的事情吧，我想。

哥哥是自治區勞動人事廳幹部調配處的副處長，在醫生妻子的調教下，注重保養，身材像舞蹈演員一樣有型。客廳裡擺放著昂貴的真皮沙發，鋪著名貴的土耳其進口純毛地毯，客廳一角的櫥櫃裡擺滿了晶瑩剔透的水晶器皿，櫥櫃的頂上是一個雄鷹的標本，展翅欲飛的姿態被永遠凝固。看似破舊的六層老樓是嫂子單位的福利房，他們住的是三室一廳，地段好，又能顯得清廉。因為平時只有他們兩個人，雖然有點冷清，但是整潔、優雅，非常舒適。

從廚房望出去，是一個小小的街心花園，由於地處鬧市，而且川流不息的車輛都從這裡繞行，所以那裡除了園丁的身影我從沒有見到過別人。我喜歡嫂子的這個廚房，每次來我都願意待在這裡，洗洗擦擦，做飯的間隙可以站在這裡發呆，而不被人注意。

躺在侄女的床上，往事如夢如幻，在我的腦海浮現，我輾轉反側難以入眠，索性起床打開箱包整理起了自己的財物。除了一些內衣和替換衣服外，我沒有什麼值錢的東西。衣服和小說各占一半，結婚時男方置辦的首飾一樣都沒有帶出來，而自己向來對金子不感興趣，所以即使遇到窘境也沒有可以變賣的值錢物品。考慮到中國目前就業的狀況，我知道短期內找到適合自己的工作機會幾近於零。好在離婚使我有了一筆自己的積蓄，農業銀行卡裡十萬元補償金，至少使我在未來的幾年內不至於有斷糧之憂。守信用、誠實是我前夫的許多優點之一，離婚後不久他就往我的工資卡匯入了這筆鉅款。這是我這段失敗的婚姻給我帶來的最大的實惠。我暗自得出結論，難怪有人頻繁地結婚離婚呢。前夫履行諾言，匯款如約而至，可以說是我的一種珍貴的運氣，就如後來我所擁有的好運一樣。我打算給自己添置一些服裝，然後用它付首付買一套屬於自己的小公寓，變成真正的首府居民。整個夜晚我都憧憬著自己在這個大都會的新生活——我考上研究生，遇到一個年齡相當的男同學，他讓我愛戀不已，我們志趣相投；我被調到一所學院任教，收入穩定，假期與新夫一起旅行。我的祕密，我的往事，已經留在了被遠山阻隔的伊寧市，我的體驗之旅將在烏魯木齊這個既陌生又熟悉的城市展開。

烏魯木齊最繁華的商業中心之一是友好路，這條街上的商城足以使任何一個愛美且虛榮的女人買到自己想要的東西。傍晚時分我逐個逛完了這條街上的幾個大商場，走到與醫學院路相交的十字路口，抬頭看見「塔里木語言培訓中心」霓虹燈招牌。我想碰碰運氣，也許他們正好需要一名漢語教師呢。

在一樓入口處放著一張課桌，後面坐著一個保安，他問過我去哪裡以後，讓我在登記簿上留下自己的身分證號和聯繫方式，隨後讓我乘電梯上六樓。

畢竟是培訓學校，所以此時正是那些課餘來學習語言的人們上課的時間，走廊裡可以聽到從不同的方向傳來的讀書聲，側耳傾聽，有英語、漢語，似乎還有阿拉伯語。過道裡站著一個約莫三十多歲的男人，他正透過教室門上方的玻璃偷窺教室裡的情況，我走到他的身邊他都沒有察覺，我輕咳一聲，他隨即轉過身來，並不覺得尷尬，卻也露出了和悅的神情，我發現他長著一張討人喜歡的俊美面龐。

「我想找這裡的領導。」我壓低嗓音，這是在學校養成的習慣。

「跟我來吧。」他用低沉的男中音響應了我一句，然後一瘸一拐地徑直朝過道另一頭走去。他的殘疾令我唏噓不已，跟在他的身後，我無法將自己的視線從他變形的雙腳移開。走到盡頭，他停住腳步，打開了一間辦公室的門，然後非常有禮貌地閃到一邊，請我先進去。室內的整潔引起了我的注意，書架上擺放著各種語言寫成的書籍，辦公桌上、沙發上都是一摞一摞的文稿，他給我搬了一把椅子，然後自己也在辦公桌前坐定，問了一句：「唔，您有什麼事？」

「我叫巴奴．巴布爾，我是中學漢語老師。我想在這裡代課。」我直截了當地回答說。

「我們不需要漢語老師。能教漢語的人太多了。」

「您聽說過ＭＨＫ嗎？」我想要引起他的興趣。他沒有回答，只是含著笑意望著我，我被他的友善所鼓勵：「您肯定知道ＭＨＫ是少數民族漢語水平考試，而這種考試每個民考民大學生都必須達到規定的級別才能畢業，而且將來有可能少數民族公務員也需要通過這種考試。您想像一下，那是一個多麼大的市場呀，而我卻有輔導學生提高ＭＨＫ成績的有效方法。」

我的維吾爾語說得不是很得體，此時卻收到了預期的效果，他詢問了我的老家，以前從事的職業，以及來烏魯木齊的原因。我儘量簡潔地做出回答，因為直覺告訴我他不喜歡過多的鋪墊和解釋。他遞給我一張名片，我緩慢地拼讀著冗長的阿拉伯文字母：塔里木語言培訓中心主任穆塔力甫．闊如克．塔里木吾格力。

「您帶上自己的簡歷和教師資格證書來上班吧，我們正好有一名漢語教師快要休產假了。」他頓了頓，聽我笨拙地說出一連串感謝的話語，然後接著說道：「一節課二十五元，免費提供宿舍。」

我是一個喜形於色的人，幾乎跳起來擁抱這個瘸腿的主任，僅僅為了他最後那一句話。因為這幾天我發現要租到一套適合自己的房子是多麼的困難。為了不讓嫂子的臉色無可挽回地變得更加冷漠，我勤快地做著家務，就剩屋頂沒有擦拭了。我迫不及待地提出馬上去看看我的宿舍的要求。他點點頭，打了一個電話，過了幾分鐘一個農村姑娘模樣的女孩子敲門進來。穆塔力甫主任給我們作了簡短的介紹，姑娘叫賽南姆，是英語老師，不光名字，她人也長得像維吾爾古典敘事詩〈埃里夫與賽南姆〉的女主人公。她將帶我去看我的宿舍。

她說，我們的宿舍在九樓，古麗米熱快要生了，她不再來上課了，所以就空出來一間屋子和一個職位。我們一直猜想會來一個什麼樣的人呢，我一見到您就覺得我們合得來，您說呢？我被她的熱情所感染，愉快地跟隨在她的身後，甚至發出了一串笑聲。如果不是樓梯太狹窄，我想自己會跟她並排走在一起，然後挎起她的胳膊。

她打開了房門，帶我參觀我們的宿舍。這簡直就是一個家呀！三室一廳，它包括一間小廚房和一個浴室，客廳很寬敞，有沙發，鋪有地毯，還有一台大彩電。賽南姆對我的反應似乎很滿意，她帶著驕傲說房子和這些家具是語言中心的財產。穆塔力甫是一個非常有學問的人，他懂得知識的價值。隨後又衝我擠了擠眼睛，意味深長地說了一句：「他非常富有。」我敷衍地點點頭，急於看到自己的住處，賽南姆用胳膊肘捅捅我戲謔地說：「我們叫它觀景屋呢。」推開房門我立刻就被它迷住了，房間寬敞、通風、光線充足，乾淨得一如伊犁老家的院落。我尤其喜歡朝西南方向的大陽台，一扇鐵門連通的寬敞陽台展現在眼前，鯉魚山上的風景一覽無餘，沒有堆放雜物，鋪著一塊大號擦腳墊，而一張鋪著台布的課桌和一把椅子讓我對住過此屋的人兒心懷感激，如果真主允許，以後我要在這裡一邊喝茶一邊看書。這種不尋常的派頭，使我決定明早就搬過來住，儘管我還得購置被褥被套等必需品，我怕自己稍一遲緩房子就會被別人占去。

「走，我帶你參觀參觀我的屋子。」她把我帶到隔壁，一個不到十平方公尺的房間，比我的要小得多。但是布置得異常溫馨，是一個真正的閨房。一張雙人床，一個小小的床頭櫃，窗前一張寫字台，除了床罩是杏色的，其餘的平面都被鏤空繡花的白色台布苫蓋。牆上掛著一把都塔爾琴，床頭櫃上的花瓶插著一朵百合，擺著一張她和一個小女孩的合影，房間裡瀰漫著淡淡的花香。我有點妒嫉地想，會彈都塔爾，又願意花十幾塊錢給自己買百合的姑娘一定不簡單。

小馬是我們的同屋，她住朝西的那間屋子，上課去了，我們沒有打開她的房門。

賽南姆打開電視讓我看，自己到廚房燒水沏茶。茶几上擺放著維吾爾人通常待客的乾果茶點。我坐下來抬眼望著四周，突然明白另一個必然在我下意識中起了作用、使我被這個地方吸引的原因。由這裡我可以欣賞寧靜怡人的公園景色，這個被稱作鯉魚山的綠地，蜿蜒而上的人行道上，覆蓋著白楊樹和榆樹投下的蔭涼，夕陽柔和地照在農家樂的屋頂上，用籬笆圍起的小道十分僻靜，帶著田園色彩。才不過幾百公尺開外，新醫路上交通喧囂雜亂，人流摩肩接踵，是這座城市裡最喧鬧的地方之一；但是不遠處的蒼翠樹木，柔和的陽光，以及在公園裡漫步的老人和孩子，營造出一種類似於家鄉遠郊的風景。

喝著賽南姆沏的熱茶，我感到十分地愜意和滿足，一整天的遊逛使我十分疲憊、焦渴。寒暄中我開始觀察眼前的這位略帶土氣的姑娘。我發現她長得非常有特點，是那種越看越漂亮的類型。光潔的皮膚像大理石一般，月牙形濃眉下一雙深邃的小眼睛，與窄長、秀挺的鼻子搭配得恰到好處，濃密的頭髮如烏雲般高高聳起，髮際比常人要低以至於使她的額頭顯得有點窄小，穿著輕薄夏衣的身體曲線凹凸有致，十分迷人。

當我告辭時已經瞭解到，我們的頭兒是一個單身男人，跟母親住在一起，他的外祖父是早年移居沙烏地阿拉伯的商人，為他購置了這個房產。他酷愛讀書，精通阿拉伯語，對古代維吾爾文學很有研究，喜歡用古代哲人的箴言名句教育別人。

小馬是回族，全名叫馬麗豔，從喀什的一所鄉村中學停薪留職跑出來，為的是照顧在烏魯木齊做小生意的父母親。她來烏魯木齊做代課教師已經十年，山東大學日語專業畢業的她，偶爾也去旅行社做導遊掙錢。她的維吾爾語說得非常地道，因為帶著點喀什口音而顯得異常優美。身材嬌小、皮膚白皙的她，如果不是自己說出來，別人不會看出她已經三十六歲了。

我搬過來快一個月了，我打算報考X大學國際教育專業研究生。這是我實現出國夢的最佳途徑。報名在十一月份，我一下子難以進入學習狀態，夜晚三個人時常會坐在電視機前閒聊一會兒，此時我們總是把電視關到最小，一幅幅畫面的閃動會偶爾吸引我們的注意力，但更多的時候在賽南姆的引導下，小馬會說出自己跟新近結識的男朋友的事情。

「小馬跟男人相親時的表情太有趣了，不停地發出緊張的吞嚥聲，臉漲得通紅，身子僵硬得像一塊石板。」

「哪裡呀，我現在自然多了。」小馬愉快地糾正說，「我已經可以跟他們開玩笑，說自己不是冒牌的老處女了。可是……」

「可是，」賽南姆插嘴道，「完好無損的處女膜沒有引起那些男人的興趣。」

「怎麼會呢?這是很多男人對女孩子提出的基本要求呀。」

「是的。有一個男的知道我還是處女的時候，竟然說，太可怕了，你怎麼會至今沒有人要呢?」小馬說出這件事情時，並無一點自憐的口氣，完全一如孩童般純真，似乎她所說的事情發生在別人身上。

「從理論上講，小馬長得不錯，除了胸有點小。她洗完澡穿著睡衣時，我真羨慕她那雪白的肌膚，尤其是勻稱筆直的雙腿，特別適合穿裙子。」

我贊同地點點頭，我也覺得小馬五官長得特端正，高鼻梁，大眼睛，嬌豔的嘴唇，整齊的牙齒閃著珍珠一般美麗的光澤。

賽南姆繼續說道：「她幾乎跟烏魯木齊市所有的單身回族男人相過親，還是沒有遇到可以結婚的對象。」

「有的人已經是第二輪了。」小馬自嘲地說了一句。我聽出了苦澀的味道。

「小馬錯過了幾次很好的機會，對不對呀？」

「確實，我早些年對男方提出了過高的要求，現在想起來真後悔。」

「她以前特別拘謹，又不會打扮，相處的時間都不太長。所以，我們就勸她開放一點，不要害怕跟男人親近。男人對她的善良和好脾氣不感興趣，就用其他的辦法嘛。」

我對賽南姆這種戀愛專家的措詞很感興趣，就問道：「還有什麼辦法呢？」

賽南姆很直接地說，「調情加親熱唄。」她停下來，垂眼看著小馬，用調笑的語氣繼續道：「其實，閒著也是閒著。都快四十了還是老處女，何必呢？可是在這個問題上她很固執。但願她能夠嫁一個珍惜她的人。」

我們靜默了一會兒，似乎需要另找個話題。

「喝點什麼吧？」賽南姆簡潔地詢問，表情神祕而有趣。

我自然明白她指的是什麼，不想令她掃興，微笑著點了點頭。她從臥室拿出一瓶還剩一半的五糧液。小馬將一碟花生米放在我們前面。為了讓她們覺得我是見過世面的人，我主動將酒盅伸過去讓小馬斟滿，賽南姆舉起酒杯跟我輕碰一下，說：「歡迎你，古麗巴奴！」她粲然一笑，露出一顆尖尖的虎牙。我深受感動，不由自主地一口乾了杯中的白酒，實際上有一半又被我吐了出來。

我注意到小馬自己並沒有喝酒，卻以很自然的動作把我和賽南姆的杯子斟滿。在這麼短的時間裡，我便贏得如此真誠的友誼，令我飄飄然起來。也許是酒精發揮功效的緣故，我覺得周身溫暖，友愛的臂膀似乎擁抱著我。半瓶酒見底時，我對著她們倆傻笑，反覆訴說著自己重新得到了友誼和家庭的溫暖。

「您吸菸嗎？」賽南姆輕聲問我。我很吃驚，馬上收斂了笑容。

「我？我從不抽菸。」

「那您介意我抽菸嗎？」

「抽吧，這有什麼不可以的？」其實我很喜歡此刻這種放縱的感覺，眼神迷濛，渾身綿軟，斜靠在沙發上手指間夾一根香菸，一定性感迷人。

「去我房間陽台吧。」我說。那裡只坐得下兩個人，我不想小馬在一旁。

小馬不聲不響地拿來一個菸灰缸遞到我的手裡。賽南姆從包裡翻出一包拆了封的女士香菸和一支精緻的打火機。烏魯木齊的夏日夜空是那麼地美麗，我們為這一刻而陶醉。她給自己點了一根深深地吸了一口，瞇縫起眼睛仰頭吐著菸圈。我饒有興味地注視著這一切，賽南姆的長相具有庫車維吾爾姑娘特有的古典韻味，本身就留著長髮，要是再戴上一頂小花帽就更完美了，可是此刻她卻喝酒抽菸，以我們家鄉的看法這是女人墮落的標誌。

「我結過婚，但是婚姻維持的時間不長，有一個女兒，判給了她父親，理由是我沒有固定的工資收入。」賽南姆的漢語說得非常標準，光聽她說話，會以為是個漢族姑娘在講話。她深深地嘆了口氣，手撫著胸口，輕聲說道：「我是上海交通大學國際經貿專業的畢業生，大學四年一直都拿獎學金，英語六級，可是卻找不到一份像樣的工作。」

「您是哪一年畢業的？」我急於知道她的年齡。

「我已經三十四歲了，大學畢業整十年了，女兒也上一年級了。我在哪兒，我女兒娜迪耶在哪裡啊？我想擁抱她，給她梳頭，看著她長大，可是我的護照早到期了！我當初就不該回來，真後悔呀！」她低著頭，攥著右拳捶打著胸口，發出了一聲痛苦的呻吟，我微醺的身體為之一怔，汗毛立了起來。

「啊，可憐的女孩！」我是如此地憐憫和同情她，我知道那種無力感是什麼滋味。

「啊，以後您要叫我姊姊，我比您大好幾歲。麥色皮膚的人不顯老。」她的情緒平復了許多，「畢業後回到家鄉庫車一直在家待業，事業單位不需要，像樣一點的公司也是留下簡歷後就如同石沉大海。就這樣過了一年，我跑到烏魯木齊尋找機會，畢竟是大都市，應該可以找到一份適合自己的工作，可是一年以後我澈底絕望了。在人才市場裡遭到的冷遇真讓人寒心吶。」

「依您的條件可以去財經類學校試試的啊。」

「去過了，他們看過我的檔案惋惜地對我說，我們只要碩士學位以上的人呢。」

「那您怎麼不考研究生呢？」

「想過，可是等我研究生畢業了，他們又會嫌我不是博士了。唶，沒啥意思，我都不想再拿起書本了。」

「正在我十分痛苦、彷徨的時候，家裡叫我回去一趟，說是給我說了一門親事。男方是在日本讀博士學位的留學生，假期回來想找個本民族的女人成親。我急於擺脫找不到工作的困境就服從了家裡的安排。結婚後他帶我回到了日本，蜜月一過他就鑽進了實驗室，一個星期回來一趟，拿幾件換洗衣服又走了。我很孤獨，沒有朋友，活像流放到日本的重刑犯一樣。我得了嚴重的憂鬱症，加上懷孕，身體十分虛弱。他決定把我送回家鄉。他的家人不瞭解我得的病，認為我傲慢、冷漠，開始百般挑我的毛病，孩子出生後也因為對她的養育問題總是發生矛盾。我只要給你舉一個例子就夠了——我公公每次都用棍子撥弄小孩兒的糞便，質問我給孩子餵了什麼，為什麼她的糞便顏色不正常？他們看我不順眼，藏起了我的護照，不讓我回日本跟老公團聚，後來叫他回來辦了離婚。」

「您不應該同意離婚的。」我有點惋惜地說。

「是啊，那個時候太年輕，太意氣用事，要是有現在的一半腦子也好啊。女兒的撫養權判給了我前夫。他們要回了置辦的金首飾，在法庭上給我五千元作為補償，我把這筆錢扔到了那個曾是我丈夫的男人臉上，雄赳赳氣昂昂地走出了法庭。我爸爸對我說，這才像我的女兒！」她說這話時語氣中帶著驕傲和自嘲。

她真有骨氣。可是，我覺得她跟我一樣過於感情用事，草率的離婚並沒有給她帶來更好的生活。

我一直生活在比較單純的環境，幾乎沒有什麼朋友，跟中小學和大專的同學也不怎麼來往，可能因為同學都是漢族，無形的牆阻隔著我們，相互之間並沒有建立起密切的聯繫。在教育學院進修讀專升本時跟班長關係最好，他是一個長著絡腮鬍子的維吾爾漢子，倆人像好哥們一樣形影不離。可是人家也有自己的家庭，現在最多也就在過節時發個祝詞而已。此刻，我覺得自己認識了這麼有趣的一位朋友，真的是很幸運。她博學，精通英語，日語也非常流利，說起黃色笑話來像表演節目一樣，每每在其嘲謔的當兒，會使我笑得東倒西歪，笑點低的馬麗豔則常常笑得肚子疼。有一次她從浴室出來頭髮上還包著白毛巾，伸長兩臂做成挑扁擔狀，一前一後地移動腳步，輕快律動，學著四川人的腔調自問自答地唱了起來：「嗨——，我說那個大姊，你從哪裡來吆？

我從新疆來呀，要切（去）北京看那個奧運會撒，咿呀咿爾呅。哎呀我的傻大姊呀，你說撒子嘛，新疆人在北京大馬路都莫得睡呀，過了嘉峪關呀你就是那個外國人嘛，咿呀咿嘚爾呅。我們是相親相愛的一家人嘍，永遠離不開，你敢亂說——舌頭割下來呀，咿呀咿爾呅。」尤其唱到最後一句時那種陰陽怪氣中透出的嘲諷意味令我們開懷大笑。

她的興趣之廣泛使得我們在一起的好時光，不至於總是停留在一種無聊的層面。無論憂傷或喜悅她都可以通過音樂來表達，我們常常聆聽她的彈奏和輕聲吟唱，而不覺時光流逝。小馬的業餘愛好是攝影，她存錢買了一部相機，總是出其不意地把我和賽南姆的各種瞬間抓拍下來，洗出來貼在冰箱上面，給我們的宿舍增添了不少溫馨。我最喜歡的是一張賽南姆教我彈都塔爾的照片。她眉眼低垂，嘟著嘴，專注地望著我在琴弦上的一隻手，而我望著她的眼睛裡有一種不可捉摸的神情。

賽南姆和小馬已經是老朋友了，她們真誠地歡迎我的加入，我們三個人難分難捨，幾乎是三位一體，開始以你相稱。雖然一個月才掙到一千多塊課時費，但是我們都很知足，伙食費交給小馬管理，她精打細算，不辭辛苦地採購，冰箱裡總是滿的。小馬十分善良、勤快，家務做得最多。但是有的時候好事做過頭，也會招人討厭。有一天我聽到賽南姆毫不客氣地罵她犯賤，而小馬在一旁抽抽嗒嗒地哭泣。原來，小馬自作主張洗了賽南姆的內衣內褲。罵過、哭過以後倆人又若無其事地說笑聊天，令我十分羨慕。我最喜歡做的事情就是看菜譜做飯，她們也樂得吃現成飯。我是那種聽不得讚揚的人，一誇就飄起來，我更加努力地鑽研菜譜，常常是霸著灶台不讓兩位姑娘靠近，她們只好品嘗我那些不太成功的試驗品。一到週末小馬就去山西巷幫她父母幹活，他們家的小餐館專賣鍋貼，生意十分紅火。而我和賽南姆無處可去，漸漸地喜歡上了八樓小紅蝦餐館，在幽靜的包廂裡要一瓶兩百五十毫升的小老窖，幾碟小菜，點上一支菸，慢慢地喝，總有說不完的話題。聰明、博學的人滔滔不絕時常使人產生渺小的感覺，而賽南姆卻不是這樣，名牌大學畢業的她，熱情、機智和謙虛，使我感覺放鬆，常常產生想對她傾訴一切的衝動。

我感到非常地快樂，我在這裡找到了自己的歸屬，過去的陰影已經開始逐漸消退。直到語言培訓中心發生的一件事情影響了我的安寧，使我瞭解到賽南姆和穆塔力甫主任之間的感情糾葛。

一天傍晚，我原本打算去哥哥家度週末，可是中途打電話得知他們不在家，就又回到了培訓中心。出於開玩笑的心情，我輕手輕腳地開門進了屋，然後靜靜地坐在沙發上，賽南姆的房間裡傳出一種奇怪的聲音，令我產生了好奇，我側耳仔細聆聽。那是男性和女性，無需聽清楚就知道是怎麼回事，賽南姆和穆塔力甫的聲音組成一種令人愉快的和聲。我渾身燥熱，尤其是那些煽情的話語，令我坐在那裡暗自嗟嘆，直到它漸漸平息。為了不使他們尷尬，我悄然走出房間，在街上徘徊了很久，最後走進十字路口的德克士要了一杯可樂和一個捲餅。無意間聽到的祕密令我惆悵萬分，使我想起了與帕爾曼之間的許多往事。回憶帶給我的只有折磨。我明白，我只是逃離了那個場景，那個案發現場。而背叛和復仇帶給我的愧疚和傷痛將伴隨我的餘生。

舉頭望向青金石一般美麗的夜空，心緒漸漸變得開朗起來，穿過依舊喧囂的街道回到培訓中心，走到宿舍門口，聽到室內有人在爭吵，穆塔力甫的聲音沙啞狂暴，叫罵聲模糊不清，賽南姆的哭泣聲令人心痛。突然間，隨著玻璃器皿碎落在地的清脆響聲，賽南姆一聲尖叫，我正要衝進去保護我的朋友，此時屬於穆塔力甫特有的一重一輕的腳步聲向門口走來，我急忙閃到一邊，他猛地將門拉開，看到我以後停了幾秒，我聞到了一股濃烈的酒味，他衝我擠出虛假客套的笑容，隨後重重地摔門而去。

我沒有馬上進屋，賽南姆的自尊心很強，一定不想讓我看見她此刻狼狽的模樣。我轉身下樓，在樓下的小商店買了一瓶伊犁老窖和一包香菸，小心地放進包裡，又買了一些水果和小吃，拎在手上。當我回到宿舍時，賽南姆正在衛生間洗浴，流水的「嘩嘩」聲，和她放縱的號啕大哭聲交匯在一起。幾個小時前，他們的纏綿使我震撼，並且燃起了我心中久藏的火花，而現在，這種激烈的爭吵卻使我感到生活如浮雲般變幻無常。充滿我的心房，久已等待釋放的悲情湧上喉頭，我跌坐在沙發上淚如泉湧。

# 第八章　意亂情迷

你那美麗的黑眼睛，黑眼睛，迷住了我的心
我願為你獻出生命，綿羊的眼睛
你讓我受盡了折磨

賽南姆撥動著都塔爾的琴弦，深情、憂鬱的歌聲穿透了我的靈魂，淚水又一次潤溼了我的眼睛。這首家鄉的民歌從未像今天這樣淒婉、悲傷。

「當我還是小女孩時，我們家住在庫車老城的一座老房子裡，門前有一棵老桑樹，不知道它有多少歲，奶奶說那棵樹在她小的時候就已經非常高大了，她說樹上住著天使。翻新舊屋時，我爸爸想砍了這棵樹，說它擋住了太陽光，使我們的房子一年四季陰冷、潮溼。可是奶奶堅決不允許，除非她死了，否則誰都不能動它。」穿著輕薄家居服的賽南姆，頭髮還沒有乾透，長長地披散在腰間，身上散發出淡淡的香波味。她放下都塔爾，目光望向遠方，聲音略顯沙啞。

「你奶奶還健在嗎？」我想知道那棵樹的命運。

「奶奶活著的時候他們就把那棵大樹砍了。」賽南姆鬱悶地回答說。

「你爸爸還是把它砍了呀？」

「不是，是道路擴建。」她停了下來，強忍著眼淚，「什麼都沒了，那些讓我想起家鄉的東西！你知道我最想念的是什麼嗎？」她的聲音像走在沙漠發出的「嚓嚓」聲，「想像一下吧，道路兩旁楊樹彎向路中間，形成遮天蔽日的林蔭道，通往鄉村僻壤。納涼的旁晚，一家人坐在門前水渠邊的長凳上，喝著玫瑰花茶，對經過門前的人評頭論足：在城裡巴扎[1]賣完自家果蔬的農民載著妻兒唱著小調，趕著毛驢車顛兒顛兒地隱沒在道路盡頭……」須臾間她深邃的眼睛變得迷離起來，「都毀了，砍掉了樹，拔掉了花兒，填埋了水渠，……烈日曝晒下，寬闊的水泥馬路上，人們神色匆忙，沒有了從前的悠閒自在。打那以後裝甲車和坦克日夜巡邏，然後就停在每個街角……」她微閉雙目嘆了口氣，胸腔的起伏清晰可見，「從前的家鄉沒了，也不想回去了。唉，生活從沒有像今天這麼艱難沉悶。我們吃得比以前好了，可是卻活得像動物園裡的野獸一樣。」

我無言以對。想起包裡的酒和菸，掏出來放在桌上，然後又去洗了水果。

「那桑樹是我童年最美好的記憶，五月，桑甚熟了，紫紅的果實甜得黏手。媽媽在樹底下鋪張塑膠布，微風吹來聽得到肥嘟嘟的桑子落地的噗噗聲。九月，在它橫生的粗大枝幹上，我們晾晒西紅柿、辣椒，還有杏乾、蘋果乾，我爸爸在那上面安裝了一個舊靠背長椅給我做鞦韆，鋪上罈子放上枕頭，我就在它的晃動下複習功課，家裡人每次路過都會使勁推我幾下……」

「那真像是童話故事裡才會有的情景啊！」我無限嚮往地感嘆道。

「是呀，現在回想起來也像是在夢裡經歷過一樣。」她幽幽地語氣讓我心疼。

「給我倒一杯。我今天真想一醉方休。」

「是呀，喝吧，我們只剩下一醉解千愁的權力啦。」我突然冒出一句漢語。她聽了我的話，咯咯笑出了聲，「你的漢語真不錯，不愧是漢語老師。」她由衷地讚歎道。

我拿來兩個小玻璃杯，斟上酒，抬起頭正好和賽南姆的目光相遇。她望著我說：「古麗巴奴，我跟穆塔力甫是情侶關係。」

「啊，賽南姆姊，這個我看出來了。」我淺笑了一聲。

「今天他像著了魔一樣瘋癲，」她說，「我們這個中心遇到麻煩了。他快撐不下去了。」

「是嗎，情況有多糟糕？」我一點都不吃驚，目光移向窗外，天空已經變得暗淡，遠處霓虹燈的光影一閃一閃地透過開著的窗子潛入室內，我轉身走向窗畔，內心充滿了不安。

「表面上一切正常，可是穆塔力甫時不時地被叫去談話，寫保證。要他停開阿拉伯語和土耳其語課程。一些從南疆來的學生因為去清真寺做禮拜被抓，他也受到牽連。他的日子很不好過。」

---

[1] 巴扎的詞源為波斯語，意思是「集市」。

我輕輕地嘆了口氣，「要開燈嗎？」我問。

「就這樣吧。」她低語道，「有時候我覺得世上的一切壞事，一切醜惡，都跟酒有關係。我在這裡找到了安身之處，遇到了一個好人，我開始跟他相戀。可是他有著深重的痛苦，借酒澆愁，然後像瘋子一樣發怒，毀壞物品。不喝酒的時候，他是那樣深沉、有禮，他的學識是多麼的淵博，我不顧他的殘疾想要與他結婚，可是他酗酒的毛病卻使我對他產生了畏懼心理，我想我不能嫁給他。我們的戀情一直沒有公開，也是因為這個原因。我想去日本，看著我的女兒長大成人。可是我走不了。啊，胡大[2]啊，這也叫生活嗎？我不想只是這麼活著。我要是有孫悟空的本事就好了。」說完她自嘲地笑了笑。

國家的政策陰晴不定，一到要舉辦重大的活動不是嚴打就是嚴卡。出不了國就不能擁抱自己的骨肉，那是怎樣一種無助和無奈的心情啊！我似乎理解了她對菸酒的嗜好。「想聽我的故事嗎？」我斟上了第二杯酒，並且為我們各自點燃了一支菸，「結婚前一週，我把自己的第一次給了我愛的男人，而不是我的丈夫。這是不道德的，對要娶我的人也不公平，可是我怎麼能控制自己的靈魂？我是那麼地愛他，如果他要我為他獻出生命，我也不會猶豫。」

「這件事情沒有影響你的婚後生活嗎？」

「當然影響了。我沒有想欺騙他，告訴了他實情。現在看來這是個錯誤。有的時候男人寧可被欺騙，也不願意瞭解真相。善良的謊言比真相更美好，不是嗎？」

「這倒是真的。」她說，「給你說個笑話吧，有個姑娘婚前失去了貞操，就去修補了一下。新婚之夜，事情進行得很不順利，兩人都很不舒服，第二天新娘子去醫院，新郎非要跟去，還好檢查時他不在場。原來那些江湖騙子把她那個地方用腸衣線縫起來了。」

我被自己的哈哈大笑驚住了，頓了一下，喃喃地說，「那個姑娘的事情沒有敗露，她得到了丈夫和婆家人的珍視。」我深深地吸了一口香菸，瞇著眼睛望著自己噴出的菸圈繼續道，「結婚前一天，他們差我嫂子來問我是不是處女。如果是，我的嫂子就要在新婚第二天早上拿著染血的白色床單驕傲地向男方家展示。我真不知道我們還有這樣的習俗，以為這只是我和他之間的事情。」

「你就是一個冒傻氣的民考漢。」她掩嘴嬉笑道。

「也許吧，可是有時候我覺得這是一種無所謂的態度，內心深處不在乎這會對娶我的人產生什麼樣的影響，我根本瞧不起他。我是一個多麼自私的女人，我傷害了他。」

我又給自己倒了一杯酒，我很高興有這樣一種解脫的方式，哪怕這在別人看來是那麼的怪異和不正經。長久以來我鬱鬱寡歡，心煩意亂時暴走或聽音樂，從未有過與朋友痛飲的經歷。到夜

---

2 胡大是波斯語對「神」的稱謂。使用中文的穆斯林通常稱呼伊斯蘭的神為「安拉」或者「真主」，維吾爾族、東干族穆斯林則稱「胡大」。

半時分，我們已經喝完了大半瓶酒，像兩個女酒鬼一樣大大咧咧地喝著，還抽完了一包香菸，屋裡瀰漫著略帶薄荷味的菸霧。但是這對我們的語言和行動並沒有造成顯著的影響，卻使我的舌頭變得更為靈活，我打算把自己一直不敢面對的另一件事情說出來。

「我有過一個兒子，他叫雅迪卡爾。是個腦癱患兒，他的眉目像極了我的帕爾曼。這個孩子使我明白了一個道理，盲目的愛情有多麼危險，一個女人最大的恥辱莫過於輕率地委身於一個不該愛上的男人。望著生病的孩子，我不由得想，這是我遭受的報應嗎？可是，為什麼要落在孩子身上？他是那麼地弱小。」

「拜託，千萬別這麼想。」賽南姆皺著眉頭打斷了我的話。

「不，是我的錯誤帶來的報應。」我厲聲堅持道，「而且，我還希望他，」我頓了頓，艱澀地說出，「我希望他……死，我真的是那樣一個人，我害怕與他一起承受苦難。我的家人都責怪我沒有照顧好這個孩子，他們是對的，我應當被憎恨。」我的聲音變得高亢起來，「我，殺死了自己的孩子，我不是一個好母親。」我捂著臉失聲痛哭，淚水從我的指縫滑落。賽南姆移到我的身旁，默默地擁抱著我。我說，「賽南姆姊，你不知道，我夜裡餵奶的時候睡著了，孩子窒息而死。我抱著兒子漸漸變涼的身體，度過了怎樣一個夜晚！我渾身不住地顫抖，我想到了死，我那個時候真的很想跟我的孩子埋在一起。」

賽南姆在我的耳邊低語：「都過去了，都過去了，你現在不是挺好的嗎？」她的懷抱異常溫暖，氣息香甜。我轉頭注視著她，她的眼底有一抹異樣的溫柔，嬌豔的嘴唇微微啟開，她親吻了我的眼睛，擦去了我的淚水。我們相擁著坐了很久很久。她讓我把頭放到她的腿上，摩挲著我的長髮，輕輕地按揉著我的太陽穴。我微閉雙目享受著她的觸摸給我帶來的美妙感覺。我渴望進入她的內心世界，它似薔薇園一樣芳香迷人，又像塔克拉瑪干沙漠一樣荒涼、憂傷。皮膚的飢渴早已使我身陷情慾的深淵，我抬起頭央求她的愛撫，她的手是那麼地綿軟、溫暖，我引導她的指尖在我的身上遊走，我享受著她給我帶來的歡愉。當時我很清醒，我閉上眼睛呼喚著她的名字，追隨她躍入天堂……但是當我打算回報她的愛撫時，她卻驚懼地一躍而起，用戲謔的語氣朗聲對我說：「我美麗的雲雀，心碎的古麗巴奴，我給你唱首好聽的歌曲吧。」

她盤腿坐在沙發上，都塔爾橫放在胸前，左手在長長的琴杆上滑動，右手在琴頭靈巧地叩擊，配合著詼諧歡快的庫車民歌的節奏，頸部俏皮地移動，眼簾時而低垂時而含笑瞟向我，如此地嫵媚，至今回想起來我都感到心醉神迷。若不是賽南姆的抗拒令我難堪，我發現自己很享受與她獨處時的那種曖昧氣氛，它使我深信除了帕爾曼，我還可以跟別人有肌膚之親。而這種愛，比起男女之愛更為廣博而深沉，它可以平復我們彼此的傷痛。

我們的浴室是這套房子中最讓人喜歡的地方，鋪著潔白的大理石，淋浴噴頭也都是皮實耐用的，牆上安裝了一面大鏡子，洗浴的時候可以照見全身。我總是尾隨著賽南姆進浴室，藉口是需要她給我的後背打肥皂。當她的手在我的背脊滑過的那一刻，火焰會吞噬我的周身，莫名的顫慄穿透我的四肢。我們在浴室互相欣賞彼此的身體。她的身體曲線十分優美，膚色像蜂蜜一樣，雖然個子不太高，但是飽滿瓷實，臀部好似一分為二的地球儀，渾圓微翹，腰際兩側各有一個深深的窩。而我也能夠從水汽迷濛的鏡子中，從賽南姆豔羨的目光裡感覺到自己的美麗，這使我意亂情迷，如果此刻我能夠親吻和擁抱她，是不是就可以到達那個極樂世界？

馬麗豔看到才來幾週的我已經跟賽南姆親密無間，略感意外，但她太忙了，根本沒有時間嫉妒我們，上完課就跑去幫父母管理飯館，有時還會帶團參觀，回到宿舍已經精疲力竭，往往是洗完澡就倒頭睡了。

語言培訓中心擁有大樓的兩層和九樓我們佢住的這套房子。六樓是七間教室和穆塔力甫的辦公室，七樓有語音室、閱覽室和幾間學生宿舍。學生宿舍專供外地學員住宿。我為了準備考試，一有空閒就待在閱覽室，賽南姆生動的影像便會暫時從我的心中消褪，而這裡也是穆塔力甫經常流連的地方。

「古麗巴奴，您聽懂了嗎？這是我們古人對兒子的教誨：為了獲取知識當追隨學者，拋開自尊謙卑地為之服務。」穆塔力甫捧著一本硬皮書走到我身邊坐下，讀得抑揚頓挫，當發「r」音的時候，可以看到他捲起的舌尖，音符顫抖著融進後邊的輔音裡。他從來不說漢語，至少我沒有聽他說過，我與他都是用母語交流的。

「您在看什麼書？」

「《突厥語大辭典》。」他回答說，並且把書攤到我的面前朗誦了一首古代維吾爾語詩歌。「您看，一千年前我們維吾爾人的學者馬赫穆德．喀什噶里是多麼地睿智，準確地說出了我想表達的意思。哦，不對，這可能不是他說的，因為他引用了許多民歌。」他不管我是否在聽，自言自語地接著說道：「不過也許是他自己的創作，他在辭典裡給『冰粒』（kardu）一詞作注解時用這首詩作了例子。」

我茫然地聽著，並不是很明白。

他一眼就看穿了我的無知：「我怎麼對您說這些？您是不會懂的，這本辭典是用阿拉伯語注解的。」

我尷尬地笑笑，好勝的性格使我覺得他的話不中聽，「阿拉伯語又怎麼樣？我除了英語以外，什麼外語都沒有學過，感覺自己很無知，正好想學一門外語，那就從阿拉伯語開始吧。」

「這是一門很難的語言，要想學習就要有思想準備。」

我堅持道：「我們家農村親戚年齡五十歲以上的都能讀寫阿拉伯文，我就不信我學不會。」

穆塔力甫解釋說，「沒錯，是有很多人能夠拼讀《古蘭經》，不過他們卻不明白它的意思，只是盲目地背誦而已。」我那已故的爺爺曾經是受人尊敬的伊瑪目，他誦讀經文時肅穆的神態猶在眼前，雄渾低沉的吟誦催人淚下，我想他是懂得這門語言的。《古蘭經》是用阿拉伯語寫成的，穆斯林與阿拉伯語有著天然的感情，據說教授和學習阿拉伯語會帶來福報，我不想錯過它。

「好啊，我可以做你的老師。」他俊美的臉龐露出笑意，伸出一隻手，手心向上，我很自然地拍了一下，說：「一言為定，穆塔力甫老師。」

跟他在一起學習時，他給我講了許多我從來都沒有機會瞭解的知識。我們的民族曾經建立過非常強盛的王國，信仰過薩滿教、摩尼教和佛教。尤其是古代高昌回鶻汗國時期維吾爾知識分子翻譯了許多重要的佛教經典，這就是為什麼吐魯番和庫車千佛洞有那麼多栩栩如生的佛教壁畫的原因。

他從書架上取下一本古代維吾爾詩歌集，挑出一首古老的民謠讓我讀，我毫不費力地讀了出來。

「您看，您讀得多好！」他接著說道：「有人說古代突厥語是死語言，因為沒有人說這門語言了。這是錯誤的觀點。就像現在沒有人說古代漢語了，可它卻不是死語言一樣。古代突厥語也就是古代維吾爾語，雖然幾千年過去了，有了很大的變化，但它還是能被我們讀懂。您真的是民考漢嗎？要都像您該多好啊，真正的雙語人才！」他滿懷激情地感嘆道：「唷，維吾爾語，多麼不幸，再過幾十年它真的會成為死語言，如果我們不再做點什麼的話。」他望著手中的詩文，陷入了沉思，少頃抬起頭，眼睛熠熠閃亮，「儘管是在一千多年前寫成的詩文，您不覺得在這首詩歌中對母親和孩子的思念令人動容嗎？這首詩的作者是個回鶻摩尼教徒。」這一天穆塔力甫很興奮，微醺的狀態讓他丟掉了往日的倨傲和寡言，我想藉此機會聽他說點什麼。

「那我們怎麼會皈依了伊斯蘭教呢？」

「喀喇汗王朝是維吾爾人歷史上最有研究價值的一個朝代，我手中的這本詞典就產生於那個朝代的鼎盛時期，大概是十一世紀七〇年代吧，另一本維吾爾人引以為自豪的文學名著《福樂智慧》也是那個王朝的傑出詩人尤素福．哈斯．哈吉甫寫成的。阿拉伯史學家伊本．阿爾．西爾在他的《全史》中記錄了這樣一個傳說：喀喇汗王薩圖克有一天夢見一個白衣人從天而降，走到他的面前對他說：『為了使你在今世和來世都能得到拯救，你要皈依伊斯蘭教！』於是，在東方露出曙光時，薩圖克汗便宣布接受了伊斯蘭教，他的臣民也都競相效仿。」

「我一直很困惑，我入了黨，我不祈禱，也不履行一個穆斯林應盡的義務，除了不吃豬肉和其他不潔的食物，可我覺得自己還是穆斯林，這是為什麼呢？」

「因為這是你的身分認同意識在起作用啊。這讓你有歸屬感。在內心深處你屬於『我們』而不是『他們』。我覺得我們這個民族最大的特點就是善於學習和吸收其他民族文化的長處而不是融入其中。比如，Laghmen，我們的主食拉條子，它的維吾爾語發音實際上就是漢語的『涼麵』，現在成了我們的傳統美食。一個維吾爾姑娘不會做拉麵都很難嫁出去。」他哈哈一笑，又回到了正題，「歷史上很多民族都被我們同化了，比如在吐魯番、哈密一代生活的漢人。」

「哈，怪不得那邊的維吾爾人基本上都是瞇瞇眼呢！」我笑著用兩隻手拉長了眼睛。

他附和著我咧嘴笑了一下，繼續道：「古麗巴奴，您知道嗎，西方有多少語言學家一生都在研究古代維吾爾人留下來的文獻，靠研究這些文獻殘片吃飯，比如突厥學、吐魯番學，敦煌學大部分研究也離不開維吾爾文獻，那些古代文獻表明維吾爾族自古以來就有一套完整系統的治國方略，更不要說那些流傳千古的文學作品了，維吾爾絕不是野蠻落後需要他們教化的民族！您知道『回鶻』這個名稱是怎麼來的嗎？唐朝時，維吾爾人給自己選了這兩個字，遣使唐朝廷請求將族名改譯為『回鶻』。『鶻』就是雄鷹，您說對不對？多麼豪邁，多麼驕傲！唉，往日的雄鷹變成了任他們宰割的綿羊……」

「您做奈麻茲[3]嗎？」我突然打斷他的話，詢問道。

「不。」

「那您認為自己還是穆斯林嗎？」

他皺起了眉頭，說：「信仰不在於形式，在於你的內心是否相信真主的存在。」

「那您覺得有嗎？」我緊追不放。

「我相信有一個超乎尋常的力量存在，無論你叫他什麼，上帝或者真主。」

「我想要是胡大真的存在，那麼我們所受的苦祂為什麼就看不見呢？為什麼祂不懲罰那些行惡的人呢？」

我還想繼續，可他轉移了話題：「您知道嗎，我們在一九四五年建立過一個東突厥斯坦共和國。一九四九年八月二十九日，我們的七位主要領導人都死了，因為他們同乘一架飛機遠赴北京參加什麼政治協商會議。如果生命可以輪迴，可以重新選擇，那些肩負人民重託的人物也許不會欣然響應中國共產黨的召喚，就像急著趕巴扎的幼稚孩童一樣全都登上一架飛機，然後葬身蘇聯的扎巴依喀勒山吧。從那以後我們的家鄉就成了一塊任人宰割的肥肉，而人民成了失去牧羊人的羊群。唉，幼稚啊，輕信就是愚蠢，對不對？」

「假如他們沒有死會怎麼樣？」

「怎麼說呢？唉，與他們為鄰，是我們的宿命。他們人多資源少，而我們地大物博人稀。自古以來我們的祖先就與漢地政府保持密切的聯繫，我們還幫助唐朝平定了安史之亂。不過說來也怪，這個犯上作亂的安祿山、史思明實際上是突厥人，而我們維吾爾人也屬於突厥的一支，我們卻平定了突厥人的叛亂，幫助鞏固了唐王朝！最近看了一些文獻資料，發現歷史上所說的絹馬交易實際上是唐朝漢人屈服於突厥回鶻的威脅以絹納貢，這才開闢出絲綢之路。維吾爾人的影響隨著絲綢駝隊遠達古羅馬。也就是說，那時的唐朝實際上是突厥維吾爾人的附屬國，不然皇上也不會把自己的親閨女嫁給我們的可汗，而且是兩位真公主，你說對不對？你漢語好，可以查到李世民送女兒出嫁時寫的詩歌嗎？據說皇帝爸爸哭得『淚溼襟』啊！哼，不是說要民漢像石榴籽兒一樣緊緊地抱在一起嗎？那中央領導帶個頭把女兒嫁給自治區政府主席的兒子，行不行？根本就不可能的事情！」他望

[3] 奈麻茲即穆斯林的「禮拜」。

了望周圍降低了音調，「你知道我們的祖先是怎麼評價自己跟漢人的關係的嗎？……中國人不讓真正的智者和真正勇者有晉升的機會，若有人犯了錯誤，漢人決不赦免任何一個，還會株連，從其直系親屬，直到氏族、部落。你們這些突厥人啊，曾因受其甜言蜜語與精金良玉之惑，大批人遭到殺害。啊，突厥人，你們將要死亡！這些話是多麼具有前瞻性，可是那些爭著前往北京向毛澤東表達善意的前輩們對自己祖先的告誡或許一無所知，即便這些警告鑿刻在大唐開元二十年所立巨石上，經歷了蒙古高原千年風雨，與日月同輝。」他的聲音因為激動變得高亢起來，眼裡含著晶亮的淚珠。我下意識地回頭看了一下，我害怕有人正站在我的身後偷聽。

我親愛的朋友，你說的故事我怎麼能不知道呢？伊寧市西公園是我最愛去的地方，在那裡我可以平復自己的心情。三區革命紀念館裡一幅幅珍貴的歷史畫面也讓我感覺更加清醒：那樣的時代已經一去不復返了。這是我們的命，我們只能接受它，適應它。我們如同變色龍，為了保護自己變換顏色或發光，即便是變成刺眼的紅色也是為了自衛和生存。但是，在他們眼裡我們的存在卻是令人厭惡和恐懼的。

# 第九章　生離死別

穆塔力甫的中午飯基本上都是跟我們一起吃的，我們喜歡吃素菜，為了穆塔力甫總要炒一樣葷菜。跟大多數生活在烏魯木齊的維吾爾族一樣，我們喜歡吃炒菜和米飯。而穆塔力甫喜歡吃麵食，為了讓他中午一下班很快就能吃上可口的午飯，賽南姆一早就會把麵醒好。我與穆塔力甫的關係就像兄妹一樣，他對我的友好和善意來自於對賽南姆那一份不尋常的感情，他因為賽南姆對我的親密無間而刻意逢迎我，甚至為了能夠讓我多掙到一些課時費，把我原有四十名學生的班一分為二，讓我的收入多出了一倍。我坦然地接受著他的慷慨和友情，全然不覺得這有什麼不妥，甚至常常洋洋自得地向兩位同屋炫耀我得到的特殊關懷。

有一天吃午飯時，我們四個人圍坐在桌旁，沉默不語，只有碗盤與勺子相碰發出的清脆聲音。我發現穆塔力甫擦嘴時腮幫上黏了一塊餐巾紙，就指給他看，他抹了一把臉，可還是沒有弄掉，坐在對面的我，伸出長長的手臂輕輕地給他取了下來。小馬轉臉看了看賽南姆，我也帶著探究的神情望著賽南姆，想看看她是什麼表情。她表情陰鬱地撥弄碗裡的飯粒，並沒有抬頭看我們。

二〇〇九年六月初的一天中午，我的哥哥心臟病發作住進了醫院，我去跟主任請假，還沒有走近穆塔力甫的辦公室就聽到他的聲音，他的聲音又大又專橫，充滿了怨恨，我一聽就想退卻，可是，空氣中似乎有某種無形的力量，使我在門旁站了好幾分鐘，極不舒服地聽著穆塔力甫對賽南姆說出粗暴的話語。

「為什麼你開始躲避我？難道你有了新歡？」他逼問。

「我沒有。你呢，你當著我的面跟別人眉來眼去的，別當我是傻瓜！」賽南姆鎮靜地回答說。

「別倒打一耙！你指的是巴奴嗎，你待她像親妹妹一樣，因為你我才照顧她的。不要轉移話題，別讓我抓住你，賤人！我會殺了你和那個該死的畜牲！」

「穆塔力甫，聽我解釋。我必須拿到新護照，我已經好多年沒有看到自己的女兒了。我跟那個警察沒有什麼事情，我只想讓他幫助我。」她的鎮靜似乎瓦解，聲音沙啞。

「閉嘴！沒什麼好解釋的！我會發現你的祕密，你要小心！」

他的聲音異常冷酷，令我不寒而慄。

「不，我沒有，這很容易解釋清楚，親愛的，你聽我說。我們只是出去吃飯，我陪他在餐桌上喝酒也是有原因的啊，你知道的啊！」我感覺她輕易拋棄了受審的角色，用哄小孩子的語氣對抗穆塔力甫的暴怒。「不要再胡思亂想了，來，到我這裡來，不要再對著我叫嚷了，你嚇著我了。」她的聲音甜美無比。

「一片激情似火燒，憂傷煩惱湧入潮。求你不要再折磨我了，今晚……」穆塔力甫吟誦起不知是哪個朝代的詩句，喃喃地向賽南姆乞求歡愛。

我對賽南姆駕馭穆塔力甫的能力深感驚訝，但同時也感到十分妒忌。那一天我留了一張紙條就離開了中心。

哥哥就住在我們培訓中心旁邊的醫學院。他躺在重症監護室，戴著氧氣面罩，臉色蒼白。我默默地坐在嫂子身邊，輕聲詢問他的情況。「他今天早早就從單位回來了，不知道發生了什麼事，過了一會兒就說胃疼，還好叫了急救車，原來是突發性心肌梗塞。」我吃驚得捂住了嘴，眼淚撲簌簌地掉了下來。嫂子的眼睛紅紅的，看來是流了不少眼淚。幸虧嫂子是醫生，不然誰會把胃不舒服當回事呢。

那一晚我們倆都陪護在哥哥身邊。他一直昏睡著，蒼白的面孔襯得頭髮和眉毛像煤炭一樣漆黑。我從護士站租了一張折疊床，嫂子不肯睡，她就那樣坐在床邊，把頭靠在哥哥的大腿上過了一夜，直到第二天中午哥哥才睜開眼睛跟我們說話，當我們詢問是否受到什麼刺激時，他深深地嘆了一口氣，看了看我欲言又止。我心裡多少有些不快，我也是你親妹妹呀，咋就不想讓我知道呢？嫂子支我去買午飯，讓我去餐廳打一碗稀飯給哥哥喝。

後來我才得知，哥哥曾答應給南疆農村一個鄉黨委書記辦調動，現在這事情黃了，原因是原來答應接收這個人的單位領導突然被雙規[1]，其中牽扯到行賄受賄的問題。我哥被紀檢委叫去談話，調查就要開始了，哥哥十分害怕。我開始怨恨嫂子貪財，與別人打交道她總是錙銖必較，嫌貧愛富，如果不是受她的影響，我哥也不會為圖外快被別人檢舉，現在也不會躺在病床上。哥哥是那麼地虛弱，十幾個小時前死神已經召喚過他，我們差點就要失去他了。我感到十分地疲憊，混合著焦慮、悲傷和慌亂的痛苦。間或還想起自己成為影響兩個戀人的第三者，這種奇怪的角色多少令我感到沮喪和困惑，多種感受一定使我顯得意志消沉了，因為我聽見哥哥輕聲喚我「小妹，」他想抬起右手可是隨即無力地垂了下去，關切地問了一句：「你怎麼了？」我握住那隻手，輕撫道：「哥哥，你把我們嚇壞了。」一陣踢踏的腳步聲打斷了我們的談話，三個男人推門進來看望病人，他們都是他的酒肉朋友，一時間房間裡充滿了百合甜膩的香味，他們輕聲探問病情，安慰病人，留下鮮花和果籃，然後魚貫而出。

嫂子回家梳洗一番回來替我，還給我們帶了一罐噴香的羊肉米粥。黃昏時分他們勸我回他們的家休息，我答應著離開了病房。我走出醫院大門，來到大街上，熙熙攘攘的人群使我感到茫然，衣冠不整來來往往的男女行人，面帶菜色的內地民工，從身後傳來的一聲響亮的吐痰聲，厭煩之情油然而生，我的心緒變得更加低落，只想趕緊回到幾百公尺開外的宿舍。

當我回到九樓的房間，看到我的兩個同屋在看電視，電視的聲音低到剛剛能聽見，她們見我進來便輕聲細語地詢問我哥哥的病情，又關心地問我是否吃過晚飯。馬麗豔指指賽南姆的臥室，把手指按在唇邊說，穆塔力甫老師在那裡睡覺呢。我猜想他必定是喝醉了，又不肯離去，才被她們哄著睡在那裡的。我聽到從那間屋裡傳出我的阿拉伯語老師的鼾聲，天哪，他的鼾聲真大，帶著節奏，出氣時還發出響亮的哨音！我想我們就是開舞會也不會吵醒他。我放下手提包，進浴室洗了一個熱水澡，沖走了醫院的藥味，渾身抹上潤膚液，穿著家居服坐在了女伴們的身邊。在昏暗的燈光下電視螢幕閃爍著變換畫面，《新疆新聞》女主持人面帶微笑說，新疆加強雙語教育，民族教育實現跨越式發展，下面請看本台記者發來的報導。隨著畫面的切換，記者來到喀什地區疏勒縣塔孜洪（Tazgun）鄉克什拉克（Kishlak）村，一群三、四歲左右的維吾爾族孩子穿著古代漢服搖頭晃腦地背誦著「鵝、鵝、鵝，曲項向天歌，白毛浮綠水，紅掌撥清波」。記者站在這些巴郎子中間不無自豪地報出一串數據：「二〇〇九年至二〇一一年，新疆將建設兩千兩百三十七所農村雙語幼兒園，截至目前，已建成八百一十四所，在建的有一千一百零七所。」

賽南姆憤憤地說了一句，「什麼雙語？聽說這些幼兒園只許教漢語！孩子們剛剛開始牙牙學語就讓他們學習漢語，他們還能學會自己的母語嗎？」馬麗豔小聲安慰道，「回家跟父母說不就可以了嗎？不會說漢語將來找工作都難。」

---

1 雙規一詞來自《中國共產黨紀律檢查機關案件檢查工作條例》，要求有關人員在規定的時間、地點就案件所涉及的問題作出說明，即中國共產黨黨員在受檢察機關調查之前進行的黨內調查。通常被雙規的官員是從家中、辦公室直接被帶走，又或者是在參加會議時被限制人身自由。

「回不了家的，你沒聽他說是全托嘛！連自己的孩子學什麼語言，晚上在哪裡睡覺都不能做主！你不知道他們都從內地找了些什麼人來當老師啊，完全不管他們的教育背景和心理素質，只要願意來就行。」她情緒激動地接著說道：「學會了漢語又怎麼樣，還不是一樣找不到像樣的工作！巴奴，您說我們兩個民考民漢語怎麼樣，比你差還是怎麼的？」她不等我回答繼續道：「讓後代瞭解自己民族的文化、傳統和禮儀有什麼不好？像我們一樣，母語棒棒的，漢語也精通，還學會了一門外語。為什麼家長不能有多種選擇呢？願意上漢校的上漢校，願意上雙語學校的上雙語學校，用母語授課的學校辦不下去也可以合併到雙語學校，給他們另外辦班，這樣我們才能培養出用維吾爾語寫作的作家。沒有了母語，我們的文化傳統怎麼延續？」賽南姆激動地邊說邊在屋裡來回走動。

「你說得對，皮之不存毛將焉附？」我的這句話帶點炫耀自己的漢語水平的意味。

「噓，小聲點，別讓人聽到，說你有情緒就麻煩了！」小馬緊張地向外張望並關緊了門。

「現在的雙語已經不是你們上學期間的那個概念了。學校裡只有能用漢語授課的老師才有崗位，其他年紀大的，漢語不好的基本都調離教學崗位或者提前退休了。我從中學出來的，我知道。」我說。

有人說民考漢是一個獨特的群體，是另類，難以融入維吾爾人自己的社會，也不被漢族群體接受，被戲稱為第五十七個民族。我自己從小就說「他們維族人」，對漢民族的語言文化有更多的認同，從不覺得跟漢族同學有什麼不同。有一次語文考試我考了第一，老師對全班同學說，你們連一個少數民族都不如！老師的話讓我感到十分困惑，一個問題就像幽靈一樣浮現在我的生活中：我究竟是誰？我開始為不太會說自己的母語而感到焦慮和羞愧，工作以後接觸了本民族同事和學生才使我的母語有了長進，學會了閱讀維吾爾文書籍，開始產生瞭解自己民族的興趣，也發現有許多東西不對頭，比如我的家鄉叫「新疆」，顯然它不是自古以來就叫這個名字的。我很想同博學的室友討論這個問題，可是又擔心被別人聽到。唉，失去了發言權，還有什麼好爭的？認命吧。我不想繼續與她們爭論，到廚房熱了點剩飯，吃完後就回自己屋了。

我已經非常困乏，躺下後就睡著了。我夢見賽南姆，她那雙熱情的眼睛在濃密的睫毛下閃動。後來我發現自己躺在了帕爾曼的身邊，在河邊的沙灘上，我們擁抱在一起，淚水如潮湧流，他呼喚著我的名字。毫無疑問，這是我最想要投入的懷抱。我發出一聲發自靈魂深處的呻吟，一下子醒了過來。我聽到隔壁傳來熟悉的聲音，這使我想起晚上穆塔力甫留宿在這裡。他們倆的低語聲斷斷續續傳進我的耳朵，我閉上眼睛想要繼續那個夢境，怎奈隔壁的聲音不時灌進我的耳朵，倆人一前一後進入浴室，潑濺的水聲和壓低嗓門的嬉笑隱約傳了過來。此情此景讓我想起古希臘女詩人莎孚（Shappho）的詩句：「時光在流逝啊，而我仍在獨眠」，強烈的妒嫉心令我抓狂，把頭埋在枕頭底下試圖入睡，腦子裡卻滿是他們倆肢體交纏在一起的圖景，直到窗外傳來幾聲翠鳥的啼鳴，晨曦透過窗紗照得屋內朦朦朧朧。

那天早上我們四個人一起喝茶時，穆塔力甫和賽南姆公布了一個決定：他們八月份結婚。我不敢相信自己的耳朵，因為不久前賽南姆還說過不想嫁給一個酒鬼。我的心像被火燒似地難受，她騙了我！我低著頭嘀咕了一句「那我們怎麼辦？」穆塔力甫把我的反應當成了對自己住處的擔憂，朗聲笑了起來，拍拍我的肩膀說，「別擔心，等你們找到住處以後再結。要不連你們倆也一起娶了吧，反正你們又嫁不出去！」

小馬被他逗得直樂，眼淚都笑出來了。我深深地望了賽南姆一眼，她那雙深邃而美麗的眼睛帶著羞澀和喜悅與我相遇，然後迅速移開，快得像閃電一般。也就是她那逃避的目光將我推進了罪惡的深淵，我恍惚地感到，我怨恨她給我帶來的無盡的期待和苦惱。

一個星期後的下午，天空飄著細雨，淅淅瀝瀝直到傍晚。我在閱覽室等穆塔力甫給我上阿拉伯語課。站在窗前眺望遠山朦朦朧朧的景致，享受著雨聲滴答帶來的愁緒，莫名的感傷化成淚水從我的臉頰滑落，就像那雨點滴落在窗玻璃上匯成的一道道小溪。

「看風景呢？」這是穆塔力甫的聲音。

「我喜歡下雨。」我輕聲回答。

「我也是。今天您還有心思學習嗎？」

「當然。」我轉過身來，不慌不忙地掏出鏡子小心把暈染的睫毛膏擦乾淨，撲了一點粉。

「每個人都有自己的傷心故事，不是嗎？」我自我解嘲地笑著說。

他沒有應聲，低頭翻著書本，手指修長。我是那麼地孤獨和憂傷，我想握住這雙手。但是又沒有足夠的勇氣。我知道它是屬於別人的。

他像往常一樣讓我把他教課的過程錄下來。他的發音十分優美，聲音極富磁性。為了不讓賽南姆聽到他課間跟我談笑風生，我總是戴著耳機一遍遍地重播，學得也特別快。

上完課，我沒有馬上離開。閱覽室裡只剩下我們倆，我坐在他的對面，他清澈的深棕色眼睛若有所思地望著我。他的雙手放在桌子上，白皙秀美，我很想撫摸一下他手臂上濃密的汗毛。除了父親，我還沒有被哪個男人寵愛過，我不想讓這個男人再愛賽南姆。頓時一個卑鄙的念頭湧上心頭：我偷偷錄下來的音檔也許可以讓我達到目的。於是我擺弄著手機，假裝不經意地播放出一段怪異的錄音，那是我和賽南姆的聲音。看到已經引起了穆塔力甫的好奇和不安，我急忙關閉並裝出十分懊惱的樣子。他馬上從我手中奪取了手機，重新播放那段錄音，那是兩個女人之間非常曖昧的談話，喘息聲與歡愉的笑聲交織在一起。他精緻的臉龐變得陰沉灰暗，令我不寒而慄。他的手在發抖，手機滑落在地，他帶著憤怒和鄙夷瞪視著我緩緩說了句：「無恥、骯髒。」一聳一聳地晃著肩膀離開了閱覽室。

當我回到宿舍時，看到賽南姆在播放婚禮舞曲，她選定一首雙人對唱民歌，電腦螢幕上隨著一陣歡快的手鼓和嗩吶的樂聲，一位細腰少女像一片羽毛飄落到舞台中央。「來呀，古麗巴奴，我們一起跳舞。」我失神地站在門邊，挪不動腳步。「來呀，」她踏著輕快的舞步，眉飛色舞地邀請我共舞，我勉強擠出一絲笑容，「不，我不會。」

「不會我教你。」依然是那麼歡快的聲音，那樣熱情而燦爛的笑容，我的心開始慢慢地下沉。她伸出手拉我，「你的手冰涼，你怎麼了？」她停了下來，「你的臉色像牆一樣灰白，出了什麼事？」

我知道自己做了一件難以解釋，而且也是十分卑鄙的事情。我非常心虛，害怕告訴她實情。感覺自己的心臟快跳出了胸膛，嘴巴乾澀，一句話都說不出，接著我向浴室走去，逃離她的熱情和歡鬧。我想在這裡待一會兒，調整一下自己的情緒，在我走出去面對她的詰問之前，得讓自己鎮靜下來。我抓住冰涼的水龍頭，一遍遍地沖洗面龐，設想著應付這個局面的策略。穆塔力甫性情高傲，不屑於詢問事情的原委，他也不會再親近賽南姆了，而其中的原因如果我不說，賽南姆永遠都不會猜得出來。我就那樣發冷、羞愧而又猶豫不決地在浴室站了幾分鐘，也許更久。然而當我決心再回到他們中間時，我發現最大的損失應該不是失去賽南姆，而是穆塔力甫，我永遠失去了他的友情。

當我走出浴室時，已經恢復了常態，我鼓起勇氣要求重新播放那段音樂。賽南姆緩步走到我的身邊，捧起我的臉仔細端詳，輕聲問了一句「你還好吧？」

「沒事，有點頭疼。」

「小馬，」她朝廚房走去，「肉湯燉得怎麼樣了？巴奴需要喝點熱湯。」

吃晚飯時，我們都各懷心事默不做聲，小馬咀嚼青菜時發出的響聲令我心煩，我白了她一眼，把電視的聲音調得更大一些。飯後，小馬接到電話，最近認識的男朋友來接她出去。賽南姆趕緊幫她打扮，然後找出一雙高跟鞋擦亮，擺放在門口。小馬嫌鞋跟太高，下雨天不方便走路。賽南姆調笑道：「傻瓜，不下雨才不會讓你穿高跟鞋呢。」「為什麼？」小馬不解地問道。「這雙鞋讓你走路不穩，是吧？然後你就得讓他攙扶，最好滑一跤，讓他把你抱起來。」小馬紅著臉穿上了她那雙高跟鞋，腳步不穩地來回走了幾趟，最後說，好吧，也許今天有戲，回來向你們彙報。

小馬的腳步聲消失在樓道裡，我們倆說了幾句關於她的打趣的話，然後像兩條魚一樣不再出聲。我暗自思忖如何應付她的詢問，可是她好像完全忘記了我的異常表現，熱切地談起自己的婚禮計畫，甚至提出讓我做伴娘。這使我感覺更加沮喪和困窘，我只想馬上結束這個話題，於是望著她臉頰上溫暖的紅暈輕聲對她說：「我今天不舒服，想進去睡覺了。」賽南姆最後的一句話更使我感覺自己的卑汙，她說，「你需要我陪你嗎，今晚我可以睡你房間。」哦，這太豐厚了，美人兒，我哪裡配！

「嗨，巴奴，」一聲輕喚把我從睡夢中驚醒，睜眼看到賽南姆站在床邊神情嚴肅，我以為她什麼都知道了，嚅囁道：「對不起！」然而她卻把食指放在脣邊「噓」了一聲，指了指隔壁小馬的房間，我穿著睡衣坐到沙發上，幾分鐘後穆塔力甫抱了個電腦進來了，他神情凝重一言不發，打開YouTube開始播放影片：大概有一百多公尺長的馬路中央橫七豎八地躺著一些人，一動不動，地上大片的血跡清晰可辨。幾個男人在他們中間走來走去查看，突然，鏡頭中出現一群人，他們在追打幾個人，就像是在圍獵野獸一般，依稀聽得陣陣慘叫，燈光通明的街道兩邊六層高的宿舍陽台上站滿了看熱鬧叫好拍照的人，一個人邊拍邊說「可惜是手機拍的，鏡頭拉不近」。說話間，一個白衣人突然出現在這群暴徒面前，他踉踉蹌蹌地跑了幾步就被追上來的幾個人用手中的棍棒打倒在地，棍棒雨點般地落在那人身上，那人不再掙扎，不時有人過來踢他一腳或用長棍擊打一下，那人還是一動不動，一個男人舉起一個長方形的巨物又一次砸向那個可憐的人，血泊中的這個人像石雕一樣橫臥在那裡，兩個人走上前來拽著他的手臂拖行了約三十公尺拐進了左邊的一個通道，就此消失在鏡頭中……

我和賽南姆看到這種血腥場面震驚地捂著嘴，發出壓抑的驚呼。影片下面醒目地寫著「韶關漢人殺維吾爾人」。時間是二〇〇九年六月二十五日。

「啊，胡大，怎麼會發生這種事情！」賽南姆手捂著胸口，面色慘白。

「這是昨天發生在廣東韶關旭日玩具廠的事件，被打的都是維吾爾族工人。」穆塔力甫的聲音顫抖，聽上去帶著一點哭腔。

「你從哪裡得到的這個影片？看到自己族人被殘殺，沒有人能嚥下這口氣，早就像乾柴，就等這點火星了，這會引起騷亂的。」我預感到新疆會出大事。

「去睡吧，天快亮了。」心如死灰的穆塔力甫聲音異常平靜，兩個張皇失措的女人被他的冷峻鎮住了，我們回了自己的屋子。

一連幾天，教室裡的氣氛都很沉悶，學生們的眼神失去了往日的活潑神氣，我一直想要他們振作起來，提高嗓門不停地嘗試各種教學技巧，然而他們似乎游離於此，最終被我點名回答問題的一位男生直視著我的眼睛對我說出了令我至今難忘的一句話：「您周圍正在發生什麼？您還有心思上課嗎？」

在教室、走廊和食堂裡，學生們三三兩兩聚在一起壓低聲音輕聲交談，穆塔力甫的辦公室裡也總是坐滿了神情凝重的學生。我覺得似乎在醞釀著什麼事情。

七月五日，星期日。睡到自然醒，又是一個豔陽天。我走到陽台伸了個懶腰，視野所到之處鮮花、綠樹、小徑交相輝映，好一個僻靜的鯉魚山公園！我的心情頓時變得輕鬆愉悅起來。小馬已經出去了。賽南姆一個人坐在客廳喝茶，她默默地望了我一眼，眼神陰鬱幽怨。而我的心情依然開朗，大聲說了一句今天天氣真好！在浴室裡我猜想著賽南姆情緒低落的原因，也許跟我有關係，可是又覺得不會。這幾天大家的心都不在這裡。穆塔力甫的怒火也已經轉移到了韶關事件上。這起事件在維吾爾語社交平台聚集了無數像穆塔力甫一樣充滿民族自豪感的年輕人，他們的熱血猶如沸騰的岩漿一般。我才不會像他們一樣呢，成事不足敗事有餘，我想。

「求你一件事，可以嗎？」賽南姆顫著聲兒說，「今天他們要去示威遊行，這幾天穆塔力甫一直在向有關部門申請，可是沒有批准。參加遊行的人不會有好下場，組織遊行的人更是死路一條，你去勸勸他，好嗎？」賽南姆揚臉懇求我，她的眼圈紅了。我緊緊地擁抱了她，說了句我去找他就跑了出去。

穆塔力甫的辦公室門敞著，他正在打電話，看上去情緒很激動。我只聽到最後一句話：「要麼死要麼生，沒有其他出路！」

我倚靠著門竭力站穩，輕聲說了一句：「別去，求你了！」

他抬頭望了我一眼，兩頰泛著潮紅。

「別去！伊犁二．五事件他們將遊行的年輕人包圍起來驅趕到市公安局監獄院子裡，扒光他們的衣服，在零下十度天氣用高壓水龍頭噴射，孩子們的腳都被冰凍住了，第二天早上有很多年輕人再也沒能看到升起的太陽……」說到這裡我已經泣不成聲。

「我要去。」他語氣堅定地說，「我還很年輕，還沒有娶妻生子，如果真主允許也許我可以活著看到孫子、重孫。但是，我不想這麼窩囊地活著。我們的兄弟姊妹在異鄉像狗一樣被打死，必須得有一個說法，兇手必須償命。這就是我們遊行的目的。」他頓了頓，深深地望著我，眼神變得異常柔和，他說：「不要擔心，古麗巴奴，這是一次和平遊行。下午四點鐘我們跟X大學的學生在南門會合，然後舉著五星紅旗到人民廣場靜坐。我們需要政府聽到我們的訴求。」

「結果都一樣，你回不來的。想想你可憐的媽媽吧。」

「我作了最壞的打算，已經安排母親飛沙烏地阿拉伯了。我沒有退路。」說完抓起一把大鐵鎖開始擊打手提電腦螢螢幕，然後浸泡在了放滿水的臉盆裡，又從抽屜裡取出一個文件袋，說：「這裡有關於我的資產的文件，有一份委託書。如果我回不來，由你全權處理。」

我默默地看著他，眼淚一直流一直流……

回到宿舍，我注意到賽南姆換上了天藍色棉布碎花半身長裙，上搭一件白色短袖T恤，穿著米色軟底便鞋，還化了妝，嚴肅的神情中略帶憂傷，目光焦灼地望著我，我搖了搖頭。她走到屋子中央伸開雙臂，我走過去與她擁抱在一起，她像一片樹葉一樣在顫抖。

「你也要去啊？求你再想想吧？」

「這個時候我必須跟他在一起。你也來嗎？」

我沒有回答她，也不敢直視她的眼睛。

她輕輕地嘆了口氣，然後對我說：「我只能愛你像親妹妹一樣，你懂嗎？」她不等我回答就急切地繼續道：「請你去看看我的女兒，我這輩子可能再也見不到她了。你跟我們不一樣，你會有光明的未來。答應我，在我女兒需要的時候替我撫摸她的頭頂。」

我答應，我起誓，我對她說。有機會彌補自己的過錯，這使我感覺心裡好受多了。我原本想要拆散他們，可是此時此刻穆塔力甫早已把個人的恩怨放在一邊，現在他們倆是戰友。他們反襯出我的懦弱和渺小。我深深地敬佩他們的勇氣。可是他們的勇敢行為只能害了自己和家人，他們是在跟一個強大到令世界顫抖的政府抗爭。

我們三人一起吃了一頓午飯，那是我做的拉麵。過油肉炒得比以往任何一次都成功，拉麵也很筋道。穆塔力甫沒有喝酒卻很亢奮，不停地拿賽南姆的衣著配色打趣，說她穿得像女戰士，就差一面星月藍旗了。我望著賽南姆心裡十分不捨，喉頭一個硬結一直卡在那裡，很想勸阻她卻又說不出口。我像待客一樣準備了精緻的飯後茶點，想留他們在自己身邊再多待一會兒，但一碗茶還沒喝完穆塔力甫就被學生叫走了。

「今天的拉麵真香啊，你做得多不多？」賽南姆打破了沉默。我以為她沒有吃飽，趕緊起身去廚房給她下麵。她跟到廚房摟著我的腰貼著我的耳朵柔聲說道，「別啊，我吃飽了。我想晚上回來再吃呢。」頃刻間喉頭的硬結化作了如雨的淚水，我轉身將她擁進了懷抱。

三點，我目送著這對戀人在一群學生的簇擁下牽著手走上街頭，消失在熙熙攘攘的人群中。

我知道這肯定會演變成一場騷亂，這裡從來就沒有過善始善終的示威遊行。我的老闆是這場遊行的組織者，而我今天才知道這件事情。他們怎麼能相信我這個中共黨員呢？所以我是局外人。可是，可是我能躲得過隨之而來的清算嗎？我如何才能自保？我在陽台站了許久，估計他們已經到達目的地後拿起手機撥通了一一〇，對方剛說了一句：「這裡是一一〇，」我就像宣告一件重大的事件一樣，語氣急促地報告：「今天維吾爾人要去烏魯木齊人民廣場靜坐示威啦。」對方似乎沒有反應過來，又重複了一遍：「這裡是一一〇報警平台，請問有什麼需要幫助的？」

那一瞬間，想到這種公開的抗議已經成為了事實，我緩慢而莊重地通報：「維吾爾人今天要去廣場靜坐示威啦！」然後掛了電話。一句話說完我已經口乾舌燥。回到房間打開電視想看到廣場那邊的消息，我一無所獲，維語節目頻道一直播放著歌舞節目，漢語台也一如往常。六點多鐘騰訊發了一條簡訊，稱烏魯木齊市發生嚴重騷亂。我的眼前出現了賽南姆被警棍擊得頭破血流的畫面，耳邊迴響著她的尖叫呼號。我衝下樓在街邊攔出租車，可是沒有一輛願意開往那個方向。

我無數次在七樓和九樓之間穿梭，希望回來的學生能告訴我廣場那邊的消息，可是直到深夜也沒有聽到任何動靜。

那一晚我在窗前站了一夜，槍聲警笛聲響了一夜。

他們倆再也沒有回來。

七月五日的遊行引發的騷亂被鎮壓後，隨之而來的種族間的仇殺一直持續到九月上旬。每一天都有警察押著維吾爾囚犯在二道橋一帶指認現場。一想到賽南姆拖著沉重的腳鐐，戴著手銬被推搡著行走在自己家鄉的土地上，我的心就有針扎的感覺。腦子裡出現的是她蒼白的面容，剪短的頭髮，像一個俊俏的男孩。我每天從南門走到大灣，再從大灣走回來，只想再看她一眼。

幾輛警車呼嘯著開過我的身邊停在了不遠處。一個瘦弱的少年從警車上下來，步履踉蹌地走在荷槍實彈的武警和警察前面，穿過馬路來到一家美髮廳前，舉著銬在一起的雙手說著什麼。我站在那裡既不敢走近又不願離開，轉頭看見幾步開外一個約莫十七、八歲的姑娘望著馬路對面默默啜泣，我問她那個男孩是你什麼人？女孩微微側身望了我一眼，長長的睫毛上掛著淚珠，臉上一副凜然不可侵犯的神情讓我為自己提的問題羞愧。那一刻，走在馬路上的維吾爾人似乎被定格在那個瞬間，停住腳步，握著拳頭，表情凝重。「啊，我的孩子！」身後傳來一位婦人悲愴的呼喊，循聲望去，幾步開外，幾個維吾爾男子圍住蹲在地上的老婦人，低聲說著什麼。「您不能過去，這是不行的，不能過去。」一個穿著方格襯衣的男人蹲在婦人對面用略帶威嚇的口氣低聲說道。婦人五十來歲的樣子，跌坐在地上，身體在抽搐，張著嘴發出短促的喉音，眼睛裡只有悲傷和無助，沒有一滴眼淚。

那天之後，我沒有再去過那邊。

二〇〇九年九月十四日不公開審理了穆塔力甫的案子，宣判當天即被槍決，罪名是組織打砸搶燒。賽南姆失蹤了，從此再無她的音訊。

那個夏天，不同的部門找我問話，讓我寫了無數份情況說明，最後確定我對遊行計畫事先並不知情，與他們僅僅是同事關係，何況還舉報了他們才放過了我。滿世界的監控攝影鏡頭下沒有誰能逃過警察的掌心，我的「舉報」只對我本人有利並不能加害於他們。趨利避害是人的本性，我沒有去打聽賽南姆的下落，也不敢跟她有任何關係。但是夜深人靜時，我對他們的背叛如一把鈍刀一點點地戳向自己的心臟。這是一個怎樣的世界啊，不值得留戀！

我結束了坦白，因為我看到張警官的視線不在我的身上，她用兩手抱著後腦勺望著窗外出神。已經到了點燈時分。

「我可以回家了嗎？」我的腔調顯得淒楚傷感。

「可以。不過你要把護照和手機交出來，還要把郵箱帳號和密碼寫在這裡，微信的也要。然後我們會根據調查的結果作出研判。」

「早知道你們要查我的手機和郵箱我應該提前清理一下的，說不定有什麼情書啊啥的不應該讓你們看到呢。唉，算了，也沒什麼可擔心的，反正我已經沒有什麼隱私了。」我故作鎮定地擺出一副滿不在乎的樣子。

她冷冷地說了句，「回去等研判結果吧。」

「那我什麼時候可以回去工作？我跟那邊的大學簽有勞動合同[2]，還沒有到期。」

「這個你想都不要想。你屬應收盡收人員，思想在國外受到了汙染，何況你的過去也很複雜，必須去學習。這還是手機、郵箱審查通過的情況下才會有的最輕的處置。」

我提高嗓門喊道：「還有王法沒有?!我在國外教的是國語，弘揚的是中國文化，沒有做任何有損國家利益的事情。」我刻意用「國語」一詞逢迎她。

「好多大學老師都去學習了。實際上，許多像你一樣從國外回來的人直接就去了教培中心，

---

[2] 即合約。

哪像你這樣還能回家！」

「這太荒唐了！中國有那麼多的人每天進出海關，要抓都抓，憑啥要對我們另眼相看?!」

「我只是一條狗，讓我咬誰就咬誰。」她嘟囔了一句，聲音裡透出自嘲與無奈。

我定睛望著這個女人，她正低頭整理著桌上的文件。我想也許她比我更可憐，每天像木偶一樣被別人操縱著做著一些在正常情況下令她自己都不齒的事情。

筆錄只有一頁紙，只是簡潔地記錄了幾個日期和我的經歷。我有點不解，問了那麼多個人隱私卻沒有做記錄，難道只是為了滿足她的好奇心嗎？我默默地在筆錄上簽了字按了手印，然後在她遞給我的一張表上填寫了郵箱、微信登錄名和密碼，交出了護照和手機。

我感覺自己就像一隻被貓逮住的小老鼠，牠會鬆開爪子看著我四處逃竄，然後再捉住我，拍打撥弄再扔出去，讓我跌跌撞撞地逃命，等到玩膩了就會一口把我吞進去。

# 第十章　應收盡收

這麼多年，我一直得以保留著穆塔力甫的那套房子。每次回國都會短暫住在那裡。中心的房產被查封了。資金被沒收了。只有這套房子未作處理，因為產權屬他的母親。穆塔力甫的母親沒有再回來，一直生活在沙烏地阿拉伯。

早晨剛過八點，我就被一陣敲門聲驚醒了。

門外是張警官。她說，一上班先來看看你。我把她讓進屋。張進屋後徑直查看了臥室，然後問你的書籍和電腦在哪裡？我默默地指了一下角落裡的幾個紙箱子。

「打開。」她命令道。

我把書倒在地板上一一攤開。張警官背著手圍著攤開的書轉了一圈，然後說，你確實有幾本好書。

「我喜歡收藏絕版歷史書籍。」

「我也有一些書。前一段時間，社科院一位老教授死了，他的女兒處理了一批藏書，我挑了幾本。」

我沒有作太多的響應，深怕自己收藏的關於伊犁三區革命歷史的一手文獻資料引起她的注意。

「讓我看看臥室。」她說。

「這是我的。」我指了指開著的房門。她站在門口探頭望了望就出來了，說：「其他屋子也要看。」

我打開賽南姆的房間，她站在門邊仔細地觀察了一會兒，疾走幾步掀開了席夢思床的箱蓋。裡面滿滿的衣物沒有引起她的興趣，她一鬆手「啪」的一聲箱蓋合上了。

「我沒有馬麗豔的房門鑰匙，裡面存著她的東西。有必要的話可以叫她來給你打開。」

「你的電腦呢？要送去檢驗。」

「我沒帶電腦回來。」

她點了點頭，然後掏出手機說，來我們合個影吧。倆人坐在沙發上拍了照。我不由得笑了，如此的工作方式也是令人啼笑皆非。

我在張警官的家訪登記表上簽了字。

「你不能出烏魯木齊。要是有出門旅行的計畫必須先跟社區派出所申請，批准備案後你才可以出城。你現在暫時屬於嚴管嚴控人員。等我們掌握全部情況後會研判作出最後的處理決定。」

「研判的結果會是什麼？」

「刑拘、學習或管控。」這幾個詞從她嘴裡蹦出來的時候就像「吃飯、睡覺、解手」一樣自然。

「研判結果什麼時候出來？」

「這個我也說不上。」

「最好的結果就是去學習培訓啦？好吧，在裡面也許可以教別人學漢語。你說是不是啊，張警官？」我本想表達對政策的理解以討好她，但是語氣卻近乎諂媚。

「這段時間你待在家裡，好好配合包戶幹部的工作。」她嘴角浮出一絲譏誚的笑紋。

「那我啥時候可以去看我母親？」

「你可以讓她過來看你。」她簡潔地說道。

「我沒有手機，也沒有把他們的電話號碼記在本子上，沒法聯繫他們。」

「你去社區打吧，記下一些重要的號碼，找一部手機先用著。檢驗需要兩週的時間。」說完掃視了一遍客廳，說：「這房子地段不錯，布局也很好。」

「是的，我也這麼想。」

「我們打算查封這套房子。產權不歸你，你沒有資格住在這裡，知道嗎？趕緊找房子搬吧。」說完，察看我臉上的反應，我略顯張皇的表情似乎令她很滿意，「好啦，我走啦。」她輕鬆地說了一句。我沒有送她，站在屋子中央沒有動，心裡思緒萬千，這裡究竟發生了什麼事情？

遠在伊犁的親人境況又如何？對他們的惦念讓我加速了動作，我很快收拾停當走出了家門。

新醫社區居委會就在北京路，離我住的地方也就幾百公尺。我遠遠就看到了它。在一樓的社區辦公室，有幾個女人在電腦前工作，裡面還有幾個來辦事的轄區維吾爾居民。我看到張警官正在處理她們的事情，所以在門口的長椅上坐了下來。

「你看，傑恩斯古麗，你的電腦裡查出有四十多個涉恐文件，這是檢驗報告。」張警官用一種慣常的輕描淡寫的語氣對坐在對面的一位打扮入時的哈薩克族中年婦女說。

「我是為了搞研究下載的那些文件。你搞宗教研究就免不了要接觸這些所謂的涉恐音檔資料。」女人說著就紅了眼圈。

「你讓你單位出個證明。」說完她轉頭對一個工作人員說：「把巴奴．巴布爾的手機給她。」

我拿到手機後到外面給哥哥報了平安，簡單地說明了自己不能前往伊犁的原因。他沒有深究，甚至連一句安慰的話也沒有說。他似乎已經習慣了這種壞消息。也許對竊聽的恐懼是他不敢在電話裡表達情感的原因。我罵了一句「膽小鬼」掛了電話。

我很多年沒見馬麗豔了，想告訴她我回來了。電話那頭傳來熟悉的聲音，我十分激動，相互問候以後問她方不方便見一面。她沉吟了片刻，支支吾吾似乎有什麼苦衷說不出口。我明白了，沒有強求。

在社區辦公室，我把手機通訊簿裡重要的號碼記在了本子上，然後看著張警官把手機放進一個文件袋裡並封了口。

在北京路移動營業廳[1]選了一款便宜的手機，補辦了一張電話卡，把號碼一一錄入，然後過馬路去家樂福採購。

家樂福只留了一個入口，安檢設備和程序跟機場是一樣的。查驗身分證、過包，搜身。我看到人人都得刷身分證人臉識別，排隊等候的時間讓我心煩，購物的慾望也減弱了不少。當我把身分證放在儀器上，臉對著鏡頭時，機器發出了刺耳的報警聲，並在我的圖像上打了一個紅叉。我怔住了，站在那裡不知所措。在眾目睽睽下，感覺自己像一個罪犯一樣。保安和武警對視了一下，一個武警過來讓我從出口進了商場。我鬆了一口氣。

從前，我在家樂福總是能夠找到一點親切感。這裡雇傭了很多維吾爾年輕人，現在沒有前幾年那麼多了，也許他們都回到了自己的家鄉。買了一些日用品和食品，排隊付款時看到有不少人用家樂福購物卡消費，購物車堆得冒了尖，也許他們花的不是自己的錢。這提醒了我，辦個購物卡打點警察應該錯不了。

剛出超市就接到了一個電話，那是我在伊斯坦堡文化大學的一位同事，漢語教師。他說他在烏魯木齊，希望與我面談。我給他發去了自己的地址。

---

[1] 即通訊行。

回到家，我一邊擦拭桌椅上的灰塵一邊等他。我竭力回憶著有關的事情，記得他應該在北京讀博士學位，是我推薦他去的。

他來了，穿了一身整潔的休閒衣褲，耳鬢的白髮給他增添了幾分成熟感。我說真巧，我昨天回來，你今天就來找我，而且我的手機也剛開機。他說，這幾天我一直試圖聯繫您，因為我有急事。

「阿斯亞被逮捕了。」他情緒低落聲音沙啞。

阿斯亞是他的妻子，他三年前跟這個維吾爾族姑娘結的婚。姑娘是上海華東師範大學畢業的，在烏魯木齊註冊了一家公司，是法人代表，經營保健品。他們在烏魯木齊市舉辦婚禮時我正好趕上。一個柔弱美麗的姑娘，說話輕柔得近乎喃喃自語。

「為什麼？」我艱難地擠出一個問題。

吾木德深深地嘆了口氣說：「她因為業務去美國、日本考察過。我們還在伊斯坦堡補辦了一個婚禮。我們想不出其他原因。」

昨天錄筆錄時第一次聽說在國外待過的人屬應收盡收的範圍，所以我沒有感到太意外。只是苦笑了一下，算作回應。

「她是中共黨員，跟一個外國人結婚，尤其是土耳其人，這算不算罪過？」

「我真的不知道他們的底線在那裡。你是說她被拘留了，不是去學習啊？」

「她的戶口在吐魯番市。他們叫她回去，說是請她配合填寫表格採集生物資訊，可是回去後就逮捕了她。」吾木德的聲音幾近哽咽。

「這事發生在什麼時候？」

「三個月了。沒有她的任何消息，她的家人也沒有再見過她。」

「你應該找你們的大使館尋求幫助呀。」

「找過了。他們說這是中國的內政，介入了就等於干涉別國內政，何況阿斯亞還是中國公民。」

「那我能做什麼？」

「老師，他們吐魯番市公安局有一份兩百多人的刑拘名單，她也在裡面。最低要判五年徒刑啊！這是我這幾天在吐魯番打聽到的情況。有人告訴我，一旦進入法律程序就麻煩了。要救她得趁早。」

「我幫不了你，真的。」想到自己的麻煩，我語氣很冷淡。

「我想跟她離婚，這樣也許能保住我們的財產。」他的眼裡閃過一絲狡黠的笑意。

「我真的不知道這是不是一個好主意，在這樣的時候。」土耳其男人的甜言蜜語是出了名的，這位估計也是那種口是心非的薄情郎。他提出離婚的動機似乎是為了獨占財產，但是我不敢肯定，也許在法庭宣布沒收財產前離婚會挽回一些損失。

「我該怎麼辦，老師，請你告訴我？」

「還能咋辦，走投無路的時候只能期盼奇蹟發生啦。」我不敢相信那是自己說話的聲音，聽上去是那麼地無動於衷，甚至帶點調侃的味道。

吾木德還想說什麼，這時我的手機響了。原來是社區幹部通知我他們要來家訪。

聽得社區幹部要來，他變得神情緊張，立馬站起來告辭。

我對他說：「很抱歉，我幫不了你。因為我也有麻煩，不知道找誰幫忙。」我的聲音冷而硬，彷彿從陰冷的冰窖裡傳出來一般。

我把他送到門口，目送他進入電梯，我的心與電梯一起沉了下去。對於一個信任我向我求助的人，我刻意地保持了距離，就因為他是土耳其人，一個來自涉恐國家的中文教師。

他們快到了，他們打電話說。我打開門站在門邊等他們。一男兩女從電梯裡出來了，他們熱情地招呼著我，徑直走進了屋內。三個人查看了所有的房間。男的在我屋子的陽台抽菸，欣賞風景。兩個女人大大咧咧地坐在沙發上，一個五十多歲，描眉塗唇的女人對另一個慈眉善目的大媽說：「我最不喜歡去那個艾合買提家了，一股子羊肉的騷味兒。」

「就是，每次去了我就想趕緊弄完走人。還好我結的這個對子是個民考漢，巴奴的房子就沒有那麼重的民族味道。」慈眉善目的大媽說著衝我討好地笑笑，拉著我的手說：「以後呀，我就是你的包戶幹部，我叫楊春花，我今天晚上要過來跟你住。你叫我楊姊就可以了。」說完問我要過手機，開始掃描加微信。我不太明白，追問了一句：「我不明白你的意思，你能說清楚一點嗎？」楊姊笑了，回答說：「難怪你不知道呢，才回來不是嘛。我們轄區每個重點家庭都必須跟社區幹部結親戚，尤其是你剛從國外回來，對國內形勢和政策缺乏瞭解，我們就通過這種形式幫助你。」我只覺得耳朵嗡嗡響，有無數個蒼蠅在眼前飛來飛去的感覺令我作嘔。我衝進洗手間。這是幻覺嗎？她真的要來跟我同吃同住？我連自己的親戚都不歡迎，何況一個陌生人！

「唉，你咋了？」楊姊跟進了衛生間。

「沒事，有點噁心。」

男的正在拍照，看到我痛苦的表情輕描淡寫地解釋說：「不要緊的，習慣就好了。我們需要你們房子的布局圖，所以要照幾張相。」

我點點頭。照完室內環境，男的要我過去跟他們坐在一起合影，以證明家訪過了。照相時我笑了。他讓我看了一眼照片，都繃著臉就我在笑，一副沒心沒肺的樣子。

他們拿出一個表格，我填寫了個人資料，在是否同意包戶幹部入住我的房子一欄寫下了「同意」兩個字。

屋裡只剩我一個人時，我內心像是被魔鬼控制了一般哈哈大笑了起來。太荒誕了，以至於我覺得是如此地好笑！坐在沙發上回想剛剛發生的一切，恍若做夢一般。人們發瘋了嗎？如此簡單粗暴地闖入別人的私生活——住在人家屋裡監督別人卻美其名曰「認親戚結對子」，難道自己不覺得羞恥嗎？有這麼糟踐人的嗎？

電話鈴響了，是馬修打過來的。

「你好嗎？」馬修的聲音透著關切。聽到熟悉的略帶外國口音的土耳其語，心裡感覺有了力量。

「我挺好的。」不，我一點都不好，這樣想著淚水已經湧出眼眶。

「告訴我你沒有遇到麻煩。」

「是的，我沒有遇到麻煩，一切都在掌控之中。」

「你確定自己沒事嗎？你的聲音聽上去很疲憊，嗯，你在哭嗎？」

「是的，馬修，我心情很不好。我可能再也見不到你了。」我已經淚如滂沱。

「巴奴，我不知道怎麼幫你。」

「我想念你，不要拋棄我。」

他沒有響應我的哀求，一陣沉默之後掛斷了電話。一種深切的無助感吞噬了我，我的朋友——A國駐伊斯坦堡領使館的武官，已經想要擺脫我了。

烏魯木齊時間晚上八點，楊姊提著一個大塑膠袋過來住宿了。她滿臉堆笑，一進門就壓低嗓門說：「你別對張警官說啊，我才不想住別人家呢。我孫子晚上找不著我要鬧的。我就做個樣子，也請你配合一下。」

這話寬慰了我，緊繃的嘴角鬆弛了。

「我把睡衣換上，咱們在被窩裡照張合影我就走。」

我換了床單被套，洗了臉敷了面膜，鑽進了被窩等她。

楊姊換了一件白底紅花睡衣睡褲蹭了過來。我對她說：「你們這叫私闖民宅。在美國我是可以開槍殺了你的。美國的法律就是這麼規定的。」楊姊臉上的笑容凝住了，用狐疑的目光上下打量著我。我連忙擠了擠眼睛有點後悔似地打哈哈：「跟你開玩笑呢。你就是天天跟我睡一被窩我也沒有意見哈。」

「嚇我一跳，可不敢胡說，現在撒情況？」

「我確實不太瞭解現在的情況。你能不能跟我說說我的情況有多嚴重？我今天差點連商場都進不了。」

「我們都在說你呢，你咋就自己跑回來了呢？」楊姊低頭嘟囔了一句。

「這是我的家啊，我的親人都在這裡，我沒有什麼可害怕的。」我的眼裡含滿了眼淚，幾乎是喊出了這句話。是的，我並不害怕，我想一探究竟，哪怕是去他們所說的去極端化教育中心。我作出回家的決定實際上是想以飛蛾撲火的悲壯加入自己人的行列。

「小點聲。快把手機電話卡取出來。」她的臉色都白了。

「好吧，現在可以說了嗎？」我把電話卡放在她的電話卡旁邊。

「現在吧是這種情況。區國保大隊最近把你的名字推送下來了。你的名字上了一體化聯合作戰指揮平台。」

我沒有再問，已經理解了問題的嚴重性。過了許久，我說出了憋在心裡很久的一句話：

「這不公平！」

「都是為了大家好，以後沒有恐怖分子了，大家都可以安心過好日子了，你說對不對？」

「你說的恐怖分子在哪裡？是我還是你的其他鄰居？聽說，醫科大學校長都判了死刑，還抓了三百多個師生，難道他們都是恐怖分子嗎？」

「你是讀過書的人，不像我小學文化程度，道理都不用我說。七・五的時候死了多少人？那有多慘，你知道吧？」

「我知道。可你別忘了七・五之後的報復有多麼慘烈。」

「你應該去看看七・五事件的展覽，看了就不會這麼說了。我們現在就是要從根本上解決這個問題。這是一次機會。」

這真是應了那句老話「君子報仇十年不晚」，現在正好十年了。她的話讓我感覺後背有蛇滑過的冰涼感覺，我知道談話只能到此了。

這是漫長而充滿戲劇性的一天。送走楊姊我毫無睡意。收到馬麗豔的訊息「明天下午見。再聯繫」。看來她戰勝了跟我見面的恐懼。在陽台坐了很久很久，沮喪至極。下飛機到現在已經三十四小時，如同身處魔幻世界，難以相信自己所經歷的事情就這麼發生了。第一縷曙光出現在天邊，我上床躺下昏昏睡去。一覺醒來已經是中午十二點。三個未接來電，兩個是馬修打來的，一個是馬麗豔。昨天馬修突然掛斷電話令我十分不快，我不想馬上原諒他。小馬的電話回過去後，她說她要帶一個客人過來，不知道幾點方便。很久沒見到小馬了，我很想跟她好好聊一聊，就讓她儘快過來。她說我們在腫瘤醫院這邊，一個小時後到。

洗漱完畢隨便吃了點東西，趕緊收拾了一下客廳。茶几上擺了一些茶點水果。在電飯鍋裡燜了一點牛肉和土豆，拌了一個小馬愛吃的大雜燴涼菜，等不及她們上來就熱切地下樓迎候了。沒過幾分鐘，我看到小馬穿著粉色連衣裙，挽著一位婦女的胳膊慢慢地走近了。我疾步迎上前去與她緊緊地擁抱在一起，倆人的眼圈都紅了。一邊的婦女也掏出紙巾擦拭著眼睛。

我們寒暄著走進樓裡，小馬環顧四周說了一句「物是人非呀」。一句話觸動了我心裡的隱痛，我輕聲應了句：「其他樓層的住戶都還在，只是我們的已經封了。」

進屋坐定之後，那位婦女又站起來按照南疆的習俗，鄭重地重新問候了我一番。我覺得她十分面熟，一時想不起在哪裡見過。

「你沒認出來嗎？這是賽南姆的嫂子阿依仙姊姊呀。」

「對不起，真對不起。」我連忙上前與她行了正式的貼面禮。

「她在腫瘤醫院住院治療。一直說想去看看賽南姆的宿舍，……」

聽到「腫瘤」一詞我很自然地聯想到死亡。坐在神情落寞的客人對面，絞著手指不知道如何安慰她。

「天氣真熱啊，我給你們倒點飲料。」我打破了沉默，從冰箱裡取出各種飲料擺在茶几上問她們想喝什麼。

「喝熱茶吧。」阿依仙姊姊幽幽地說了一句。

喝茶間，阿依仙姊姊說他們一直在尋找賽南姆，十年了還是沒有任何消息。賽南姆的女兒娜迪耶三月份回國在機場被帶走，也不知道關在哪裡。

我心頭一震：「賽南姆的女兒？娜迪耶?!」

「不知道賽南姆是不是還活著，我們已經不抱希望了。娜迪耶在她爸爸去世後說要回來，我們也沒有想到會有這麼嚴重的後果。唏，真後悔沒勸阻她呀，現在也不敢去打聽娜迪耶的下落。」

我像掉進了深井一樣感覺四周黯淡無光。我這一輩子沒有比賽南姆更親密的朋友，賽南姆是我的手足，她的孩子就是我的孩子啊！真的是世事難料，如今她成了孤兒，是時候兌現那個承諾了。

我一邊在腦子裡搜索著可以利用的關係，一邊隨口問了一句：「難道娜迪耶沒有入籍日本？」

「沒有申請啊，可能是想往返中國方便吧。」

「那您家人都還好吧？」我關切地問了一句。

「阿依仙姊姊的丈夫和兒子都在裡面呢。唉，都把手機關了吧，最好把電話卡也拔出來。」

我們都照做了，但是恐懼依然瀰漫在我們呼出的氣息中。

我不敢問為什麼，因為這樣的詢問已經是多餘的了。默默地望著眼前這位臉色蒼白，黑眼睛的美麗女人心痛如割，記得賽南姆說起過她的嫂子是小學校長，維吾爾小學關閉後她一度在家待崗並因此罹患憂鬱症。

「我兒子在內地上高中時手機安裝了ZAPYA軟體[2]，查出來後被送進了再教育中心。而他的手機號是用爸爸的身分證辦的，所以他爸被他們判了五年徒刑。」

「這怎麼可能！」我大聲喊了出來，賽南姆的哥哥不是優秀共產黨員嗎?!他不是民考漢嗎?!他連自己的母語都說不好和宗教極端思想扯不上關係啊！

「是大數據推送的。有幾個軟體在我們年輕人中很受歡迎，尤其是內地高中班學生中，現在都成了非法的了，安裝過這些軟體的都基本在裡面了。電腦排查說你有嫌疑就夠了。其實這些軟體都是他們自己研發出來的，如果不合法那為什麼漢人都能用？我覺得這是一個陷阱。」小馬的聲音近乎耳語。

「怎麼可能發生這樣的事情，太可怕了！」我搖著頭輕輕地說了一句，語氣是那麼地軟弱無

---

[2] ZAPYA的中文名稱是「快牙」，是一款點對點的檔案分享應用程式，無需使用網際網路即可傳輸和分享檔案。有媒體報導，中國政府的大規模監控和警務預警計畫「一體化聯合作戰平台」（IJOP）將一百八十萬的快牙用戶標記為祕密調查對象，是為中華人民共和國對維吾爾穆斯林進行監控的一部分。

力。我內心深處對她們存有戒備之心，害怕過多地流露情緒。我尤其對小馬不太信任，昨天她還不想來呢，今天就突然改變了決定。是她提議關的手機，為的是讓我們毫無顧忌地說出心裡的想法。黑色的手提包一直就在她的大腿上，為什麼她不把它放在一邊呢？我決定只聽不說。

「我去看兒子的時候，他的教官把他帶到了會見室，我被阻隔在房間的另一頭，遠遠地看著我兒子庫迪萊提走進來，教官讓他站在離我五、六公尺遠的地方，我兒子眼睛看著天花板用維吾爾語問我，媽媽你好嗎？他的教官馬上命令他說國語。我說，兒子，你看著媽媽說話，媽媽在這裡。可是他，」阿依仙姊姊的眼淚呀就像斷了線的珍珠一樣，她咬了咬嘴脣繼續道：「我的庫迪萊提，身高一米八五的男子漢，一直望著天花板，沒有看我一眼，……啊啊，」一聲發自肺腑的嘆息之後女人繼續道，「他不想讓我看到他在流淚，我知道我兒子從一進來就在哭，他沒法跟我說話呀！」女人在嗚咽在顫抖，我想走過去坐在她的身邊，卻像遭到電擊一樣動不了。馬麗豔抽出紙巾遞到涕淚橫流的女人手裡。

「我去看了孩子他爸爸。一百公斤的大漢，現在瘦得像筷子一樣。我的心都要碎了。我的家被毀了。我現在是在押人員家屬，被管控起來了，我還得了癌症，真不想活了，死了就沒有痛苦了。可是，又擔心我死了會加重對兒子的懲罰，兒子見不到我就不會配合他們的再教育，所以我還得活下去……」

「二十一世紀的今天發生這樣的事情，簡直讓人難以相信，說給別人聽也不會相信啊！」女人的痛苦就像岩漿一樣滾燙，它溶解了我對此苦難的懷疑，同時也摧毀了電視裡的謊言。

「就是啊，有的時候我甚至會笑，覺得太可笑了，他們為什麼會害怕我們呢？我們什麼都沒有。我現在住在腫瘤醫院，本來想可以避開很多麻煩，可是一點用都沒有。有一天，醫院派出所通知我去市公安局開會，他們說這是專門為在押人員家屬召開的，你看我住在醫院裡他們都知道我是什麼樣的人。一刷身分證就什麼都知道了。在那裡一個刑警大隊長對我們訓話說：「維吾爾人對漢人哪來的那麼大的仇恨？七．五事件讓我看清了事情的本質。十年過去了，現在是時候澈底解決這個問題了。然後他手指著我們吼道，『你們這幫人都該關進去，讓你們騷情，等著吧！』那天他們組織我們觀看了烏魯木齊七．五暴恐紀實片，當我看到一個老太婆搬起石頭一下一下地砸向一具漢人屍體的腦殼，就像砸核桃一樣，我就知道我們完了。」

廚房飄出了燜牛肉的香味。

飯桌擺好了，可是我們都沒有胃口吃飯，只想喝茶。

「吃一點吧！嘗嘗我發明的新菜，挺好吃的呢。」我給每個人的碟子裡夾了菜。

「不吃飯怎麼行呢？只有保重自己的身體才可以等到那一天。」小馬動筷子了。我們也跟著動了筷子。

吃過飯我削了水果，切成小塊，但是誰都沒有伸手，我們坐在沙發上半晌沒有說話。

阿依仙大姊打破了沉默：「您為什麼要回來呢？要是我，我就不會再踏上這塊土地了。有的時候我真想變成一隻鳥逃出這個大監獄。有一天我甚至從病房的窗戶跨出了一條腿，下面停著一輛車，閃閃發亮，一看就是好車。我這七十多公斤從十七樓砸下去，這車還不廢了？再說，跳下去後孩子和他爸出來了找不著我怎麼辦。巴奴妹妹，死比什麼都簡單，活著可真難啊！」

多麼熟悉的願望，不是結束就是逃逸，賽南姆也說過這樣的話吧？我低頭擺弄著茶碗輕聲回答她：「我媽媽生病了。估計是在教育營裡得的病。她都七十多了，我怕以後見不著面了。」

一個星期後哥哥聯繫了我，說打算接母親回烏魯木齊住一段時間。但是母親的出行受到限制，需要我協助辦理相關手續。

出國前我的檔案關係掛靠在X大學研究所，所以我讓家人把需要我簽名的「家屬擔保書」傳真到了外事處。第一次見到這樣的文件我的反應顯得很誇張。剛從自由的國度回來的人沒法不對這樣一份滑稽的文件嗤之以鼻。辦公室祕書想要說明這麼做的必要性，她認真地對我說道：「我在派出所工作的同學說，他們一晚上就抓捕了五十多名恐怖分子。所以嚴格控制是必要的。」

想到自己幾分鐘前在學校大門口因為不敢刷臉央求保安放我進去的情形，心裡憤憤不平：

「楊祕書，如果一個派出所一個晚上就能抓五十多個恐怖分子，那全城數百個派出所得抓多少恐怖分子啊！」

「就是啊。太恐怖了，這麼多恐怖分子就藏在我們身邊。」

不知道她是真信還是裝傻，我氣不打一處來：「如果我也被抓進去了，你會覺得這正常嗎？」

「你要把傳真發回去吧？」楊祕書想儘早結束這件事情。

我在我的家人所在地區派出所發來的「擔保書」上填寫了自己的姓名、身分證號和住址並簽了名按了手印。他們發來的擔保內容共有六條。第一條尤其讓我覺得滑稽可笑，我擔保了自己的母親帕夏汗．阿里請假外出期間堅決擁護中國共產黨的領導，堅決服從鄉鎮（村）黨委和政府的管理，做到聽黨話、感恩黨、跟黨走，堅決遵守黨的各項法律法規和政策。

確認哥哥收到傳真後我離開了外事處辦公室。

回到住宅樓前發現他們開始在大樓外圍建圍牆，以便把它圈進醫科大學的校園裡。這幢臨街的大樓一樓都是商鋪，用圍牆圍起來肯定會影響到商鋪的生意，有意見也只能在私下裡發發牢騷。新疆的「特殊」讓一切野蠻、殘酷和荒誕的事情變得正常。

夜裡躺在床上輾轉反側難以入眠，大汗淋漓，最後索性爬起來洗了個涼水澡。我久久地站在鏡子前面，想要看看靈魂深處的自己究竟是誰。這個月月交黨費的中共一分子是少數幾個占據安全高地的維吾爾人之一呢，還是需要被清掃收集的「垃圾」？我依然不相信自己會被收容。人們不會蠢到為了身上的幾個微不足道的膿包，把手足鋸掉吧？想到娜迪耶，霎那間憂愁襲上心頭。自打知道娜迪耶被羈押在教育營之後，我失去了先前的淡定。我不停地擦拭著鏡面上的水汽，望著自己的影像，心裡翻江倒海一般。賽南姆，你在哪裡？救出你的女兒是我報答你的一個機會。

隱約聽到電話鈴聲在響，我不知道將近凌晨時分誰會打給我。裹上浴巾趕緊去接，電話那頭是個維吾爾男人的聲音，他直呼我的名字，叫我即刻前來X大學派出所配合調查。我看了看錶，已經是烏魯木齊時間十二點了。我強壓住不滿小聲問他，明天去行不行？他粗魯地說，我們開警車去接你還是自己過來，你自己選擇。

我穿戴整齊匆匆出門。我不知道是因為涼風吹的還是心裡緊張，聽得見自己牙齒打顫的喀嚓聲。站在街邊十分地茫然。最終撥打了郭老師的電話，希望他能知道我回來了而且需要他。電話關機。我一邊往出租車裡鑽，一邊給他發簡訊求救。

派出所在X大學校園裡的一角。出租車司機一聲不響徑直開到了大門前。我故作輕鬆地打趣道：「你就像回家一樣輕車熟路啊！」他沒有應聲。門衛知道我是被傳喚的，馬上開門放我進去了。派出所燈火通明，我徑直走到辦事大廳，那裡已經有許多人了。有個男孩害怕採血不停地哭泣，父親輕聲在旁安慰。幾個醉漢打架後滿身血汙在等待處理。我走近一個接待窗口遞上自己的身分證，裡面的警察看了我一眼，在電腦上操作了幾下說：「一體化平台推送了你的名字，需要做五採和筆錄。」我深為這種不必要的打擾而氣惱，沒好氣地告訴他，我一回國就去轄區派出所做過五採和筆錄了。他莞爾一笑說，還是要做筆錄的，你等一會兒。我默默地走過去靠牆站著，望著像白天一樣忙碌的警察和排隊等待採集生物樣本的維吾爾居民，極力想要弄清楚狀況。終於，一個年輕的輔警走過來帶我去做筆錄。他把我帶到了地下室的一個房間，與轄區派出所的審訊室一樣放著一把供犯人坐的椅子。輔警命令我坐進去並且準備上鎖，此時那個接待我的警官進來了。他約莫四十歲，瘦削方正的臉，雙眼布滿了血絲，看上去十分疲憊。他責怪地問輔警：「怎麼把人帶到這兒來了？」隨後領我去了他自己的辦公室。坐在他的辦公桌前，我的心情平復了不少，也不再戒備。我看到他的桌牌上寫著職務：所長；姓名：李耒陽。他打量了我一下說：「程序你都知道了。我需要問你幾個問題，做個筆錄。」

我機械地簡要報告了從大學畢業到現在的經歷。簽字按手印，一切進行得十分順利。

「你應該可以回去繼續你的工作。」他把玩著手中的問詢紀錄，緊鎖眉頭清清楚楚說出的這句話，讓我產生了希望，但它迅即像泡泡一樣破滅了：

「怎麼回去？張警官收了我的護照，審了我六個多小時。我現在是嚴管嚴控人員，連媽媽病危都不能去探望。」說到這裡悲從心中來，語氣激憤地訴說著自己在國外所做的有利於國家和民族的事情，滿腹的辛酸和委屈化作灼膚灸肌的眼淚止不住地流下來。

「這不是瞎折騰嗎？還有沒有王法了?!」

「可不是嘛！莫名其妙就成了涉恐嫌疑人，我該怎麼辦啊？」說著又哭了起來。

「哭啥呢？你哭我就不同情你。哭，能解決問題嗎？你應該去找主管部門反映你的情況。」

「去哪裡？」

「去找區政法委督察辦公室啊！」

「我真能去找嗎？怕是去了也沒用啊！」

「你連自己都不願意救?!現在人都聽電腦的，都是系統篩查出來的，你跟重點人員同住隨行，出現在一個區域都有麻煩。你覺得自己清白就要去找上面的領導反映。等研判結果出來了，誰都幫不了你，知道了嗎？」

我心中充滿了疑惑。這個李所長膽子可真夠大的啊，居然如此直白地勸我找上邊講理。這會不會是個圈套呢？可是，他義憤填膺的樣子完全不像是假的啊！是啊，二十一世紀的中國發生如此魔幻、如此匪夷所思的事情，稍有一點良知和常識的人都不會助紂為虐的吧。嘿，還真是邪不壓正呢，我遇到了一個正直的警察。我趕忙向他索要聯繫方式。他略微猶豫了一下，那種表情只是在他臉上一掠而過：

「好吧，你記一下我的電話號碼。有事可以面談，但是不要在電話裡面說也不要發簡訊。」他迅速地在一張紙上寫下他的號碼遞給我。

我沒有與他握手告別，儘管我很想向他示好，可是我知道自己是在派出所，我的舉止應該符合被傳喚的嫌疑人。

回到家已經是拂曉時分。我疲憊極了，很快就進入了夢鄉。

還是那扇漆黑的大鐵門。我站在街邊等待有人進出時可以溜進去。門開了，沒有發出一點聲息。兩個人抬著一副擔架出來了。擔架上坐著的女人是賽南姆！儘管她渾身滲著血滴，但她那雙深邃的眼睛是我永遠難以忘懷的。她脖子以下被剝了皮，並且掏空了內臟，血液沿著擔架淅淅瀝瀝流了一地。她的臉因為痛苦而扭曲，嘴巴一張一張地對我說著什麼，但是我聽不到任何聲音，站在那裡嚇傻了，她經過我身邊的時候朝我伸出血淋淋的雙手……

我嚇得尖叫起來，醒過來久久回味著這個夢境，思索著它的寓意，再也沒有了瞌睡。曙光照進了我的房間，十分柔和，與我的噩夢形成鮮明的對比。我起身去廚房倒了杯水，然後進了賽南姆的房間。房間裡的陳設清晰可見。我一直害怕觸景生情，可是現在我需要回憶她，跟她待在一起才不會害怕。她的都塔爾還在牆上掛著，落滿了灰塵。我用衣袖拂去灰塵輕輕地撥弄了幾下，聲音依舊悅耳，想起她幾乎每天都會彈唱的〈Kizil Gülum〉不禁惆悵萬分。這首羅布泊民歌哀婉憂傷，每每唱到「唉，我該怎麼辦」時那種徹骨的無力感曾經讓我們心碎。我抱著她最心愛的都塔爾，就像擁抱著我那可人兒的身體淚如泉湧，靈魂深處發出了一聲悲鳴：「賽南姆，他們對你做了什麼?!」……

查看了手機，郭老師沒有回覆我的短信。撥打了他的電話，執拗地一直等到「你撥打的用戶無應答，請稍後再撥」的提示音響起。看來他是指望不上了，顯然，他也害怕跟我見面。我必須找個什麼人講講道理。聽說新醫路社區書記是個退伍軍人，為人不錯，也許他可以幫助我。下午上班前我提前到街道辦門口等領導。保安告訴我書記去市裡開會了，我決定在裡面等他回來。我坐在四樓走廊的長凳上望著進進出出的各種人，思索著與書記交談的策略，不知不覺過了一個多小時。

「啥，想吃火鍋？大熱天虧你想得出來！這就叫文化衝突，哈哈……嗯，嗯，好嘞，不見不散。」一陣爽朗的笑聲打斷了我的思緒。尋聲望去，一個二十多歲的小夥子，穿著牛仔短褲，淺灰色體恤，背著雙肩包邁著輕盈的步子走過了我的身旁。我被他的情緒感染了，許多天來第一次看到一個無憂無慮的人。我笑了，一個多麼可愛的大男孩！我目送他走進社區綜合辦公室。

小夥子進去後很快一陣嘈雜之聲陡然升起，可以聽出發生了爭執。

「你們不能這麼做！你們打電話叫我過來的時候說的啥？啊？咋說的？」一個失控的聲音讓我站了起來。我走過去站在走廊盡頭離門不遠的窗邊，假裝望向窗外，屏住呼吸盡力捕捉房間裡的動靜。

「把衣服換上。」這是張警官平靜的聲音。

「我不換。憑啥讓我穿囚犯的衣服？我又沒有犯法！」

「你逾期未歸。你的名字上了一體化作戰指揮平台，是上邊推送下來的。」張警官冷冷地解釋說。

「你們還講不講理了？我這不是回來了嘛！」

「從國外回來的都要去學習。讓你穿你就穿，別讓我們動手！」一個男人不耐煩地厲聲命令道。

「我要給我媽媽打電話。不然我就從這個窗口跳下去。」

房間裡傳來一陣雜沓的聲音，幾個男人的短促而粗糲的呵斥交織在一起，然後是持續了幾分鐘的一片死寂。

「媽媽，我的好媽媽，您聽我說，他們不是叫我來參加暑期實踐活動的，是要抓我去學習的，我回不去了，您不要哭呀，媽媽，您要多保重。阿帕，霍希！……」他用夾雜著維吾爾語的漢語與母親訣別。從那以後，這個因絕望而顫抖的尾音時常都會在我的耳邊響起，讓我記起自己是誰。

門開了，首先出來的是一個拿槍的警察，發現站在樓道裡的我便惱怒地揮舞著小巧的手槍，讓我走開。我一口氣跑出了居委會辦公樓，心臟急速地撞擊著我的胸膛，腿開始發軟，不由得放慢腳步環視四周，居委會前面的馬路上人來人往，全無死角的監控攝影鏡頭下的人們像帶著面具的幽靈，眼睛呆滯神情木然地閃過我的身邊。停在社區居委會入口處的一輛警車吸引了我的注意，正是從機場接我回來的那輛車。門敞著而且直接對著社區居委會的入口處。看到裡面坐著的一個荷槍實彈的武警我本能地站住了，我們目光相遇的一剎那我打了個冷戰，像被釘在路上一樣移不動腳步，不知道應該往哪個方向走。

就在這個當口他出來了，已經換上了深藍色的囚服。他是如此地俊美，憂鬱的大眼睛，漂染過的淺色頭髮理成了貝克漢髮型，藍色囚服緊緊包裹著他修長健美的身材。囚服的袖子太短，他裸露的手臂是銬著的，兩邊各有兩名男警察。張警官跟在他們三人的後邊。

他停下腳步焦灼地四處張望，全然不理會警察的催促。

「凱賽爾，凱塞爾！」一個中年婦女哭喊著從遠處跑來。

「阿帕，阿帕[3]——！」男孩兒牢牢抓住警車的門把手，身子下蹲後仰用力與兩邊推搡他的警察僵持著。車裡的武警拽著男孩的胳膊往車裡拉，他的身子已經快被拽進車裡去了。淒厲的喊聲越來越近，轉眼就到了人群聚集的地方。男孩兒的母親撲倒在兒子腳下，抱住了孩子的雙腿。

張皇失措的警察，一邊掰扯母親的雙手，一邊使勁推搡年輕人。母親不肯鬆手，孩子的一隻鞋子被拽脫，慣性使她仰面倒在地上。她站起身喊著：「讓我抱抱他啊，求求你們了！」她的普通話是如此地純正，可是絲毫沒有打動警官。張警官用身體擋在母親和兒子之間，抓住伸向空中的兩隻手，使她不能觸摸到即將消失的兒子。男孩兒的身體幾乎是被扔上了警車。母親沒有像電影裡面會出現的那樣跟在汽車後邊狂奔，她跪坐在地上掩面哭泣，儘量克制著自己的聲音。我走過去抱住了她抽搐的肩膀，扶她站了起來。一些人被哭喊聲吸引，保持一定距離駐足觀看「恐怖分子」與母親生離死別的情景。有的人指指點點就像看一部有趣的大戲，抑制不住臉上幸災樂禍的神情；一些人表情漠然，一副於己無關的樣子。沒有人制止暴行的發生，更沒有人上前詢問抓人的緣由。一種恐懼催生的麻木，一種殘酷的漠然籠罩著四周。

光天化日之下以最為卑鄙、因而也最為醜惡的方式對個人權利所進行的公然踐踏，對他們母子的人格來講是一個永遠也無法抹去的侮辱，因為這種粗暴的抓捕根本就連一點說得過去的藉口都找不到。

囚車已經遠去了，母親撿起兒子的運動鞋，眼淚滴落在鞋幫上。

我默默地望著她，在攝影鏡頭下不敢表達更多的同情和關懷。

一個年輕的維吾爾姑娘從社區辦公樓走出來，將一個塑膠袋交給了依然杵在人行道上的母親，並且遞上一張表格，用維吾爾語說，這是您兒子換下來的衣服，請您在這裡簽字。她的聲音低到幾乎聽不清，臉上的表情讓人覺得這件事情也有她一份。母親的嘴角浮現出一絲淒慘的笑容，她連看都沒看一眼表格就在姑娘指定的地方簽上了自己的中文名字：古麗娜爾。那是優美的草體，女人用顫抖的手確認了兒子換上囚服的事實。

我仔細端詳神情恍惚面色蒼白的這位婦女，認出她就是在電視訪談節目做嘉賓的民俗學博士古麗娜爾。那是模仿中央台的《實話實說》，鼓勵嘉賓和觀眾暢所欲言的維吾爾語節目。儘管過去了許多年，我依舊記得那期節目的內容，她的優雅談吐和率真大膽令我印象深刻。我上前一步攙住她的一隻手輕輕地撫摸，欲言又止，生怕說出激憤的話語惹禍上身。

---

3 「阿帕」即維吾爾語的「媽媽」。

「謝謝您。」古麗娜爾柔聲道謝並擁抱了我一下。我的眼淚奪眶而出：「古麗娜爾老師，您一定要堅強。」

「是的，我知道。」她用非凡的自制力忍住眼淚，將兒子的一隻鞋子放進塑膠袋裡，把頭俯在袋子上，用雙手抱著，彷彿抱著心愛的兒子。

社區工作人員和我目送著古麗娜爾老師漸漸離開我們的視線。兩人同時發出一聲沉重的嘆息，我抬眼望了一眼站在我身邊的姑娘，她的臉上也掛著淚痕。無論她在哪裡工作始終不能改變的是她作為人的同情心啊，我想。

回國這幾天，我所經歷的事情讓我感覺一場史無前例的清剿運動像山洪，一瀉而下，摧枯拉朽，令我震驚和困惑。這洪流沒有積年形成的固定河道，它氣勢洶洶，肆意奔湧，裹挾著猝不及防的人們衝向未知的深淵，衝擊力之強，破壞範圍之廣令人驚訝。民考漢是幸運兒，只要沒有出過國，手機裡沒有下載過敏感資訊和違禁軟體就是安全的。曾幾何時，他們被自己恪守民族傳統的族人排斥，歸入非漢非維的另類，被戲稱為「第五十七個民族」，既因為母語的缺陷在長輩面前感到自卑，又因為漢語優勢獲得的既得利益而驕傲，內心深處的身分焦慮與優越感形成反差。有趣的是，當他們當中的一部分人離開自己的家鄉在內地讀高中上大學時，才意識到自己身分的獨特，產生了學習母語、瞭解自己民族歷史文化、跟本民族交往的強烈願望。當然也有不少維吾爾族子弟以上漢校為榮，將自己歸入漢族一類，輕蔑地稱呼「他們維族」，更有甚者將維吾爾班級的學生稱為「垃圾」。如今他們介於維吾爾與漢族之間的身分並沒有使他們得到完全赦免，因為他們大多是能夠去國外旅遊讀書的上等維吾爾人，也屬應收盡收的範圍。自然，自二〇〇五年起，十二年來在問題教材課文〈我有一個夢想〉和〈民族之歌〉薰陶下成長起來的無數青年（八〇後、九〇後民考民和雙語班畢業的）學生以及他們信仰堅定固守民族傳統的父輩，都理所當然地成了收容教育的對象。生活在烏魯木齊的維吾爾人，大多數是吃公家飯的。雙職工，倆孩子，負擔小，生活富足，多年來耳聞目睹南北疆農村的維吾爾老百姓因為虔誠信教，因為不懂漢語遭受的種種歧視和壓迫，慶幸自己的利益沒有受到侵害，以沉默保護著自己的體面生活。然而現在，輪到他們了。

人們每天都在目睹和參與二十一世紀上演的這一幕大戲，劇情是如此地熟悉，同樣的荒誕和慘烈，只不過現在舞台上的受難者是一個特定的族群，一種特定的信仰和文化的堅守者。誰說歷史不會重演？

那些新移民，他們是政府「去極端化」運動的堅定簇擁者，多年來他們一直為政府沒能像狂風掃落樹葉一樣無情地打擊維吾爾人的反抗而鼓譟，現在輪到他們為這場運動捲走這些底層的「垃圾」而歡欣鼓舞了。而第一代移民的子孫，他們的孩子去內地上學還要帶去維吾爾人烤的饢，維吾爾餐館的拉麵、烤肉和抓飯是他們的日常飲食，他們已經吃不慣豬肉，從這一點來講，他們是真離不開維吾爾人了。維吾爾人的生意被摧毀，他們只能從超市購買高價羊肉，去漢人開的清真風味飯館吃飯。因為生活的不便，多少有點抱怨，不過僅此而已。他們的穆斯林鄰居、同事突遭不幸，妻離子散，家破人亡，這都是為了維穩，為了大家的安全，他們理解和支持，即便覺得過分，也是敢怒不敢言。

小時候我在影片中看到共產黨員為了信仰寧死不屈的故事會感動得泣不成聲，而且在心裡默默地發誓一定要成為那樣的堅強戰士。所以，積極要求進步，當我戴上紅領巾時，當我戴上共青團徽章時，當我在黨旗下宣誓時，是那樣的自豪和驕傲。親歷了伊犁二．五事件，我才明白政府強加於我們的謊言是什麼。當百萬無辜的人被關押起來，今天又親眼目睹古麗娜爾老師母子的生離死別，一切都凝聚成永恆的、再也無法消融、無法忘懷的冤仇。

# 第十一章　急中生智

哥哥和嫂子陪著母親來烏魯木齊了。我說過我的身分證會報警，很難通過需要身分認證的通道檢查關口，硬闖只會帶來麻煩，所以我只能在家裡等他們。

動車新疆時間十二點多到站，他們應該在下午兩點左右到家。我煮了一鍋羊肉，開始包餛飩。一雙手在機械地做著早已熟練的事情，腦子裡不停地在思考逃脫的辦法。

要不在網上登個徵婚啟事找個漢族老鰥夫嫁了？最好是離休，那個已經不行了的。想到這裡，我噗嗤一下笑出了聲。

那麼馬修呢？作為外交官能幫我做什麼？這是我想到的第一個問題。我跟他有過幾次約會，由於身分特殊，他不喜歡我主動聯繫他。兩人都沒有頻繁見面的慾望，關係若即若離，也從沒有過深層次的交流。那麼，我該如何利用他呢？他可以通過外交途徑幫助我回到他的身邊嗎？不能，我不是他的妻子，甚至連情人都算不上。不管怎麼樣，我得跟他保持密切的接觸，證明我有他這麼一個朋友。我拿起手機，撥通了他的號碼。

「哈囉，是巴奴嗎？」他的聲音聽上去有點慵懶，似乎還未睡醒的樣子。我這才想起四個小時的時差，而且今天是週六，對他來說是難得的放鬆日。

「是我，馬修，你好嗎？我打擾你了嗎？真對不起！」

「啊，沒有。你那裡情況怎麼樣？我在這邊看到的都是壞消息。」

「我還好吧。今天我母親要來，我應該很開心才對。」

「那你不開心嗎？你有多久沒有見到你媽媽了？」

「多久？兩年多了。」

「你母親還健在，你還能見到她，你應該高興才對。」

「是的。」我想要聽到我們通話的人對我們之間的關係作出積極的判斷。於是我用嬌憨的聲音問他：「你還記得你跟我告別時說過的話嗎？」

「我說過很多話。」

「你說過等我回去以後我們去希臘的一個小島度假的。」

「嗯……我不記得說沒說過。」他沉吟片刻馬上很有禮貌地說，「我現在可以這麼說嗎？我當然想跟你這樣一位美麗的小姐去小島度假。」

「謝謝。」我輕聲應道，我想我還需要再增加一點親密度，「我要是能夠回去的話，想在機場見到你。」

「好的，當然。」

掛了電話，我心裡已經有了主意。

回來後沒有打開過電視，現在想要來一點歡快的音樂來配合我的心境。打開有線電視找到了歌舞頻道選擇了幾首適合伴舞的維吾爾音樂，然後在餐桌上鋪了幾張廚房吸油紙，開始包餛飩。我把餛飩整整齊齊地擺放在吸油紙上，心情隨著音樂的節奏起伏激蕩。

門鈴響了，我一躍而起跑去開門。母親和哥嫂站在門前。母親進門後與我擁抱並開始嚶嚶地哭泣。我擁抱了哥哥和嫂子，兩年多不見哥哥的變化令我吃驚，他的頭髮幾乎全白了。媽媽還在流淚，我讓她哭得心緒煩亂，拉她坐到沙發上幫她擦去淚水輕聲呵止了她的哭泣：

「您看上去不是挺好的嘛？別哭了。您是進去待了一段時間對吧？您是裝病住的醫院吧？能出來應該高興才是。裡面的飯好吃嗎？咋就把您放出來了呢？」我的確很好奇，問了一連串的問題。

「媽媽覺得裡面的饅頭挺好的，她不是牙口不好嘛。」嫂子笑答。

媽媽難為情地笑了笑說：「是好吃，但就給一個饅頭，吃不飽。」

我很想知道真實的情況，我不太相信國外對中國的報導，尤其是對再教育中心的定義。

我們都關了手機，然後開始聽母親訴說。

媽媽流著眼淚講述了自己被帶到縣城關押在營地的過程。那裡原先是職業高中，用高牆圍起來，改造成了再教育中心。傍晚到的，首先換上囚服，然後排隊做筆錄弄五採，天亮才安排住宿。關在裡面的都是一個縣裡的，互相認識，有的還沾親帶故，感覺像是參加親人葬禮似的，不許交談，只有相互對望，心中的憂傷悲苦無法言說，關在這裡的原因瑣碎到無需詢問。教室、宿舍的牆上掛著領袖畫像，無論從哪個角度看，他都嘴角微翹抿嘴媚笑著注視你，讓你學漢語、唱紅歌的時候不敢偷懶。每天飯前必須喊口號感謝他，感恩他領導下的中國共產黨才有飯吃。晚上學習完之後回到宿舍鐵門就上鎖，十幾個人的大宿舍屎尿都拉在一個大桶裡，要是有人鬧肚子，汙濁惡臭讓人沒辦法呼吸。

「那他們怎麼放您出來了呢？」

「事情就是這樣。人出來了，就不要多問了。」嫂子頗有些不耐煩。

「舅舅姨媽他們都好嗎？聽說鄉下的情況很糟糕呢。」

「都荒蕪了，大白天一片死寂，只有在墓地裡才會有的那種恐怖感覺，偶爾聽到幾聲狗叫，家家門窗緊閉，青壯年被抓進去了，小孩成了有爹媽的孤兒送進了福利院，嗐，提不成，咱們家農民親戚幾乎每家都有人被帶走，……唉！」哥哥搖頭嘆息道。

「南疆的情況是不是更可怕呀？」我輕聲問了一句，因為哥哥今年初被派往南疆一個偏遠鄉村做扶貧工作。

「我們訪惠聚工作組在塔克拉瑪干沙漠邊緣的一個鄉開展工作，二〇一五年統計人口有六百七十九人，今年有一百二十七人被判刑，最高無期最低一年半，還有三百零四人被強制收容到再教育中心。在那麼偏遠的地方都能弄進去這麼多人，簡直是災難！鄉里只剩下古稀老人和孩子，他們還得每天來升旗唱國歌，聽我們訓話。」他的眼神透著疲憊，聲音沙啞低沉，「有一個家庭兒子兒媳都被強制學習，家裡剩下半身不遂的奶奶和兩個還在上小學的孫女。老人生活不能自理，孩子小收拾不乾淨，老人身上的屎尿只有等每個月一週與他們結對子的女『親戚』給清洗，屋子裡的衛生也得等她們來搞。這不是平白無故讓兩邊都遭罪嗎？啥時候才有個頭啊？」

我望著哥哥顯得滄桑的面容，感受到了他心裡的悲涼和疼痛。從見到哥哥的那一刻我就發現了他身上的變化，他現在已經不是從前那個傲慢、冷漠只顧自己仕途的官僚了。

「咋就把兩口子都抓走了呢？」媽媽插了一句。

「這家子是鄉里先富起來的農民。老太婆的兒子兒媳在塔克拉瑪干公路邊開了一個餐館，經營得不錯，前兩年蓋起了氣派的磚木結構大房子，就因為齋月裡停業裝修而被認為有極端宗教思想。現在宮殿一般漂亮的房子臭氣熏天，老人奄奄一息，孩子們蓬頭垢面。」

母親深深地嘆了口氣，說：「這一切都會過去的。」

「怎麼過去？那麼多家庭支離破碎，那麼多人的生活被澈底摧毀，即便有一天被放出來，他們的生活也難回到從前的樣子，他們的悲傷和怨恨也難以消弭。被關押的人難以計數，如果都出來了，怎麼安排他們的生活，難道不是新的不穩定因素嗎？」

哥哥苦笑著搖了搖頭說，「巴奴你不知道，你擔心的問題他們都想到了。」

「是嗎？」我好奇地問道，暗暗為自己有先見之明而得意。

「結束教育的人直接在教育營所屬的工廠勞動或者以扶貧的名義組織他們去內地工廠做工。依舊是嚴管嚴控，收繳你的身分證，你哪裡都去不了。他們已經開始直接在教育營設臨時法庭，對一部分不服改造的和不放心的人判刑，送監獄服刑了。」

「太恐怖了。這對於那些大學畢業，有著美好前程的年輕人真是毀滅性的打擊啊。這是多麼愚蠢的政策啊！對誰都沒有好處。它造成的危害比這麼多年暴恐襲擊造成的危害不知道要多多少倍呢。」我想起了古麗娜爾老師從法國回來的兒子凱賽爾，心裡不禁升騰起一股怨憤和惋惜之情。

「就是。」哥哥低聲肯定了我的看法，然後問我，「你還記得你婆婆家的鄰居阿布杜旭庫爾大哥嗎？」

「我當然記得。他們家房子是伊寧市最氣派的吧，他老婆可是高傲得出了名。他們家孩子學習都特別好，尤其是那個妮尕熱。」

「他們家有兩個兒子在國外。前兩年政策寬鬆的時候，妮尕熱和她媽媽去土耳其旅遊，兩個男孩分別從美國和德國來到伊斯坦堡跟她們團聚。結果就因為這個，母女倆都被判了十九年徒刑。」

「啥？十九年？簡直就是兒戲啊！他們不怕遭天譴嗎？」我驚叫了一聲。多年前初次見到妮尕熱時，讓我想起荷馬史詩對海倫美貌的形容：特洛伊人為了她這樣一個女人遭受苦難無可抱怨，她看起來像永生的女神。海倫再美也不會比妮尕熱美到哪裡去吧？我對於這個女孩的遭遇唏噓不已，不知道應該如何形容這種濫捕濫判行為，是邪惡還是荒唐，是冷酷還是殘忍？這究竟是什麼？一個秀色可餐的美女成為囚犯，等待她的無疑是各種可怕的事情。

「你別大驚小怪的了，為一句話就判個十年八年的多了去了。你還不知道吧？瑪勒姆薩汗的兒子就因為說了句『別去老王家店鋪買東西』就被人告發，以煽動民族仇恨罪判了五年。最可恨的還是我們自己人裡面告密的。」媽媽意味深長地說了一句。瑪勒姆薩汗是我的姑姑，她只有一個兒子。一想到待我如母親一般慈愛的姑姑將如何承受這般打擊，我心痛欲裂！

「吃飯吧。這些話最好不要再說了。還是吃自己好消化的饃饃吧。」嫂子在我們說話的時候整理好了餐桌擺好了碗筷。

吃飯的時候誰都無心說話，只能聽到碗碟相碰的清脆聲響和哥哥大聲咀嚼的聲音。我看到飯桌上的親人儘管表面上顯得平靜，但他們臉色憔悴，毫無生氣。談到身邊發生的事情，彷彿在說距離自己很遠甚至毫不相干的事情，可是那隱隱顫抖的聲音和遊移不定的眼神背叛了他們的言辭。

我按照在土耳其養成的習慣擺上了飯後茶點。一邊削蘋果一邊講述自己回來後的遭遇。他們似乎在聽一個老套的故事一樣，並沒有特別留心我說的話，吃著我遞過去的蘋果，相互間說著一些瑣碎的事情。

「我必須回去。我不想進去。」

「對於我們，邊境是關閉的。幾乎所有的人都上繳了護照。」嫂子提醒我。

「所以我必須想辦法出去。我已經有一個計畫了，想試一試。」

「嗯，值得一試。」哥哥拍了拍我的肩膀，但沒有問我有什麼計畫。

接下來這段時間我肯定會往返於各種執法機構之間，跟我計畫中的人見面。我必須專心應對這件事情。我很想讓母親今天就跟他們回家，可是我沒有說出口。兩年多沒見面了，第一天就這麼自私冷漠，縱然有天大的理由，她也不會理解的吧。

「現在就剩我們倆了，多好啊，媽媽。」送走哥嫂之後，我摟著母親的肩膀親熱地說。

媽媽的頭髮像霜雪一樣泛著銀光，稀疏鬆散遮蓋不住頭皮，我很少見到媽媽不戴頭巾的樣子，感覺很不習慣。我問她您的頭巾在哪裡的時候，母親惶恐的表情令我心疼。她就是在自己的家裡也害怕跟宗教情緒有關的頭巾，而這顆戴了一輩子頭巾的尊貴的頭顱怎麼能就這麼裸著呢？於是我從皮箱裡取出在伊斯坦堡機場免稅店為她買的紫色碎花頭巾包在了她頭上。媽媽用青筋暴起的雙手捏揉著圍巾的一角說，「很好的面料，不容易滑脫。」我溫柔地擁抱了母親，仔細端詳著她布滿皺紋的面龐，輕聲說了一句，現在漂亮多了。母親的臉上出現了一絲紅暈，尷尬和愉悅的表情在瞬間轉換。

我注意到已經過了晡禮的時間，但是她一直都沒有起身小淨。我半開玩笑地對她說：「阿吉媽媽您不再祈禱了嗎？」她不好意思地笑了笑，自嘲道：「我們不做政府反對的事情。」

「您在自己家裡祈禱他們又看不到！這不成了藉口嗎？」

媽媽用新圍巾的一角揩拭著眼淚，對我說若不是去麥加朝覲也不會進再教育營學習，再也不想回到那種地方了。我沒有再說什麼，打發她進我臥室休息一會兒。

當我一個人靜下來的時候，我思量著眼前的處境，深切地意識到那把達摩克利斯之劍就懸在我的頭頂，我必須想辦法離開這裡，必須為娜迪耶做點什麼，否則良心難安。我找出記事本開始計劃日程。

傍晚時分，我跟母親準備出去散步，剛出電梯就遇到我的包戶幹部楊姊，她依舊提著那個大塑膠袋。我們站在門洞裡互相客套了幾句，她說知道你媽媽來了，我特意過來看看。我們很不情願地折返進電梯，在狹窄的空間裡，她的兩個鼻翼翕動似乎在捕捉我們身上的氣息。我看到媽媽下意識地伸手摘頭巾就使了個眼色阻止了她。在客廳的沙發上，楊姊開始詢問母親的身體情況，她知道我母親是因病從再教育營放出來的。她滔滔不絕地說了一大堆老人保養心臟的祕訣，歸納起來就是要有一個好的心態，逆來順受，不要生氣。母親非常認同她的看法，頻頻點頭，還用漢語向她彙報自己在再教育營是如何提高漢語水平的。我感到難以言說的屈辱，楊姊就像我們身體上的長出的第二個腦袋，割捨不掉，如影相隨。

楊姊受到了我的冷遇，瞇縫著眼睛對我說了一句：「我會參加你的研判，我的意見也很重要呢。」她默不作聲地坐了一會兒，突然提醒我，「你咋還不搬呢，我們社區要封這套房子了。」我沒理她的茬，讓她抓緊時間上床照相，我們累了，要休息了。

楊姊跟母親聊完又照了幾張相，脫下睡衣換上出門的行頭回家了。我讓母親睡我的臥室，自己去了賽南姆的房間。帶著一定要救娜迪耶出來的堅定信念，呼吸著賽南姆用過的熏衣草香枕的清幽芳香，沉沉睡去。

起床後迎接我們的是玫瑰色的朝陽。媽媽已經準備好了早餐在等我。我在陽台做了幾個深呼吸，拉伸了肌肉，然後鑽進浴室。喝茶時，我對媽媽說，昨晚我在網上預約了專家門診，今天帶她去看醫生，然後就可以忙自己的事情了。她說你哥哥一早打來電話說過會兒開車來接我，你嫂子會帶我去醫院。你把自己的事情處理好，別管我，我過兩天再回來陪你。

此刻，逃離和自由是我的唯一目標。我咬緊了嘴唇，攥緊了拳頭，我的樣子激起了母親的愛憐，她走過來在我的額頭親吻了一下，說，能走就不要再回來了。母親的話語攪動了我心中的波瀾，我內心深處是想把自己的困境怪罪於媽媽，讓她也承擔一些責任的，可是現在我完全諒解了她，實際上我沒有丁點兒理由責怪她，我回家來就是要讓自己身處險境，想看看自己究竟是誰。並不像她以為的那樣，一聽到媽媽生病就不顧一切回來想要照顧她。

母親走後，我拿出電話號碼簿記下了幾個重要的號碼和人名。第一個是李耒陽所長。我翻出自己的夏裝，找到一件白色無袖衫和一條牛仔褲穿在身上。然後整理出有關自己在國外學習工作的相關證明，開展各種文化推廣活動時的照片，尤其是中國大使館頒發的榮譽證書，小心地放在文件袋裡。給李所長發的訊息很快就有了回覆：開會。再聯繫。我完全忘記了他說過不要發訊息的叮囑。

我評估了形勢。很清楚的一點是，沒有一個維吾爾人能自由出入邊境，除非有特殊使命。我為什麼就不能有特殊使命呢？我在微信裡找到烤肉串給他留了言，說有重要情況向他彙報。沒過幾分鐘他就回覆了我，說一個小時後可以在友好路肯德基店見面。

我仔細地化了妝，將齊腰長髮盤在頭頂，像一個搖搖欲墜的鳥巢，脫下牛仔褲，換上了一件豔麗的無袖長裙。在土耳其精美糕點巴克拉瓦禮盒上用透明膠帶黏了一張價值萬元的家樂福購物卡，然後用禮品紙包起來放進挎包裡鎖門下樓。我寧可提前到那裡等著。到了肯德基店我要了一杯奶茶，掏出口袋書開始翻看。

「你早就到了哈？」一個男人的聲音在我耳邊響起，我忙收起書本。烤肉串依舊穿著便衣，矮小的身材顯得很精悍。他坐到了我的身邊伸手碰了碰我的指尖，問我想要喝點什麼。我說要一杯拿鐵咖啡。他過去端了一杯奶茶和一杯咖啡回到了座位。他環顧了一下四周，然後端起杯子徑直朝一個角落走去，我連忙跟在後面。坐定後，他的小眼睛上下打量著我好像要把我先研究一番似的。我衝著他微微一笑，開始了一場只有跟老朋友才會有的談話。

我穿著合腳的涼鞋，邁著富有彈性的步伐走在烏魯木齊最繁華的街道上。向烤肉串提供的情況引起了他的興趣，這從他跟我談話時由最初的漫不經心到最後目不轉睛地盯著我，臉上掛著的令我不安的笑容可以看出來。那個猥瑣的笑容沒有讓我退縮，相反我為自己成功地拿捏到他的需要感到得意。他說這必須向上級彙報，讓我等消息。他還收了我的禮物，我告訴他這個糕點特別昂貴，只能自己吃，不可送人時他似乎領會了我的暗示。

經過新醫社區居委會時想到離中午下班還有一個小時就按響了門鈴。一雙眼睛從窺視孔張望了一下馬上打開了門。我問了一句書記在嗎？他說不知道，你自己上去看，在四樓。

書記姓劉，他在綜合辦公室辦公。看到我進去時一副不耐煩的樣子，讓我有事快說。我簡短地講述了自己回國後的遭遇，希望能解除管制讓我重返教學崗位。他皺著眉頭白了我一眼，以明顯嘲弄的語氣說：「你的情況比較複雜，你還想回去？回土耳其?!」彷彿我想要回去的不是地球上的某個國家而是火星一樣令他難以置信。他緩和了一下語氣嚷嚷道：「等著吧，等包戶幹部和張警官的評估報告出來了就知道你要去哪裡了。」說完他不勝疲憊和厭煩地揮了揮手，讓我出去。我用最柔順的語調請他保重身體不要太辛苦了。他低著頭沒有理睬我。

離開辦公室時我一點都不氣餒，這只是開頭，我的計畫才剛剛開始，我相信自己能救娜迪耶出來，也可以帶著特殊的使命獲得出境許可。一回到家我就開始聯繫小馬，請她想辦法把娜迪耶的資訊發給我。過了不到半個小時馬麗豔發了一張照片，上面寫著娜迪耶的身分證號碼和中文全名，還有她的戶口所在地庫車市墩買里路三二一號。今天上午烤肉串還對我說別寫訊息，可以語音留言。看來拍成照片也是無法監控的。

回到家在廚房隨便找了點吃的，然後開始整理賽南姆的屋子。回來後這麼多天我心緒煩亂，根本沒顧上仔細照顧這間閨房。她的床是一個箱式席夢思，雖然已經過時，可是結實耐用。我掀開箱蓋，裡面裝滿了各種衣物，一股樟腦味立刻充滿了整個房間。四季衣服、手工繡花被套和幾床新被褥乾乾淨淨、整整齊齊地疊放在箱子裡。想到賽南姆一家目前的境況，確定這些嫁妝她再也用不上了，暫時也沒法送還她的家人。被褥需要晒晒太陽。當我拽拉一條厚重的褥子時裡面滑出一個沉甸甸的筆記本電腦包，我的手像被開水燙了一下似的，我趕緊把它藏回原處。

我把賽南姆的一套被褥拿到涼台搭在晾衣架上，驕陽下這些用庫車的優質棉花填充的被褥將膨脹一倍，到傍晚收回時還可以聞到太陽的味道。

回來已經十天了，返程機票早作廢了。四天後他們將返還我的舊手機，我一直很小心，這部手機沒有使用過國內禁止的軟體，也從不用它登錄任何網站，所以他們是不會查出什麼問題的。那麼，在國內使用的郵箱也沒有什麼東西會令他們感興趣，除非他們想窺探我的隱私。出國前，我和郭老師經常在他辦公室裡互相用郵件說一些事情，大部分都是吵架後他為了應對我的沉默而發的。忽然想起我給郭老師發過一些從國外網站下載的關於新疆歷史的資料。讀過這些文獻資料的人很難不對新疆自古以來就是中國的一部分提出質疑。突然間我感到危險近在眼前，如果他們找到這個郵件不就可以定罪了嗎？但那些包含敏感資訊的文件應該是用另一個郵箱發送的，那個郵箱地址我沒有告訴張警官，那是我在國外註冊專門用以發送一些私密文件用的Google郵箱，Google都撤出中國市場了，他們不會向中國提供用戶資訊，所以警方不會有那麼大的神通掌握這個情況。想到這裡我鬆了一口氣。

等待手機檢驗結果的這幾天，我想接母親回來跟我住。初中起就進城讀書，參加工作後又早出晚歸，跟母親單獨相處的時間越來越少，就像維吾爾諺語所說的那樣「離眼睛遠離心就遠」。她只有我們兄妹倆孩子，父親去世後，母親一直獨居，守著她與父親在特克斯縣的老屋，不肯去烏魯木齊跟兒子一起生活。這次與母親的重逢以眼淚和訴說開始，她變得萎頓而消沉，臉上的皺紋像道道溝壑又深又長，讓我心中生出歉意，我覺得自己沒有盡到照顧她的責任。「能走就不要再回來了」，想起母親當時說這話時的神情，心中不禁一陣酸楚。

下了樓穿過馬路在八樓站上了BRT一號線。電視螢幕滾動播放的民族團結歌曲只能看到歌詞，聽不到聲音：「我的生活現在如此的美好，因為有你們的陪伴／我希望能夠永遠這樣，從日出到日落。」三個高鼻大眼的小夥以誇張的歡快表情一遍遍重複著副歌——「新疆好，祖國好／幸福祥和最可靠／民族團結很重要」。看看周圍低頭看手機或者漠然地望著窗外的東方面孔，我的臉上一定是浮現出了嘲諷的冷笑。

在南門站下車後拐進文化巷。這裡的街道已經沒有了以往的熱鬧，維吾爾小攤販們都被趕回了農村老家，只剩下臨街的雜貨店。小區的入口安裝了人臉識別儀器，等待進入的人排成了長隊。我知道自己是重點管控人口通不過身分驗證，就在門邊給哥哥打電話，告訴他自己是來接媽媽的。十多分鐘後母親提了一個旅行包獨自出來了。我攙著母親的胳膊緩緩地走向ＢＲＴ車站，上車後我給媽媽找了個座位，自己站在她的身邊，一路上我們只是目光交流，深情對望。

「你從哪兒來？」站在我旁邊的一位老年婦女忽然高聲問了一句。我循著她的目光望去，她是衝著站在車門邊的一個剛下火車的少婦在發問。

「剛從河南過來。」

「俺也是河南的。」

「你啥時候來的？習慣不？」少婦臉上笑開了花，晃動著手裡的拉桿箱朝她老鄉擠了過來。

「咋不習慣呢？回老家才不習慣了哩，這輩子在新疆，下輩子還在新疆。」她扯著嗓門說這句話時眼睛盯著我和媽媽，語氣中帶著挑釁。我白了她一眼，心裡罵了一句：「娘里個熊比，咋不把你家祖墳也挖過來呢！」

老女人旁若無人地高聲傳授著在新疆的生活之道，少婦帶著初來乍到的拘謹靦腆地笑著，沒有再言語。我舉目望了望四周，發現除了我和我媽，車裡都是漢族乘客。我調轉身子面朝媽媽，儘量不去聽她令人反感的刺耳聲音。

回到家已經是傍晚時分，母親說已經吃過晚飯了，只想喝點熱茶。我給自己拌了一大盆蔬菜沙拉。飯桌上媽媽輕聲詢問我的個人生活，我說現在不是考慮這個的時候。母親嘆了口氣，她知道我不樂意談這個話題。媽媽按著肩部說頸椎疼，我走到她的身後開始用護校學習過的手法給她按摩，她低著頭髮出輕輕的呻吟。我想不起多久以前觸摸過母親的身體，也難以回想起我們之間的依戀和親密。

我不認為自己自私或者健忘。我和母親之間的隔膜產生在很多年以前。那時我是父親最寵愛的小公主、金疙瘩，我們倆以您相稱，總有說不完的話。媽媽溺愛哥哥，鄰居們說他玩著玩著口渴了就跑來解開媽媽胸襟的鈕釦吃兩口奶，直到上小學。有一天我們遇到我的班主任老師，她告訴我媽媽我語文考了年級第一名，媽媽什麼都沒說，反倒拉長了臉，這第一名為什麼不是她鍾愛的兒子呢？有一次因為我用她讓我買燈泡剩下的錢買了一瓶洗髮香波，她揪著我的頭髮往牆上撞我的頭，還惡狠狠地說：「小婊子，你再這樣我就把你嫁出去。」不知道為什麼，她很不開心，我是她的出氣筒。她很美麗，像暗夜一樣幽深的深棕色眼睛，睫毛下的陰影令她的雙眸深不可測，微微一笑臉頰就會出現兩個酒窩。媽媽結婚前是縣文工團的舞蹈演員，身材高挑，走路像楊柳一樣婀娜。結婚後生下我哥哥就沒再上台表演，調到縣電影院賣電影票了。記得有一個同學對我說，她的爸爸媽媽經常因為我的母親而吵架。我的爸爸媽媽也經常吵架，大多是因為母親對我的態度，長大以後我才知道那是一個女人對另一個女人的嫉妒。

有一天，我肚子疼，坐立不安，班主任蔡俊芳老師讓我回去了。到家後發現門從裡面鎖上了，媽媽在裡面喊：「我在洗澡，你去玩一會兒再回來。」那天早上爸爸出差了，說是去烏魯木齊。可是，不知為什麼當天下午就回來了。我在鄰居家玩了撲克牌，看了電視，最後他們吃晚飯時不得不離開。走近家門看到房門依然緊閉，爸爸在裡面咆哮怒罵，我從沒聽到過他說出那麼難聽的話。推門進去，看到有一個男人垂著頭坐在門邊，鼻子流著血，母親披散著頭髮坐在飯桌前哭得眼睛都腫了，哥哥站在母親身後，臉上的表情十分嚇人。爸爸看到我進來立即跳起來衝向那個男人，一把揪著他的領子連踢帶打扔出了門。我嚇哭了，爸爸拉著我的手進了我的臥室，他的臉色像土一樣，坐在我的床上低著頭一言不發，過了許久他緩緩地抬起頭來，噙滿了淚水的眼睛望著我想對我說點什麼，可是突然感覺不舒服，捂著胸口倒在地上，他拚盡最後的一點力氣想把他的不捨和愛戀傳達給我：「公主，我可憐的孩子……」，我永遠忘不了他的眼神。

父親在市醫院搶救室住了三天，第四天清晨就去世了。爸爸嚥氣的那一刻我暈倒了。他們將我和父親的遺體一起抬回了家。我被安置在緊鄰正房加蓋的茶屋，也就是通常父親坐在炕桌前看書的地方。我枕著父親平日裡放在身後的靠墊，嗅著父親的體味處於半昏迷狀態。爸爸喜歡把炕桌拉到身邊靠著牆，有時是一本維吾爾文歷史小說，有時是一沓報紙，放在支起的膝頭，不時地抬眼看看進進出出的母親和我。我在煮飯的間隙會爬到炕上把頭放在父親的腿上，央求他讀出聲來。他的手指會在我的髮間遊移，抬起，翻動書頁，放下，女兒的頭髮重新纏繞在他的指尖，聲音似伊犁河水一般緩慢悠長。

父親去世那一天是星期五早上，這一天對穆斯林來講是一個可遇不可求的神聖日子，所以要趕在清真寺聚禮的時候出殯。

耳邊不時傳來奔喪的親人撕心裂肺的哭聲，由遠而近，最後與屋裡的女人的哭聲匯合在一起。幫忙迎來送往的女鄰居們在爐灶前忙碌，不時地發出茶碗瓢勺碰撞的聲音。刻意壓低的片言隻語讓我感覺到一種體貼和敬畏。當她們將女人們帶來的destarhan（熟食）打開的那一瞬，我居然分辨出韭菜羊肉餡包子和灌羊肺加米腸獨有的味道，不由得睜開眼睛望了過去。索菲亞姨媽看到我坐了起來立刻露出了欣喜的神色，為我端來了熱茶和包子。我不記得自己上一頓飯是什麼時候吃的。三天了，守在父親病床前，只是感覺口渴，毫無食欲。而此刻我的腸胃歡欣地張開了每一個細胞。坐在身邊的姨媽看著我的吃相或許心生憐憫，吻了我的額頭又把披散的長髮幫我聚攏在了腦後，為我繫上了白色的紗布頭巾。

哥哥推門進來，看到我甦醒過來臉上閃過一絲微笑。他坐在炕邊探身扶住我的肩膀輕聲問我想不想跟父親告別。記得我當時十分困惑，望著哥哥竭力想弄明白他在說什麼。哥哥說讓我單獨見父親最後一面。

父親躺在我的床上，一塊米白色的大布蓋到頷下，彷彿熟睡了一般，嘴角掛著淺淺的微笑。我伸手撫摸了他豐滿的面頰，他扎人的鬍鬚，他花白的頭髮，然後將他尚且溫暖的手放在自己臉上，我不相信他就這麼沒了，這不可能。我沒有哭，對他喃喃自語，「再過幾天就是您六十歲的生日，我為您準備了一份禮物，我的成績單。我是想在您生日那一天拿給您看，讓您高興的。他們說您死了，這怎麼可能，您不會拋下您的小公主自己去另一個世界，我知道您最愛我，您捨不得我……」我輕輕地呼喚他的外號，那是我起的，「皮特若石，壞蛋皮特若石，狠心的皮特若石，你就是一塊石頭呀，為什麼不跟我說話？」我搖著他的手臂聲音愈來愈高，情緒愈來愈激憤，轉而用漢語對他說，「我恨你，你不能拋下我一走了之，我還這麼小，你就狠心拋下了我！我恨你，恨你──你──你！」哥哥跑進來抱著我放聲痛哭，他拉著我離開了父親的身邊。

家裡除了我的臥室，三間屋子擠滿了弔唁的人，院子裡也坐滿了從遠近趕來的男人。他們為父親淨身，裹上了潔白的可凡（殮衣），然後放在塔布架上移出房間。哥哥和舅舅一人抬著一頭，其他的男性親友簇擁在周圍，都伸出手去扶著父親的塔布，那個時刻我才意識到我將永遠失去我的皮特若石爸爸，我拚盡全力尖叫著衝上去抱住父親的腿，人群中伸出幾雙手拉拽著阻止了我。

男性去了墓地，屋子裡的悲傷氣氛已沒有先前那麼濃郁，女眷們開始喝茶吃東西輕聲交談。奇怪，我的悲傷似乎跟爸爸一起被埋葬，又好像花蕾上的露珠在陽光照耀下蒸發了。我迫切需要走出去透透空氣，不想坐在那裡等著弔唁哭喪的人上門。身上黏糊糊的，醫院的味道混合著初潮的氣息，令我心煩意亂。浴室和廚房連在一起，在家裡洗浴是不可能的。於是我在果園盡頭的廁所把乾淨衣服都穿在身上，一個口袋裡裝了一塊香皂，另一個口袋裡放了一小瓶洗髮露，手裡攥了點零錢就從院子圍牆翻出去了。淋雨噴頭下我流乾了眼淚，一遍遍地呼喊著「爸爸、爸爸」，直到精疲力竭。那天我回到家，我的親戚們說我漠視習俗，居然在葬禮當日去澡堂洗澡，還有的說我鐵石心腸，一點都不像父親的女兒，因為他們沒有看到我像女兒一樣嚎哭。

我們的文化把母愛放在了最神聖的地方，所有的母親都是偉大的，好女孩不應該恨她們的媽媽。我長得不像媽媽，但我模仿她走路的樣子，說話的語氣，我內心渴望得到她的關注和欣賞。可是她總在抱怨我像個野孩子，跟她不親，連聲「媽媽」都叫不出口。隨著年齡的增長，我和媽媽變得更加疏遠，那是因為我懂得了父親深受刺激的原因。母親沒有再婚，在深深的懺悔中日漸憔悴，當她用哀求的眼神望著我，乞求我的原諒時，我總是邁不過心裡的那個坎兒。愛的責任叫我忘記往事，清醒的理智卻又叫我把往事記起：這兩種情緒同時並存，一半是光明，一半是陰暗，一個黑色的幽靈總是在那裡蠢蠢欲動，有時附在我的身上，有時暫時後退幾步，反正總在那裡，不能消失。此刻我的手指在母親身上移動，是這個身體孕育了我，她已經七十六歲了，無論我的事情是怎樣一種結果，這次見面都可能是一次訣別。想到這裡，我的心中充滿了柔情，輕聲給她講述我在國外的見聞，還提到了與馬修的關係。母親一言不發，她聽得很入神，臉上的笑容很溫暖。

# 第十二章　娜迪耶關在哪裡

張警官打來電話，讓我取回手機。她從那個文件袋裡取出我的手機交還給我，然後說了一句「還挺乾淨的呢。」我聽著覺得她似乎也挺滿意的。我趁機要求她把我的身分證資料處理一下，讓它不要再報警。她同意了。

我似乎暫時安全了。現在我該找到娜迪耶的下落了。我在X大學派出所找到了李耒陽所長，他的辦公室門敞著，在低頭看手機。我敲了敲門，他抬頭看了我一眼，我不等他的允許就進去坐在了他的對面。

「你去找過上頭了嗎？」

「沒有。我今天取回了手機。沒有查出什麼問題。」

「那好啊。」

「這是我朋友的女兒。請您幫個忙，看看她現在在哪裡。」我開門見山地說出自己的來意並遞過寫著她姓名和身分證號碼的紙條。

李所長打了一個電話，一個矮個子女警很快就出現在我們面前。

「你去查查這個人。」李所長簡短地命令道。

女警拿著紙條出去了，很快返回，附在所長耳邊輕聲說了句什麼。

女警說話的時候，李所長一直嚴肅地盯著我。我沒有躲閃，我也看著他，想從他的眼神裡讀出點意思。

女警出去後，他離開辦公桌走到離我幾步遠的地方，壓低嗓門說道：「她情況比較複雜。」聲音乾啞沉悶。

「她還不到十七歲。」我有點激動。

「她最初是在戶口所在地的教育培訓中心。五月份轉到別的地方去了，我再想辦法打聽一下。」

「請你給我介紹一位好律師吧。我想做她的委託監護人。」

「認識的律師倒有一個，是個女的，不知道她有沒有空。」

「把她的聯繫方式給我吧。」

李所長什麼都沒有問，撕下一張紙很快寫下律師的姓名和號碼。

「非常時期，還是律師出面會比較管用。」我笑著接過紙條，主動伸手跟他告別。

從X大學派出所出來，我一路走回來，想要理清思緒。這是六月夏日月季飄香驕陽西斜的時刻。走到一個街心花園，我想打電話給律師。掏出那張紙條先把號碼輸入電話簿，然後搜到了她的微信號，chenghuiping1985。發出邀請後等她接受。兩隻鴿子在不遠處追逐嬉戲發出「古噚古——古噚古」的求偶聲。手機「叮咚」一聲發出提示，我連忙查看。程律師接受了我的邀請，說：「您好。」

我按住錄音：「您好，李所長給了我您的聯繫方式。」

她的頭像是一個黑色的方塊。我點開了那團黑，那是一個布滿星星的夜空。寫著：你要是點開大圖看到了星星，就告訴我。

「好的，您說。」

「我需要申請做委託監護人。想請您代理。」

「您自己就可以辦呀，只要委託人所在地民政局、居委會、村委會同意就可以啦。」她沒有聽出我不是漢族。

我又發了一條語音訊息：「嗯，我知道。我這個有點特殊，我是維吾爾族。我想做我朋友女兒的監護人，她媽媽十年前失蹤了，她爸爸今年三月份去世後她就從日本回來了。她現在在接受教育培訓。」

「唔，明白了。我的律師代理費比較貴，提前給你說一下。」

「我願意支付你的律師費，只要能夠把事情辦成。」說完打開她的朋友圈，看到她的個性簽名：不主動為這個世界荒謬的那部分唱讚歌。我會心一笑，然後對她說：「我們抽空見個面吧。」

「好嘞。我看看日程安排再跟您聯繫哈。」她爽快地回答道。

回到家還沒進門就聞到羊肉和皮牙子西紅柿辣椒還有豇豆熬煮在一起散發的酸辣鮮香味道。我打開門衝著媽媽說了一句：「媽咪，今天吃拉條子啊？」

「就是啊，我下去買了點新鮮蔬菜，一想啊不做拉條子真可惜。」

「媽媽，我好久好久沒有吃過這麼香的拉條子啦。」

「你可以自己做啊。都四十歲的人了。」

「做是做呢，哪有您做得好。再說那邊的羊肉也沒咱家鄉的好吃。」

媽媽把青紅椒和大蒜切成細末放在一個小碗裡，倒了幾勺陳醋，房間裡立刻瀰漫了一種讓人開胃的略帶辛辣的醋香。我趕緊坐下來享受現成的美食。

第一次跟媽媽說了賽南姆的故事，還帶著驕傲和炫耀的語氣跟她講了自己的計畫。我對自己所說的深信不疑，救出娜迪耶是有可能的。我隱瞞了跟烤肉串的談話，這是一個祕密，我不想媽媽為我擔心，這實在是一個賭博，我拿自己的良心和名譽做了賭注。媽媽環視了一下周圍，走到我面前捧起我的臉，深深地望著我的眼睛：「你不能進去，那地方對年輕漂亮的女人來說很危險。」「啥危險，不就是一天到晚喊口號學習嗎？」我一甩頭擺脫了母親的雙手。「你不知道。

你不能進去，無論如何都不能！」母親臉上凝重的表情令我生畏，不敢多問。

生怕不能及時看到烤肉串的訊息，手機總是在我的手邊。七點左右楊姊來了，我把她晾在客廳，自己端了杯茶去了陽台。剛坐下不一會兒就收到了兩條訊息，一條是程律師，她問我星期三中午可否見面。一條是烤肉串。我貼著耳朵聽了烤肉串的留言，他說：「你的情況很危險啊，有可能的話趕緊找人，再不找就晚了。知道了吧？」我什麼都沒問，只回了「謝謝」兩個字。

聽了他的留言我感覺恐懼像一團燃燒的火球一樣炙灼著我的肌膚，那個血淋淋的雙手重現在我的眼前，她是想拉我跟她一起走還是在乞求我的幫助？

極目遠眺，鬱鬱蔥蔥的鯉魚山披上了一層美麗的霞光，金色的太陽照耀著這座城市，溫暖著每一個人，無論貧富，無論善惡。藍天下，我們也是人啊，身上流著一樣的熱血，為什麼要把我們趕盡殺絕？我仰望天空，想到在群山和大海的那邊，人們盡享自由，只有這裡的人們久久地躺在陰霾之中，一個民族的根脈已經被他們無情地砍斷，再也不能開花結果，不禁心痛欲裂。多少人像我一樣對生活充滿渴望而又無能為力啊。多日來，第一次感覺自己真的陷入了絕境，一種無力感向我襲來，眼淚在我的面頰流淌，有幾道淚水流進了嘴裡，更多的流到了脖頸。就在我為自己即將逝去生命中最為神聖、最為重要的東西——自由——而悲傷的時候，媽媽來到了我的身邊。她沒有看我，而是默默地拉起我的一隻手不停地摩挲著。我很想把我的恐懼告訴她，撲進她的懷裡繼續哭泣，可是我不習慣向自己的母親訴說。晚風吹乾了我的眼淚，也振奮了我的精神，我再一次握緊了拳頭。

星期一，升旗日。上個星期一我沒有去，反正去不去結果都一樣。要不是楊姊一再叮嚀我真不想去呢。這是我回來後第一次參加這個活動。七點之前已經有近百人排好隊等在那裡了。除了社區的工作人員，其餘都是維吾爾、哈薩克和回族居民，愛國教育對象是一些重點戶、不放心人口。我們樓下小超市兩口子也在那裡，早些年那女的總是穿長裙，圍黑色頭巾，現在穿著及膝短裙，染過的黑髮燙成了羊毛捲，化著濃妝，判若兩人。古麗娜爾老師也來了，她的眼神越過人們的頭頂飄向遠處，我走過去站在了她的身邊，她沒有認出我來。我只是挨著她站著，感覺自己跟她息息相通。唱完國歌，每個人發了一面小紅旗，讓我們左右擺動著旗子跟著楊姊大聲喊「感恩共產黨，感恩總書記，各民族要像石榴籽兒一樣緊緊地抱在一起」之類的口號。喊完口號齊聲唱了一遍〈沒有共產黨就沒有新中國〉才結束。有的人聲嘶力竭，表現得很賣力，有些人權當逗樂，開開心心地搖著喊著唱著，而古麗娜爾老師的聲音細若遊絲，幾乎聽不到。

政治一旦被變態的妄想狂控制，什麼法律、道德、公義、廉恥統統都可以踩在腳下。像楊姊這種幾乎是文盲的居委會大媽一旦掌握了對維吾爾人的處置權，種族優越感和偏見會使她們濫用這種權力。如果不是同理心和同情心早已泯滅，他們怎麼會以「結對、認親」的名義堂而皇之地住進別人家裡，從這種殘忍的欺凌中獲得野蠻低級的樂趣？

母親接到了她的包戶幹部小王打來的視訊電話，那是一個三十出頭的年輕人，親熱地稱呼她阿帕，問她看過病了沒有，醫生怎麼說。媽媽告訴他體檢結果挺好的，沒有必要住院治療。他說那您就回來吧，我們都想您了。媽媽掛了電話對我說該回去了，早晚都得回去，回去晚了說不定又要提教育培訓的事情了。我憤憤地說：「我們不是犯人，也不是自由人，是他們圈養的動物。」媽媽神色緊張地捂住我的嘴，我拉開母親的手，「不要那麼害怕啊，你越怕他越欺負。」「不怕能怎麼樣?不要再信口胡說了，禍從口出。啊?」媽媽近乎耳語地低聲央求道。

母親要回去了，我們早早地到了機場，我讓她在按摩椅上按摩了半個小時，兩人又吃了甜品喝了茶，直到螢幕上顯示媽媽的航班開始辦登機手續，我們才依依不捨地走向安檢通道，我不得不跟她說再見。我從未像今天這樣緊緊地擁抱過母親，我親吻了母親的面頰，握著她粗糙的雙手，心中充滿了不捨。「媽媽，但願這一切都過去之後，我能從頭開始，陪伴您，照顧您，做您的好女兒。」我終於將這句無數次在心中默唸過的心願說出了口。母親的眼淚就像決了堤的洪水奔湧而出。我輕輕地擦去她臉上的淚水，再一次擁抱了她。是的，母親的確見老了，已不再是那個驕傲、任性、反覆無常的美麗女人。

# 第十三章　資恐嫌疑人

烤肉串的留言讓我魂不守舍，睡夢中聽到的那個聲音「巴奴——快逃，巴奴——快逃」一直在我耳畔迴響。我必須搞清狀況。

張警官在綜合辦公室辦公，跟她在一起的還有幾名社區女幹部。沿牆擺放的幾把長條椅上坐著轄區的幾個居民。一位漢族婦女因為參加了非法集資而被訓誡，她臉上堆著笑，不停地說自己並不知情。她在一張表格上簽了名，按了手印，然後離開了。一對夫婦打算出租自己的房子，他們帶著一位年輕的維吾爾女租戶來備案，查看了姑娘在烏魯木齊某銀行工作的證明和原居住地派出所出具的無犯罪紀錄證明，最後備了案。社區幹部提醒還得找自己的責任民警擔保。兩口子蹩到張警官桌前，她是他們的責任民警，但是她一口回絕，說她擔保不了。男房東臉上堆著笑，不停地說「理解，理解」，拉著老婆出去了。女租戶一臉沮喪地跟了出去。辦公室清靜下來了，我趕緊抓住機會悄聲問張警官：「我的研判會什麼時候開啊？」她頭也沒抬，然後打開一個文檔，指著上面的一個名字問我：「這個安尼瓦爾．買買提明你認識嗎？」安尼瓦爾和買買提明都是維吾爾人常見的名字，但是這樣一種姓和名的組合在我認識的人裡是沒有的。她說你的案子跟他有關，你有資恐嫌疑。

我頓時明白了烤肉串發出警告的由來。我強壓住內心的慌恐顫聲辯道：「這是無稽之談。我根本不認識叫這個名字的人。」

「這是區國保大隊推送下來的。」

「我又不認識這個人，嫌疑還不能排除嗎？」我依然覺得這只是一個誤會。

「還得查實。我這兩天就去米泉監獄提審犯人。」

她沒有解釋這個犯人跟我有什麼關係。不管怎麼說有個調查的過程總是好的。想到自己並無什麼不當言行也就泰然處之了：「那您查吧，我等您的結果。」

當危險真的臨近時，我反而變得十分沉著冷靜。回到家，我從賽南姆的床箱裡翻出電腦包。我非常熟悉這台松下牌電腦，它陪伴賽南姆多年，這是她在這個世界生活過的一個證據啊。插上電源後，電腦打開了，沒有設密碼。我打了一份關於自己情況的說明。十多年的漢語教學經歷，歷次政治事件中鮮明的立場，先進教師、與三股勢力劃清界限，於是，一個中共黨員的鮮明形象躍然紙上。我確實是一個工作狂，無論在哪裡，這都是我忘記傷痛的唯一方式。我的獲獎證書原件都不在這裡，怎麼辦？只能用掃描件了，記得從土耳其回國之前，去網吧掃描過這些證書，還讓他們發到了自己的郵箱。我急忙登錄Gmail郵箱。可是試了幾遍都是無法顯示該頁面。真是活見鬼！我高漲的情緒一下子跌入低谷。

肖斯塔科維奇的第五交響樂那急促的戰鼓在我耳邊響起。我必須自救才能幫到娜迪耶。我不能去那個圍著鐵絲網的地方，生生地與親人朋友分離。我不想失去睡懶覺的權利，在林間自由漫步的權利，談情說愛的權利，打電話發郵件的權利，游泳晒太陽的權利——在大海湖泊暢游的感覺多麼好啊！一個多月前我和馬修乘坐渡船到王子島遊玩，那是美麗的五月，島上鮮花爛漫，香氣襲人。浴場還沒有開放。馬修從海洋俱樂部開出一條小遊艇，我們來到伸向大海的懸崖下。馬修說，當地人叫它舌頭。懸崖下是馬蹄狀的海灣，非常隱蔽。清澈的海水由綠變藍，一望無邊。馬修脫光了衣服，赤身裸體走進大海越游越遠。水很涼，我也抵擋不住大海的誘惑撲了進去。身體適應海水的溫度後感覺十分舒適，就像綢緞滑過肌膚一樣。碧空如洗，海面上點點白帆，身後小島鬱鬱蔥蔥，怒放的夾竹桃在微風中輕輕搖曳，我躺在水面上輕輕地划著水波，一群斑斕的小魚從我的身邊游過，白色的海鷗飛起飛落，那一刻幸福的感覺充滿了身體的每一個細胞。想到今後再也不能享受那種愜意的生活，將從天堂墜入地獄，不禁打了一個寒戰。

沖了一杯咖啡，然後坐在客廳沙發上讓自己冷靜下來。讓誰給我幫忙呢？國外認識的人中幾乎沒有誰親密到可以進入我的郵箱。最後我決定試試馬修。短短的幾行字我寫了十幾分鐘，微微顫抖的手指總是按錯字母。訊息發出去大約半個小時以後他回覆說：「你的郵件已經轉發。祝你一切順利！」那一刻我大喜過望。我看了看錶，正好是下午上班的時候，才想起自己還沒有吃午飯。我煎了一個半生的雞蛋，撒上鹽，鬆軟可口的饢蘸著蛋液倒也不錯。所有需要打印的文件拷貝到隨身碟裡，最後照了照鏡子就出門了。

驕陽似火。我出門打的[1]直接到了區公安局。在區公安局的大門邊赫然地寫著「信訪室」三個字。中國老百姓的聲音都是通過這樣的辦公室傳遞到上面的，我想我也可以試試這個途徑。我進去後看到有一個櫃檯，裡面坐著一個禿頂圓臉穿警服的男人百無聊賴地打著哈欠。我走過去簡短地說了眼下的狀況。他眨巴眨巴眼睛和善地說：「你這個事情吧要找國保大隊馬凱大隊長。這事歸他管。」

「那您把他的電話號碼給我好嗎？」我偏著頭甜甜地一笑，輕聲請求道。

「嗯，在這兒。」他遞給我一張值班表，指了指上面的名字，「你到窗口去登記一下，看他能不能見你。」記下號碼後我滿懷感激地向他道了謝。

在來訪者登記窗口，我說要見馬凱大隊長。他們問我什麼事情。我信口說道：「我有重要的涉恐情報。」對方馬上變得嚴肅起來，接通了馬凱的電話，並把話筒遞給我。

「您好，馬隊。我叫巴奴．巴布爾，是一位大學老師。我有重要的情報向您彙報。」我語氣鎮定地說。他讓我四點鐘上四樓指揮大廳找他。看看錶還有一個多小時，正好有時間把個人材料

[1] 即搭計程車。

打印出來。四點差五分回到公安局登記個人資料後乘電梯上了四樓。一出電梯就有一位女警迎上前來問我是不是找馬隊長的。她帶著我來到一個敞著門的大會議室讓我在門邊等候。對面整個一面牆都是螢幕，分成塊狀顯示不同的畫面。偌大的會議大廳像一個巨大的辦公室一樣，每張桌子上擺放著一台電腦，警官們坐在電腦前聚精會神的樣子讓人安心，至少我覺得不會錯把「資恐」的罪名安在一個無辜的人頭上吧。

一個身材魁梧，留著平頭，鬍子拉碴的中年男人朝我走來。他用職業的眼光迅速掃了我一眼，問道：「是你找我嗎？」他把我領到隔壁一間辦公室，在靠近門邊的一張講台前站定。「說吧，你有什麼情報要提供？」他問。我微微一笑不慌不忙地從文件袋裡取出準備好的各類證件和情況說明書遞到他的手上。等到他看完抬頭望著我的時候，我開始講述自己這段時間的經歷，當我講到張警官說我有「資恐嫌疑」時，我聲淚俱下：「是你們國保大隊推送的名單，說我跟一個叫安尼瓦爾．買買提明的人有關係，可我根本不認識這麼個人。我是中共黨員，一名教師，無論在國內還是在國外我都恪盡職守，獲得無數榮譽。如果我有違法行為，那麼就請查實它，我甘願接受懲處。如果……」屋內還有幾個穿警服的人，他們離我們隔著幾張桌子，聽到我的哭訴都扭過頭來，我沒有理會他們好奇的目光，繼續道：「如果我是清白的，那就請解除對我的控制，讓我回到我工作的大學。這份工作對我來說很難得，我這個年齡回到新疆能找到一份大學教職嗎？再說了，我在那裡可以發揮更大的作用。」我注意到馬凱古銅色的臉上浮現出一絲難過的神情，濃眉下一雙可以穿透人心的大眼睛在我身上搜索。我乘機把自己跟大使館領導的合影，還有舉辦文化推廣活動和講座時拍的照片推到他的前面讓他看，最後說了一句：「我問心無愧。我的手機用了好多年，從沒下載過敏感資訊，也沒登過反華分裂勢力的網站。手機、郵箱和微信都通過了審驗。這難道還不足以說明我的立場嗎？」為了加強效果我又加了一句：「這不是大水沖了龍王廟嗎？資恐的帽子怎麼就扣到我頭上了呢？」

「你在那邊工資收入不錯吧？」他突然問了一個充滿煙火氣息的問題。

我怔了一下，趕緊回答：「當然，比在國內掙得多。」

「這樣吧，你先回去。我用一個星期時間查一下。」

他語氣溫和地說了一句。這是他見面後說的第三句話。

「好的，一個星期。」我重複了一遍，擦乾了臉上的淚水，趕緊收拾了散落在桌上的各類證書文件，連連向他表示感謝。

出來後站在馬路邊我難抑心中的激動。我覺得這步棋我走對了，因為我瞭解這個體制，有多少懦弱的善良靈魂在與不得不執行的邪惡任務抗爭，有多少任人驅使的小人物在內心深處否定著自己的行為。只有明白了這一點，那種從正義的角度來講無可饒恕的行為才能在人性的角度上變得可以理解啊。

我和程律師在人民路一家星巴克咖啡館見了面。我們幾乎是同時到的，她比我想像的要年輕，留著披肩長髮，一雙黑色的眸子襯著白皙的皮膚很是養眼。我們各自買了一杯咖啡坐下來談委託代理的事情。她帶來了一份委託代理書讓我過目，費用是五千元，不包括去喀什的機票和食宿。我沒有試圖講價，因為這不是在地攤買衣服。我們很快談妥，我簽了委託授權書，並且馬上用微信給她轉了兩千五百元，隨後把我的身分證和戶口本複印件遞給了她，背面寫有娜迪耶全部資訊。

「她是我最好的朋友的女兒，我朋友十年前去世了。」這句話我又說了一遍，「她的親戚都沒有照顧她的可能性。做她的委託監護人對我來說很重要，讓她知道她不是一個人。嗯，程律師，是不是未成年人都可以領養啊？」

「中國法律規定十四週歲以下。」

「那，娜迪耶已經太大了。我還真想領養一個小孩兒呢。我單身，目前也沒打算結婚。」

「您還年輕，可以自己生啊。不結婚也可以生小孩兒。」

「是啊，我怎麼就沒有想到呢。如果我能躲過橫禍……」

「我星期五可以去喀什，您呢？」

「我沒有問題。我們預定什麼時候的機票合適呢？」

「上午可以嗎？我提前跟那邊聯繫好，希望去一次就把事情辦完，別留尾巴，要不然您還得花錢，」她體貼地說，「我把身分證和律師證照片發給您。」

「程律師，您怎麼沒問問我的情況啊？」我有點不放心。

「您的身分證資料就足夠了，再說是李所長介紹的，應該沒有問題吧？」

「當然，能有什麼問題呢？不過現在人人自保，都不敢接我們的活兒啦。」

「也沒有那麼嚴重，就看是什麼事情了。啊，對了，您要是還打算出去，有些手續必須在國內辦理的要提前把它辦好。出去以後就難了。比如單身證明、存款證明、無犯罪紀錄證明啥的。」

「那安排探訪娜迪耶的事情還望您能跟李所說一說，他答應幫忙的。」

「那行，我跟他說吧。我下午還要出庭，那我先走啦。」

她優雅地伸出了右手。

回到家我趁楊姊沒來，趕緊上網預定機票和酒店。正當我打開電腦準備訂票時，程律師微信留言說女孩兒在伽師縣。賽南姆的家鄉應該是庫車，孩子為什麼會關在伽師縣呢？其實這並不重要。我跟她商量後決定機票還是買到喀什，然後從喀什去伽師縣。先不預定賓館。

那幾天媽媽每天都包一些餃子、餛飩凍在冰箱裡。我挑了一袋韭菜羊肉餡的，一袋二十個，這是我放進去的時候數過的。餃子下到開水裡，一邊輕輕地攪動，一邊想起這兩天都沒怎麼跟母親說話，就發起了微信視訊邀請。媽媽很快就出現在畫面上，她圍著我給她的紫色碎花圍巾，坐在葡萄架下看上去氣色不錯。我讓她看我正在下的餃子，然後跟她說了後天要去伽師縣探望賽南姆的女兒。媽媽說你得請假吧，不然到機場又被攔住了。是啊，我去不了伊犁，怎麼能去伽師呢？我忘了自己還是被管控的啊。我笑了起來，告訴媽媽我忘了自己不能出烏魯木齊。吃過飯就去社區請假，我對媽媽說。

吃著餃子，我想到自己帳戶上還有一些存款，要是馬凱那邊沒有好消息，我就得作最壞的打算。我又一次打通了媽媽的微信電話，跟她商量這筆錢怎麼處置。我提議全部轉到媽媽名下的帳戶，可是她不同意，說萬一突然去世了，到時候這錢就說不清楚是誰的了。最後決定全部取出來換成美元藏好。我們在說到一些關鍵詞時用了我小時候喜歡用的加密語言。

我沒有去社區找張警官，而是給她發訊息請假。她的回答就兩個字「不行」。我發語音訊息給程律師：「我未獲准去喀什。」她過了十幾分鐘回覆道：「我一個人去。」她沒有問我為什麼。這讓我心生安慰：好律師，值得花這麼貴的代理費。她很快又發了一條訊息：「我自己訂機票，您報銷好嗎？」「OK沒有問題！」

我坐下來仔細整理自己的情緒，首先這一個星期我是安全的。我把要做的事情一一寫在備忘本上：一、去做一個全面的體檢，留作將來從監獄出來時的身體狀況對照；二、把存款全部換成美元；三、找到郭老師；四、洗桑拿按摩。

我在不同的銀行卡上都有一些錢，我先去工商銀行提款機把小額的取出來，然後去農業銀行取了十四萬，帳上留了一萬塊備用。出了銀行就給自己認識的美元黃牛阿布來提打了電話，他接了電話，都談妥了，他將帶兩萬美元來我家。真是太順利了。

阿布來提按響了門鈴。兩年多沒見，他基本沒有什麼變化，還是那副不愛說話，鬱鬱不樂的樣子。他站在門前警惕地環視四周，我笑了，說：「這裡沒有別人，你別緊張。」他在沙發上落座後一言不發，從懷裡掏出兩沓美元遞給我。我數了數，總共兩百張。然後按他的賣出價把人民幣給了他。他把錢數好放進自己帶來的一個黑塑膠袋裡，一聲不響地走了。

我屋裡的衣櫃裡有一些舊衣服，我找出一件厚實的舊棉衣，小心地拆開，每一千美元包在一個黑色超薄的垃圾袋裡，縫在夾層裡。我打算把它放在行李箱裡帶出去。如果被關進去了就讓家人取走它。做完這一切，天已經擦黑了。我開了燈，燒了一壺茶正準備喝呢，楊姊就來了。她帶來了重點管控人員家訪表讓我填寫。她說我們結對子已經一個月了，可是這個表呢一直都沒有填，現在我們補一下吧。我瀏覽了一下，是關於我的「親戚」來我家住的日期，我的個人資料，思想認識以及我們交流的情況等。我拿出筆認真填寫了第一份表格，其餘的除了日期都照抄了一遍。

填完的表她檢查了一遍裝進文件袋裡，望著我笑了笑說：「巴奴，你的漢字寫得多漂亮啊！你的素質挺高的，這麼多表格擱在別的人身上還不得花多少時間呢，可你轉眼工夫就弄好了。」

我被她誇得高興起來，從冰箱裡取出冰好的西瓜，把瓜瓤切成小塊，拌了點酸奶，盛在盤裡放在她的面前，請她用叉子叉著吃。「酸酸甜甜真好吃。」楊姊顯然是渴了，不停地往嘴裡送。我給自己斟了一杯茶，慢慢地呷著，她嘴裡吧唧吧唧的聲音，我喝茶的咕嘟聲在那一刻如同此前我從未察覺的喧囂讓我煩躁不安。一聲不響地坐了許久，驚奇中自問這個女人為什麼會在這裡？

「你的評估報告也快出來了。」她首先打破了沉默。

「您的意見也很重要吧？」

「當然。不過張警官最關鍵。」

「就是，我也覺得她最後決定誰應該去哪裡。」說完這句話我有點後悔，其實這個時候我不是該巴結這個女人的嗎？我拿出自己最好的蠶絲面膜，放在她面前，說：「我們姊倆敷個面膜吧，這樣照相才真實，對不對？」我領她到衛生間告訴她自己的洗護用品她可以隨便用，看著她清潔完皮膚，又給她遞上了吸水紙，幫她把面膜小心地敷在臉上。我敷完面膜出來坐在她的身邊，和她一樣仰靠在沙發上。

「放電視吧，巴奴。太安靜了，不習慣。」

我把電視打開，聲音調得很低，「張警官到底多少歲啊？她看上去那麼年輕，身材也好。」

「她快五十歲了，女兒都大學畢業了。」

「看不出來。我以為跟我差不多呢。」

「她男人對她可好了，愛情滋潤的唄。」

「也是警察吧？還有空照顧老婆啊？」

「不是。是個大教授。好像是研究歷史的。跟老婆離了娶了她。」

「您見過她老公嗎？」我聽見自己心臟怦怦地跳動。

「見過。中等個，挺胖的。比張警官矮一點，退休了，在家裡啥都幹，對她女兒還好得不行，就像親的一樣。」

「是不是叫郭廣南？」

「對，好像叫這個名字。你認識？」

「我的老師啊，咋不認識？」

「那你可以讓你老師跟她說一說啊，有個人幫你說話總是好的。現在吧，同樣的事情，放到一年前啥事兒沒有，現在可能就判刑了。」

回國第一天張警官在派出所審訊室對我跟導師之間的曖昧關係表現出超乎尋常的興趣，原來並不是出於工作需要，她以一個正常女人的追溯妒忌心態探究了我和她丈夫的浪漫故事。我是不可能再找郭老師幫忙的了。此刻憑直覺我知道自己已經陷入怎樣的境地。

「不，我不想麻煩老師。這麼多年都沒有聯繫了，他可能都不記得我了。」

楊姊臨走的時候安慰我不要擔心。我說順其自然吧，該來的躲不過去。我從冰箱裡取出一大罐蜂蜜放到她的袋子裡，說是從伊犁老家帶來的特產，不摻假。她高興地連聲道謝，還寬宏大度地說找不著合適的地方可以再住一段時間。雖然我並沒打算找房子搬出去，可是仍然愉快地接受了她的好意。

她走後我拿起記事本，在「找到郭老師」這一條上面重重地打了個X。

一早程律師打來電話，說娜迪耶在伽師縣中等職業技術學校接受培訓，她正在去那裡的路上。我請她隨時跟我聯繫，告訴我進程。我打開電腦開始查看有關這所學校的資訊。它的前身是一所職業高中，二〇一三年成為中等職業技術學校，由當年的不足五百名學生，到現在六千一百二十三人，在一個小小的縣城有這麼多人有技能培訓的需要真是匪夷所思。鼠標往下滾動中一條招聘廣告吸引了我：「為了進一步加強對學生的管理，提高學生的綜合素質，培養懂紀律、守規矩的學生，學校將實行軍事化管理。現需面向社會公開招聘軍事化管理教官一批。招聘對象為部隊轉業和退伍軍人，體校畢業生。」我仔細地玩味著「守規矩」、「軍事化」這些字眼，其中蘊含的強制、嚴酷意味令我難過。

手機在桌子上面發出震動聲，我看到是程律師的視訊電話邀請，立馬接了過來。鏡頭中是程律師圓圓的臉龐，她對我說：「我們在職業技能培訓學校的接待室，您想跟娜迪耶說話嗎？」她看到我急切的神情笑了笑說，「抓緊時間啊，就兩分鐘。」我看到她把鏡頭轉向了另一個方向，可能是把手機遞給了娜迪耶。一個小姑娘出現在鏡頭裡，看不出身高有多少，只能看到她穿著紅色短袖T恤的半個身體。短髮、小臉，深邃靈動的眼睛很像她媽媽。孩子似乎很困惑，不知道說什麼，她緊張地凝視前方，想從鏡頭裡搞清楚外面的狀況。喉頭有一個硬塊，讓我感覺呼吸困難。我輕輕地呼喚她：「孩子，」按規矩用漢語問道：「你好嗎？我叫巴奴。我和你媽媽是好朋友，我想照顧你，」我不知道往下該說什麼，女孩子的神情充滿了惶惑和焦慮，她說：「那您為什麼自己不來？我從來沒有見過您。」我不想讓她知道我自身難保，「我這邊有一些事情要處理。我的律師會幫助你。你願意我做你的委託監護人嗎？」

「您有我媽媽的照片嗎？」

「當然，你稍等。」我跑過去從冰箱上面取下我跟她媽媽的合影讓她看。

她喃喃地說了一聲「媽媽，」伸出一隻手停留在空中做出了觸摸的動作，然後用這隻手背擦去了臉上的淚水，「好的，巴奴阿姨，我明白了。謝謝您。」

「你好嗎？你學習怎麼樣？」

她回頭望了一眼，挪動了手機的角度，讓我看到她身後不遠處站著的一個女警，「我很好。我在學習縫衣服，教官和師傅都表揚我了。」她用一種老成持重中略帶慵懶的語氣淡淡地說。遠處有一個聲音在催促「好了，時間到了」。手機又回到了程律師的手裡，她說出去再聊啊。

放下電話一陣強烈的虛幻感襲來，電話那頭那飄渺的空間裡真的是娜迪耶嗎？賽南姆不止一次說過她的女兒想當醫生，從小就玩給人把脈開藥的遊戲，現在硬生生地給劫掠到這樣一個地方，學習縫紉。「軍事化管理」意味著怎樣的嚴酷生活？她有衛生用品可用嗎？她能吃飽嗎？有人看望她，給她帶去她喜歡吃的小吃嗎？我拿起跟賽南姆的合影，輕輕地撫摸著她的面容不禁自問：啊，胡大，你是否認為人心如磐石足以經受這樣殘酷的折磨？正義何在？施暴者他們沒有兄弟姊妹嗎？我問了又問，愈加悲憤，想用喀什葛爾人慣用的汙穢語言破口大罵，想要澈底放任自己，想要大聲喊出：他媽的婊子養的玩意兒，老子不再逆來順受！

程律師發來語音訊息：「娜迪耶挺好的，教官誇她接受能力強，學得很快。您做委託監護人的事情也辦得差不多了。」我不知道即便是成為她的監護人自己能幫她多少，這取決於馬凱大隊長調查的結果。唉，不確定的感覺真讓人絕望、抓狂啊。打電話給樓下的小超市讓他們給我送一碗黃麵、一袋花生米和一瓶伊犁老窖。既不想下樓又不想自己做飯。把湯汁澆在黃麵上面吃得毫無滋味。找出一個玻璃酒盅倒了滿滿一杯，一口飲盡。熱辣辣的一股暖流從我的喉嚨直到肺腑，即刻感覺周身血液在奔湧。兩百五十毫升的酒喝完，我已經處在癲狂的醉酒狀態。躺在沙發上隨著維吾爾音樂〈Ajam〉的節奏高舉雙手舞動，聽了一遍又一遍，最後沉沉睡去。

一陣急促的鈴聲把我驚醒，睜眼看看四周，天已暗了下來，感到睡意還沒有完全消退。門鈴聲還在繼續，從貓眼看到楊姊正伸著脖子張望，我的酒立馬醒了，急忙把桌上的電腦藏回去，然後給她開了門。

「你喝酒了啊，巴奴，喝的還是白酒啊？」

「心煩，喝了一點。」

她坐到沙發上搖了搖酒瓶驚叫一聲：「光啦！」

我給自己倒了一杯涼水，給她拿了一瓶飲料。

「我們姊倆聊一聊好嗎？」

「好啊，我早就想跟你好好聊聊了。」楊姊說完湊近了我。

「你說，去了職業技能培訓學校，多長時間能畢業，你知道嗎？」

「這個嘛，你可以這麼理解，那些需要去學習的人就像得了SARS的病人一樣，需要隔離治療。治療嘛就要有一個療程，對不對？」她歪著頭望著我親切地說。

「這個療程是多長時間？一年還是兩年？」我也歪著頭笑嘻嘻地問她。

「這個培訓吧是集中封閉式的，要學習國家通用語、法律法規和技術技能。學校有一個雙向考核標準，除了你自己必須認真學習，遵守各項規定，在早操、學習、內務、用餐各個方面表現優秀，你的家人也要積極配合才能給你加分。經過一段時間的考核評估，符合標準才能出去。你是老師，你們的學生也是各門功課都及格了才能畢業，對不對？這是一個道理。」她像政治思想輔導員一樣耐心地給我解釋了一番。

「那，我還是搞不懂，」我固執地逼問道，「我們的學生打入校的第一天就知道什麼時候畢業。可是你沒有告訴我學習培訓的時限。」

「你說這一個人思想上的病毒要肅清得多長時間？」她狡黠地反問道。

「我不知道。如果一個人他思想上根本就沒有你說的病毒，他就在國外旅遊了一趟，或者在國外上學回來了，或者只是一個虔誠的穆斯林，本來就沒毒可肅，你卻說他中了毒，這說得過去嗎？原本就不存在的東西你怎麼證明它已經被消除？」

「巴奴啊，這你就不對啦。境外敵對勢力一刻也沒有放鬆對新疆的顛覆和破壞，他們不願意看到我們安定團結的局面，不願意看到我們經濟社會快速發展，所以，只要我們的人一到敏感國家，他們就千方百計地拉攏，灌輸分裂主義和極端宗教思想，」她的回答像是在背誦標準答案一樣流暢，「洗腦策反以後，他們就成為顛覆我們偉大祖國的馬前卒，受人指使的棋子。」

我心裡在罵「放你媽的狗屁吧你！」可是臉上卻裝出一副恍然大悟的樣子。楊姊深受鼓舞，繼續她的說教：「要是受到分裂思想和宗教極端思想的影響，尤其是宗教極端思想一旦生根發芽，危害就特別大。所以，回國後就非常有必要對他們進行法制教育和愛國主義教育。」

「我認識的一些人本來有自己的職業，現在開始學習完全不同的職業技能。還有好多人是公司老闆或者是商販，好不容易創立的事業就這麼毀了，就因為出過國或者用過什麼軟體嗎？那他們出來後咋辦？你們不怕他們有怨恨情緒，成為社會不安定的因素嗎？」我借著酒勁兒發問。

「巴奴，你的擔心也不是沒有道理。可這個咱們政府早就想到了。已經開始在引進資金建廠了，有的就建在學校裡面。他們的學習培訓結束以後就可以就業啦。」

「其實是沒有畢業這麼一說的，對不對？技能培訓結束後就送到工廠做工，還是不自由。」

我忍不住要戳穿這個就業的謊言，她對我說的這些話鬼才信呢，她自己恐怕都不信！

「咋就跟你說不明白呢？政府安排工作，工資還不少你的，還有啥不滿意的？」她的調子升高了，透著驕橫和不滿。

我以息事寧人的方式低聲說：「是啊，我確實搞不明白，看來還得您好好開導開導。」我刻意加重了「您」字，把刺兒縮回去免得引起她的懷疑。

馬凱打來電話，告訴我調查的結果證明我跟那個人沒有任何關係，我是清白的。我知道結果會是這樣的，我見到馬凱的第一眼就對這一點確信無疑。我告訴他我很開心，感謝他對我的拯救。他在電話那頭呵呵地笑了，說不謝不謝，我覺得自己做了一件很正義的事情。「當然，所以要謝謝您。張警官那邊也應該瞭解這個情況了吧？」我以教師慣有的清亮嗓音詢問。「我已經打電話告訴她了。」馬凱清清楚楚地回答道。

去找了張警官，可是她說這沒有用。因為她需要書面的調查說明。我打電話給馬凱大隊長而他卻說不可能出書面的東西，本身就不存在嫌疑，我不可能對一個並不存在的事情作說明。我聽出他對張警官的要求很惱怒，恨恨地說了句真是豈有此理。他也只能做到這一步了，他說。

我愁腸百結。烤肉串那邊也沒有消息，看來這步棋走不通。

我現在只有一個罪名——那就是去過涉恐國家。憑這一點張警官現在可以把我送去學習，可是她為什麼遲遲不行動呢？

我打開記事本，劃掉了「把存款兌換成美元」這一項。還有兩件事情，體檢和洗桑拿。我決定先去洗桑拿，再去體檢。其他的事就不多想了。

梅苑洗浴中心就在八樓。我要了一個套餐服務，一百九十八元包含搓澡、全身按摩、玫瑰精油香熏。穿著泳衣的中年婦女為我搓澡擦洗了每一寸肌膚，她說我保養得特別好，肌肉很緊，渾身沒有一塊多餘的肉。我聽了很是受用，我告訴她我是如何鍛煉和注意飲食健康的。我聽出她的甘肅口音，就問她你知道「甘肅」這個地名是怎麼來的嗎？她當然不知道。我告訴她甘肅是維吾爾語「Kengsu」的音譯，意思是寬闊的水域，我越琢磨它的發音越覺得就是這麼回事。她什麼都沒說呵呵地笑著用水管子仔細沖洗我的後背，讓我翻過身來繼續沖洗。我又問了一句：「你難道不想知道為什麼嗎？」她一仰頭說，這個我們管不著。我盯著她的眼睛，一字一句地說，你聽仔細了，那裡以前是我們維吾爾汗國的領土。她笑了笑拍了拍我的屁股說，起來吧你。

在小隔間裡，她點燃了香熏燈，為我塗抹玫瑰精油，並用專業的手法從頭部到腳尖，仔細按摩揉搓，我趴在按摩床上飄飄欲仙，暫時忘卻了所有的煩惱。

在網上預約了體檢，一早起來空腹去醫科大學第二附屬醫院做了全科檢查，第二天拿到結果：全部正常。我想我沒有什麼可抱怨的，既然從頭到腳每一個細胞都是健康的，又查清了資恐嫌疑，剩下的就聽天由命吧。想開以後，我開始一如多年前，每天早上去鯉魚山公園做拉伸運動、疾走、跑步。有一次在奔跑中感覺一股熱流往下體流動，最後它凝聚到了小腹部，一種類似高潮的感覺令我不由得發出陣陣呻吟。它轉瞬即逝，我放慢腳步極力回味那種奇妙的感覺。從此，每一天在跑到一定的時間後它都會出現，我甚至可以預感到它即將來臨，我喃喃自語「來吧，來吧……」它就像女人渴望出現的性高潮那樣蕩人心魄，我調整好呼吸，輕快地跑動起來，期待它再現。

去家樂福超市選購了最好的羊腿肉、一條活魚和一些雞腿，打算每天都給自己做好吃的，而且不重樣。這樣想著就大方地買了很多自己在國外吃不著，一直惦記著的腐竹、紅豆腐、紫菜、木耳和牛肉乾等。家鄉的各式乾果也各樣都買了一袋。早上睡到自然醒，早餐水果、蔬菜、堅果、半生煮雞蛋、黃油、小香饢和奶茶。下午四點左右吃一頓豐盛的午餐，小睡片刻，便上公園鍛煉。傍晚時分陽光變得格外溫柔，我來到這片遠離城市喧囂的林地，慵懶地做拉伸運動，等身體熱起來之後跟隨在其他人的後邊邁出富有彈性的腳步，感覺自己是那麼地健康、美麗，幸福感總是在這個時刻溢出我的心田。張警官似乎只是出現在我噩夢裡的那個人，馬凱和烤肉串也顯得很不真實。有那麼一刻，我懷疑自己的遭遇是否真的發生過，那種灼人的危險也許只是我的幻覺？

程律師去了兩趟喀什，總算把手續辦齊了。當她把一份監護人公證書交到我手上時，我簡直不敢相信自己的眼睛。但是這種喜悅稍縱即逝，我翻看著裡面的文字若有所思：現在我能為她做什麼呢？一年後，她若能從培訓學校結業，那時也已成年。程律師看出了我的憂思，小聲安慰我：「小姑娘看上去挺好的，那裡的環境也不錯，設施齊全。」

「可那終究不是她的家啊，再好也是一個監獄。」我嘟囔了一句。

「把帳算一下吧，除了兩千五百元律師代理費餘款，您還得付我三千八百元。這是兩趟機票和住宿發票。飯錢就算了，在哪裡都得吃。」

我默默地給她微信轉帳，確認她已經收款後握手告別。

晚上躺在床上我輾轉反側，馬修已經很久沒有跟我聯繫了。他總是很忙，不喜歡被打擾，除非他自己想要跟我說話。其實在電話裡跟他也沒有什麼話好說，他很小心，從不打探這邊的消息，也不輕易發表評論，他的工作性質決定了他的謹慎。想到這裡，我翻身起床打開已經關機的手機給他發了一條訊息，詢問他的情況，讓他照顧好自己。他的回覆很快但也短得近乎吝嗇：你也是。我重新關了手機，開始做深呼吸和睡前的意念練習。我的注意力集中在腳尖，開始用意念往上移動它，快到膝蓋時李耒陽所長出現了，他的話又迴響在我的耳邊：「去告她啊，去找啊！」不行，不能分心！我又從腳尖開始一寸一寸地向上移動。到了大腿根部，睡意漸漸襲來，我對自己說，明天要去政法委，然後沉沉睡去。

查到政法委在四平廣場那邊。我一早收拾停當，把自己打扮得乾淨俐落，提上裝有個人資料的塑膠袋，在裡面放了一本書，為了在等待的時候不至於太無聊。這是一棟相當雄偉的大樓，二十多層高的樣子。大門口有一個安檢口，過了包，刷了身分證，進了大院。再往裡走不同的樓座入口橫亙在我的面前，仔細看過單位名牌後，我進了最左邊那個入口。電梯大堂裡設置了來客登記專櫃，身分證遞過去之後，詢問我去哪裡，有什麼事情，要找誰。然後給了我一張會客單，上面還印著我身分證上的照片。我根據上面所填的樓層按了十二樓。那是一個圓形的樓道，我順時針方向尋找政法委辦公室。樓道西邊盡頭有一間大辦公室門敞著，幾個年輕的女公務員在電腦前工作。我站在門口向裡張望，一個身材修長穿白裙的年輕女子走過來問我有什麼事。我說想找你們領導反映情況。

她把我讓進了辦公室，我坐在左邊靠牆的長沙發上，從文件袋裡取出準備好的「情況說明」遞給她。她很快瀏覽了一遍對我說，「您在這等一會兒，我去看看王主任在不在辦公室。」過了幾分鐘女人返回來說我帶您過去。她笑吟吟地望著我說：「我們主任人挺好的，你有什麼儘管說，但要簡短。」轉過一個彎走到樓道盡頭，門上寫著「督察辦公室主任」。她敲了敲門，聽到裡面應了一聲即推開門讓到一邊。我進去後，一個身材瘦削，膚色黝黑，大約五十來歲的男人從大辦公桌後面走過來，距我兩步遠的地方停下來。從進入辦公室的那一刻起，我就被他生殺予奪的氣概和通身放射出的威嚴所震懾。這反倒讓我安心不少，這樣的男人應該是一言九鼎令行禁止的。他沒有請我坐下，自己也站在辦公室中央。我把「情況說明」遞給他然後開始簡短地講述了資恐嫌疑被馬凱大隊長排除後依然不得自由行動的情況。他帶著內地人寡言的專注和難以捉摸的神情聽完了我的辯白和要求，然後簡短地說了一句：「你把個人資料留下來，我瞭解一下情況吧。你先回去。」我將自己的身分證件複印件、事先整理好的一份工作單位英文聘書、勞務合同、業績鑑定翻譯公證文件和一疊榮譽證書彩色打印件放在他的辦公桌上與他握手告辭。我返回辦公室向那個白衣女人表示感謝並索要了辦公室的電話。我記住了她胸牌上的名字和職務：竇曉

霞 辦公室主任。

晚上嫂子來電話詢問我的情況。我說電話裡不方便談，如果您方便我們一起吃個飯吧，我請客。她說哪能讓妹妹請呢，再說你回來後都沒能給你接風，我請吧。她說延安路金泉公園有一家餐館的烤全羊特別有名，問我知不知道。我在X大學讀的研究生，對那邊自然再熟悉不過。我們約好第二天中午十二點在那裡見面。

早上起得很晚，吃過一頓營養均衡的早餐後，我穿上適合步行的鞋子準備去吃飯。在地圖上看到有十三公里的距離，我想以我的步行速度三個鐘頭到那裡應該沒有問題。友好路是烏魯木齊最整齊乾淨的街道之一，寬廣的馬路兩旁綠樹成蔭，雙行車道與人行道之間的綠化帶一直延伸到馬路盡頭。可惜的是，這次回國看到那些林帶因為修地鐵站的緣故遭到了破壞。沿街的圍牆上醒目的民族團結宣傳標語「各民族要像石榴籽那樣緊緊地抱在一起」，宛若阿凡提的笑話讓人啞然失笑。馬路上行人稀少，可以明顯地感到維吾爾面孔不像以往隨處可見。其實城北一直都是漢族聚居的地區，城南才是維吾爾人活動的區域。七．五事件之後，漢人戲稱那邊為「敵占區」，除了遊客成群結隊地壯膽出現在那邊之外，一般漢人儘量會避免前往南門以南。烏魯木齊早在許多年前就已經是以漢族為主的城市，居住在城南的漢族也不少，不知道他們是不是懼怕以異族為鄰的生活。

我在全方位監控下以一個遊客的心態四處張望。警車鳴著刺耳的警笛列隊從我身旁駛過。這是例行巡邏，為的是震懾「恐怖分子」。沿途商家店鋪個個都安裝了安檢設備，過包、搜身、驗身分證已成常態。遇到工程地段就小心地沿著狹窄的通道緩慢前行，儘量避免與對面的人相撞。以南門為界的南城區顯得格外蕭條，路上行人稀少，外來人口開的店鋪都基本關閉，因為必須回到戶籍所在地接受培訓學習。清真小吃店的「清真」二字被刮擦的痕跡十分明顯。那些沿街擺攤的男女老少都不見了蹤影，記得他們自釀的酸奶特別地正宗，沒有任何添加劑，一塊錢一大碗。我經常會買小販的染眉草烏斯瑪，最初我還會討價還價，五毛錢一把，我就讓他們一塊錢給我三把。後來有一天，我突然為自己的這種行為感到害臊，因為親眼看見她們在城管的毆打下倉皇逃竄。山西巷熱比亞大廈附近沒有了站在街邊叫賣「五塊錢一件」的窮人感覺很是冷清。昔日熙熙攘攘，無視紅燈在馬路上隨意穿行的人們就像從鬧市蒸發了一樣，汽車在變得暢通無阻的道路上以最高限速飛馳而過，再也聽不到它們不耐煩的鳴笛聲。原來就是這些穿戴著廉價化纖服飾，散漫自由無視交通規則，用洗手壺每天五次小淨的人們才使它有了人氣。二道橋巴扎煥然一新，專為遊客設計的櫥窗式民族特色禮品店的主人大多是漢族，可是門可羅雀，不知道如果沒有政府組織的旅遊，他們何以為生。迎面而來的人們無論什麼民族，大多心事重重，眼神遊移不定。

金泉公園在延安路南端。燒烤店的拱形入口處安放了一台安檢設備，人們從那裡通過然後打開手上的包讓安全檢查員查看。院子裡高大的梧桐樹下擺滿了桌椅，一眼看過去幾乎沒有空座位。嫂子比我先到，她站起身朝我招手，我生怕碰翻忙碌穿梭的服務員手中的托盤，小心地走了過去。問候寒暄後，嫂子說，因為下午還要上班，所以已經點餐。我點點頭，看到桌上有嫂子買的甜瓜和扁桃，說了聲我又渴又餓就吃了起來。周圍座無虛席，既有以維吾爾家庭為單位聚餐的，也有導遊帶來的遊客，稍有不同的是，即便是滿座也沒有以往的人聲鼎沸，人們小聲交談，似乎突然間來這裡享受美味的人都變成了文人雅士。我們的座位靠邊，是一張二人小桌，談話不受影響。服務生端上了一盤烤包子，只有兩個，卻比一個男人的拳頭還大。一掰開，裡面的肉香隨著熱氣升騰，口齒間滿是烤包子獨特的濃郁香氣。我說，他們的用料真的是太新鮮了，羊肉肥瘦相間，湯汁鹹淡正好。嫂子說，這裡的烤包子供不應求，烤多少賣多少。我說，一路走來看到好多小吃店都關門了，這家還在營業，真的是太好了。嫂子響應道，以前，我中午出去吃飯總是換不同的地方，現在也只能是去像這樣的大餐廳了。

我明知故問：「這些大餐廳為什麼還能繼續營業呢？」

「上班的人沒地方吃飯咋行呢？你看這裡每天中午都是滿的，他們的大餐廳也基本坐滿了。」

「我今天走過來的。」我不無炫耀地低聲說。

「啥？走過來的？你可真行啊！」

「才十三公里多一點。」

「我和你哥有的時候出去徒步也走十五公里呢。」

「反正沒事，走走也可以快點打發時間。」

服務員上了一盤鷹嘴豆涼粉，金黃的鷹嘴豆和紅色的湯汁襯得涼粉像乳白的瓊脂一樣。我難掩心中的歡喜，「酸酸辣辣的這開胃菜點的，都快一百年沒吃到這樣的涼粉了。」我誇張地讚歎道。

很快服務生端上了一大盤熱氣騰騰的饢坑肉，說你們的菜齊了。這是一隻羊羔後腿。大約有兩公斤。我驚呼一聲，哇，太多了，吃不完。嫂子寬厚地笑笑說，吃不完打包帶回去吃唄。饢坑肉實際上就是烤全羊，論公斤賣的，每個部位的價格都是一樣的，早來就能選擇肉多骨頭少的部分。盤子裡的肉熱氣騰騰，香氣四溢，烤得外焦裡嫩，我倆用溼紙巾擦乾淨手，順著紋理撕開，孜然和辣椒粉的香辣在空氣裡飄散開來，咬一口香滋滋的，入口就化。比起大塊的肉，我更喜歡啃骨頭，酥脆的骨頭也是很有嚼頭的，咬碎後裡面的油脂那個香啊，讓你迫不及待地咀嚼、吸吮，再把骨頭渣吐出來。說實話，一心回來也是因為思鄉心切吧。漂泊他鄉的人魂牽夢繞的難道不就是這些家鄉的味道嗎？

服務員端上一壺鮮薄荷綠茶，精巧的玻璃茶壺裡面綠色的植物葉片清晰可見，茶托下一個酒精燈保證茶喝到嘴裡總是熱的，特別解膩，這是嫂子吃完肉必定要喝的。普通的紅茶是免費的，客人一落座就會上。而這壺茶四十五元一壺。我感覺到了嫂子的殷勤和大方，心裡十分感動，也為自己在烏魯木齊工作和學習的時候沒有成為她的好朋友而自責。

「我年輕的時候不懂事，常常惹您生氣，現在回想起來覺得特別對不起您。」我望著嫂子有點凸出的大眼睛誠心誠意地表示歉意。

「哈，年輕的時候？現在老了嗎？」她抿嘴一笑，接著說道，「媽媽說你是被爸爸寵壞了的，所以驕傲、任性。」

「是啊，我沒有什麼朋友，可能是不會做人吧？」

「你的事情辦得怎麼樣了？」嫂子岔開話題關切地問道。

「怎麼說呢？也有好消息，手機、郵箱和微信都通過了檢驗，身分證也不報警了。壞消息是，我還是重點人員，不能出烏魯木齊。昨天我去了區政法委，找了督察辦的主任，看他們最後怎麼說吧。」

「回不去的話有什麼打算？」嫂子抬頭望著我看似不經意地問了一句。

「我還真沒想過。到時候再說吧。也許回媽媽身邊呢。」

「考公務員你的歲數超了，」她嘴角略微上翹，略帶嘲諷地說：「要不嫁人算了。這麼漂亮，單身多可惜。」

「看吧，遇到真愛不管他是誰都會嫁的，」我笑著回敬了一句，「不嫁人，我也有能力養活自己吧。」

嫂子一邊用指甲剝去桃皮，一邊說：「我也沒說你養不活自己，」她把桃子遞給我，「女人還是得結婚不是嗎？你現在條件這麼好，趁著年輕趕緊找一個，再晚孩子都懷不上了。」

我沒有吱聲，一口一口地吃著桃子，不停地用餐巾紙擦拭手上的果汁。

嫂子柔聲對我說：「巴奴呀，過兩天我要跟幾個同事下鄉『走親戚』，你要是能走成就算嫂子給你送行了吧。」

「去哪裡？」我一點都不覺得突然。

「和田墨玉縣。我們被安排去那裡的維吾爾老鄉家吃住。」

「不會白吃白住吧？」

「哪裡，我們自己買菜做飯，只是住在一起，還要每人每晚交二十塊錢。」

「真是脫褲子放屁！」我用漢語低聲罵了一句。

「別啊，叫別人聽見多不好！」嫂子低聲責怪了一句，但是那溫柔的語氣分明是讚賞我發的脾氣。嫂子變了，眼角的皺紋使她的眼睛不再有瞪人的感覺，她在親近我，我們現在才像一家人。

嫂子叫來服務員結帳，總共三百一十九塊。我們把吃剩下的肉和水果打了包。

# 第十四章　真真假假

張警官打來電話要我過去一下。她的聲音聽上去挺友好的。她的辦公室裡像往常一樣坐著等待處理結果的居民。有一對母女坐在長椅上，哭得紅腫的眼睛和一副愁苦的神情讓人不忍直視。張警官看到我抬頭說了句：「你等我一會兒。」她回頭對那對母女說：「技能培訓學校對你們家丫頭有好處，免費學習，還不用交伙食費，小孩子還可以上愛心幼兒園學漢語，哭啥呢？」她們表情木然地盯著自己的腳尖。張警官沒有再理睬她們，轉頭對我說：「要解除你的邊控吧，也行呢，你不是為我們工作的嘛。」說完望著我意味深長地笑了笑。我當即感到被人扒光了衣服一樣，馬上察看辦公室裡其他維吾爾人的反應，還好那對母女沉浸在自己的愁苦情緒裡，完全沒有留意到我和張警官的談話，我尷尬地笑了笑，打了個哈哈：「誰不是在為共產黨工作啊？」張警官顯得心情特別好，她對那對母女和和氣氣地說了句：「你們回去等通知吧。」

她們走遠後，張警官嬉笑著對辦公室裡的同事們說：「你們說她們傻不傻？你都沒問她，她就什麼都說出來了。她要不說我們還不知道她去過土耳其還嫁了個土耳其男人呢。都嚇成啥了！」

「護照都收了，人家還能瞞得下去嗎？」張警官的話讓我很不舒服。

「都是自己說的。填表的時候，你要填這些資料。」楊姊解釋道。

我在心裡對自己說，正如維吾爾諺語所言「什麼樣的鍋配什麼樣的勺」，政府不仁你就可以不義，沒必要跟他們說實話。

「巴奴．巴布爾，現在我們說說你的事情。」張警官望著我鄭重地說道，「你找過政法委的領導了，我們也不想在這件事情上浪費時間。你去找你掛靠的單位，讓他們出一個擔保書，然後我就可以打報告撤控了。」

「您知道的，沒有哪個單位會寫擔保書，何況那只是一個掛靠單位，所以，這幾乎不可能辦到。」聽了張警官的話我失望極了。

「沒有擔保出了事我就得承擔責任。」

「好吧，我去試試看。」我悻悻地離開了。

大學外事處處長劉璿是個優雅的女人，說話柔聲細氣，坐在她的對面，你也不由得想要變得溫文婉約。

「巴奴老師，我理解您的心情，但是現在是特殊時期，我們不能為您做得更多。您第一次出國的時候，郭廣南老師為您作的擔保，現在他退休了。再說了，您好像說的是讓組織給您作擔保，對吧？」

「我的責任民警是這麼要求的。我真的需要回去，不說別的，我的衣物、資料都在那邊，我……」

她打斷了我的話：「真的很抱歉，我無能為力。也許您可以跟高書記談談，他下鄉檢查工作去了。」

我告辭出來後在樓道站了一會兒，思索良久覺得應該先把高書記的手機號碼弄到手。於是，我找到校辦，他們經常會把假日值班表貼在門上。果然，校長書記的電話號碼都在那裡。我趕緊用手機拍了張照片。走出行政大樓，我在校園裡找到一處僻靜的地方坐了下來。我糾結於打不打這個電話。我沒有足夠的勇氣給一個大學的領導打電話，可是不打這事就不可能再有任何進展。我鼓足勇氣按了號碼，他很快就接了。我簡短地作了自我介紹，講到警方已經徹查了我的所有通訊工具，認為可以為我撤控，但是需要補辦一個單位擔保手續。他聽完後馬上對我說：「你出國之前簽合同了沒有？」

「兩年前簽了為期三年的派出合同。還沒有到期。」我撒謊了。

「那就讓警方出一個情況說明。」他簡短地說道。

掛了電話呆坐了一會兒，心裡七上八下的。我不想坐車回去，我需要整理自己的情緒，以便應對接下來將會發生的事情。七月驕陽晒得我有點頭昏，我才想起自己還沒有吃午飯。我打開手機查到附近不遠處有一家凱蒂銳抓飯店。它也是我在國外一想到就流口水的美食。

店面挺大的，整潔涼爽，但是客人不多。我要了一份素抓飯和五串烤羊肉。店主說，您不想再要一杯酸奶嗎？我們自己做的。總共四十塊錢，我覺得一點都不貴。我叮囑他抓飯跟烤肉一起上，店家歡快地應了一聲。

誰會需要那個根本不存在的派出合同呢？我沉下心來思索。這個合同只能是提供給張警官的。我弄個假合同糊弄她一下，她總不會拿著合同去學校辨真偽吧？她肯定想不到這些已經被嚇破了膽的人敢這麼做。記得多年前到處都是「辦證」廣告，城市牛皮癬一樣無處不在，現在很難再看到它們的蹤跡了。怎麼辦，找誰做？

服務生端著托盤翩然而至，抓飯米粒金黃糯軟，五串烤肉滋滋冒油，散發著令人垂涎欲滴的孜然香氣，一碟胡蘿蔔絲涼菜酸辣爽口，酸奶就跟我多年前在二道橋喝過的一樣醇正。我慢慢地享用眼前的佳餚，想到如果計畫失敗不得不進去，那這樣的飯食只能在夢中出現，胃口不覺減了一半。我喝完了酸奶，讓服務員把剩飯打包，然後悠悠地出了餐廳。

最後，我決定打的去南湖一家打印店，記得以前我在那裡看到過他們有刻章業務。

在南湖車站下車後，我立刻想起了曾經去過的那家打印店就在對面第一個巷子裡。果然，店面依舊，只是裡面只有一個做作業的小女孩，她讓我等一會兒，說媽媽上衛生間了。過了大約五分鐘，一位四十多歲的婦女風風火火地跑進來，問我有什麼事？我直接問她，你以前不是也刻章嗎？還刻不？

女人搖頭一笑，那早就不能幹了。危險！

我失望地嘆了口氣。她看我了看我說：「你可以找別人做。膽子大的人也有呢。」

「我只記得你這裡是有這個業務的。」

「你記個電話吧。」她邊說邊在電話簿上翻找。

那是一個章姓女人，我記下電話後回到南湖車站，坐下來打電話。女人建議互加微信，這樣方便聯繫。我吃驚於她的不設防，難道警察不會用同樣的方式找到她嗎？這種狗苟蠅營的生意應該偷偷摸摸才是。女人發了定位，在水泥廠附近，步行一個小時左右，公交車沒有直達。天氣炎熱異常，空氣中瀰漫著煙塵，很不適合步行。出租車司機根據女人發來的定位很順利地找到了地方。那是一個修鎖配鑰匙的店鋪，也有打字複印的業務。店裡只有一個女人，很精明能幹的樣子，頗有幾分姿色，操著廣東口音的普通話，問我有什麼事情？

我沒有拐彎抹角，直接告訴她我需要刻一個公章。她說她刻的是電子印章，真假難辨，但是，我必須給她提供一個真實的印章圖案。我一時無法給她提供一個樣式，她說你回去找找看，找到了發微信給我。確定要做了就轉帳，一個章子一千三百元。

我試圖壓低價格，她悶聲在電腦上幹活不再搭理我。這個狡猾的女人，她知道有刻章需求的一定是一件大事情，價值遠遠超過她的要價。我只好同意了。

回到家我立馬上網搜索了協議範本，X大學的公章也赫然在上。我將文件下載後發給小章並給她轉了七百元。然後我開始按照網上的協議模板格式起草協議。

早上起床後我想到的第一件事情就是去社區，找張警官出具「情況說明」。這是我幾乎一夜未眠作出的決定：假協議能不用就不用，免得惹火燒身。我發訊息給章姓女人，我暫時不需要那個公章了，先留在你那裡吧。

這是一個星期一的早晨。那天我一早去參加了升旗儀式，唱了歌，喊了口號，還聽了社區書記的訓話。

吃過早飯返回時社區幹部剛剛開完例會，辦公室裡除了工作人員沒有別人。他們正在商量中午在哪裡吃飯，我站在門口默默地等了一會兒。終於，張警官注意到我，咧嘴一笑，說：「你又來了？」

「我跟掛靠單位的高書記談過了，他說學校可以擔保，但是對於我被管控的原因還不是很瞭解，需要派出所出一份情況說明。」我沒有提合同的事情。

「這個我們不能出。」她斬釘截鐵地回答。

「為什麼？」

「我沒有必要告訴你原因。」她開始不耐煩起來。

「您當我的責任民警多少年了哈？您必須對我負責！您是最瞭解我的。現在所有的情況都查清楚了，請您出一個說明有什麼不可以的？」我也不想再對她唯唯諾諾的了。

「這個我一個人作不了決定，得請示派出所領導，領導同意的話我們社區還要開會討論這個說明怎麼寫。」她的語氣有點緩和下來了。

「那您請示好了。我可以等。」

我從社區辦公室出來，站在人來人往的大街上，有點茫然，走著走著不覺已經來到了北京路派出所。我給自己打氣說，你一直都是積極主動，講求實際的人，只有在發揮主動精神的過程中你的內心才能保持平衡，不要害怕，他們都是像你一樣的人。我堅定地按響了門外的對講器，告訴裡面的人我要見派出所的袁所長。「卡塔」一聲門開了，我徑直上樓，找到了派出所所長的辦公室。電腦前的男人四十出頭的樣子，圓腦袋、光頭，穿著一身清涼的便裝。聽到敲門聲他抬起頭用問詢的目光望了望我，示意我進來。

我進去後坐在他對面的椅子上，挺直身板，伸出修長的雙腿，擺出了一副要長談的樣子。我謊稱X大學派出所的李所長給了我他的電話號碼，說你們是哥們，你也許可以幫到我。他的表情變得鬆弛了，客氣地問道：「李耒陽嗎？嗯，你有什麼事？」

「我是你們轄區的居民，我以前在塔里木語言培訓中心工作時把戶口落在了你們派出所。我這幾年一直在土耳其伊斯坦堡文化大學工作，是中國語言文化中心的主任。這是我的工作表現鑑定。」我從隨身帶著的文件裡抽出那份鑑定譯文讓他看。

他瀏覽了一下，饒有興致地說：「他們對你的評價挺高的嘛，你作為中國語言文化中心主任做了很多中國優秀文化推廣工作。你這是不是就相當於孔子學院啊？」

「您說的沒錯，相當於孔子學院的工作。您聽說過孔子學院啊？」我裝出一副十分欽佩的樣子。

「聽說過。國內有不少人說咱們有那麼多孩子上不起學，花那麼多錢搞孔子學院還讓外國人拿高額獎學金來中國學習，是崇洋媚外，還叫什麼，那個那個……大撒幣。」

我笑了，用標準答案回答了他的困惑：「我倒不認為是崇洋媚外。這個問題吧你得站在國家大戰略的高度看。咱們國家不是強大了嘛，可是國外媒體總是抹黑我們，為什麼呢，就因為我們自己沒有講好中國故事。現在有了孔子學院這個平台培養的學生，還有從中國留學回去的獎學金生，他們將來大都會成為我們的代理人，會為中國的利益發聲。所以，從長遠來看，這是有遠見的。」

袁所長若有所悟地「嗷」了一聲，「老師你叫什麼名字？我這記性不好，一會兒就忘了。」

他有點不好意思地摸了摸腦袋。

「我叫巴奴。我來是想給您彙報一下自己在國外的工作，然後就是希望派出所和社區領導能夠為我出一個情況說明。我的派出單位需要根據這個來決定給不給我作擔保。」

「彙報什麼呢，這不都寫得很清楚嘛。」

「那就拜託您啦。」

「我瞭解一下情況吧。現在都是靠電腦提供的大數據，都是電腦指揮人。電腦比我們更瞭解我們，它可以預測你會不會犯罪，對國家穩定有沒有危險；還可以，」他轉了轉眼睛有點想不出詞兒了。

「還可以操縱我們的感受，是不是？」我接過話茬說道。

「你們當老師的就是跟別人不一樣。」從他的讚歎中我感覺到了一種共鳴，那就是，我們都認為缺乏思想和被電腦操縱是不可接受的。

我不想在這裡被張警官碰見，連忙向袁所長告辭。臨走前他還主動提出有事可以找他。我用自己溫潤低沉的聲音再次向他表示了感謝。

從派出所出來後我很興奮，覺得事情都在向好的方向發展，對於張警官們要出具的情況說明充滿了期待。在等綠燈的時候我掏出手機看了一眼，有一條微信消息，是烤肉串發來的。他留言說這兩天他們的同事會聯繫我，跟我談。

回家路上經過社區，遇見張警官正從裡面出來，挎了個黑包一副出門打扮。我停住腳步笑吟吟地望著她，她說了句還沒請示所領導呢就從我身邊疾步走過。我依然微笑著點了點頭，什麼都沒說。

轉眼又過了一個星期，酷熱的夏天都快要結束了，鯉魚山上的樹葉也已透出金色。張警官總算在一個升旗的早上告訴我，上班後到她的辦公室來取那個「情況說明」。我沒有理由為此感到特別地高興，因為即便我被洗白，像新生的嬰孩一樣乾淨，X大學也不可能給我作擔保，因為他們連突然失蹤的五名教授的下落都不敢去打聽。高書記才調來不久，他根本就沒有搞清楚狀況，他以為我原本就是這所大學的外派老師。所以，我的機會還在烤肉串和他的同事們那裡。

張警官給了我一個牛皮紙信封，封口處蓋了一個公章，收信人是X大學校領導。我把它放進包裡帶回了家。這封信就像決定我命運的一道符咒，我把它翻過來覆過去仔細地琢磨了一番。一旦我把它交給校領導，就等於把自己的命運交給了別人，自己的命運要看別人是否願意恩賜，那就再沒有什麼言辭、什麼懇請能夠補救，能夠幫上忙了。我燒了一壺開水，把信封的封口處對著茶壺嘴裡冒出的蒸汽，不停地移動讓它均勻受熱，幾秒鐘後信封像魚嘴一樣張開了口，為了保險起見，我找到一枚針小心地挑開封口。懷揣小兔一般心臟怦怦亂跳，我深深地吐了口氣，取出信瓤開始閱讀。一共兩頁，第一頁寫的是我因為什麼原因成為重點人員，第二頁寫了他們的調查和分析結果。我簡直不敢相信自己的眼睛，又讀了一遍，我確定自己沒有看錯，白紙黑字寫著：經區國保大隊馬凱大隊長縝密偵查，巴奴·巴布爾確有資恐嫌疑。並且警告如果為巴奴·巴布爾提供擔保X大學將承擔與之相關的法律責任。最後一句明顯是多餘的提醒。都他媽的「資恐」了，大學還敢擔保嗎？

憤怒的情緒像風暴一樣很快過去了，我鎮靜下來仔細研究了這封信。這封信有社區居委會的落款和公章，顯然是經過研究後定的調。我極力想出一些詞兒來形容他們的所作所為：卑鄙、無恥、邪惡。我在屋裡來回踱步，想著下一步該怎麼走。顯然張警官們是想以「資恐」罪名置我於死地的，否則不會堂而皇之地寫在公函裡面。既然我有「資恐」嫌疑，那這個罪名就肯定了，還沒有聽說過那個嫌疑犯被無罪釋放的呢。我還能在自己床上舒舒服服地睡多久呢？險惡的處境反倒激發了我的勇氣，我決定採取主動。

我撥通了馬凱的電話，我要讓這位正義之士為我說話。私自拆開公函即便有理由也是錯誤的，這個絕對不能說。我既要告訴他這件事又不能讓他覺得我膽大妄為，我說：「馬隊長，我今天無意中聽到張警官對辦公室的同志說，巴奴·巴布爾資恐罪名成立，這是經過馬大隊長調查核實得出的結論。看來給我們學校的情況說明也是這樣寫的。我很害怕，這是不是意味著我要被判刑了？」我開始哭泣起來，用最能引起男人同情心的輕輕的啜泣為我講的話增添效果。

「這怎麼可能呢？我明明給她打過電話說得清清楚楚。你不要慌，我現在就給王主任打電話，向他彙報這件事情。」

放下電話，我小心地把信恢復原狀放進包裡。

這封信不能送到X大學領導的手裡。

又是一個風和日麗的清晨。早早起床後走到陽台迎著朝霞做拉伸運動。這是一個綠葉蔭濃，風光漸老的普通夏日，但是對於我卻是生死攸關的一天。沐浴、吃早飯，然後換上樸素簡單的白襯衣、套上牛仔褲，儘量打扮得中性一點，挎上海藍色的帆布包，裡面裝上每天都帶在身邊的證件和資料出門了。

當我來到區政法委所在的樓層，看到公務員們開始了一天的工作。巧的是，在樓道裡我遇到了王主任，他似乎馬上就認出了我，停下腳步等我走近。我緊趕兩步向他問好，並要求向他反映新的情況。他神情嚴肅地點點頭，我跟隨他來到了他的辦公室。裡面有一位清潔女工在拖地，他威嚴地揮了揮手讓她出去了。

我依然像第一次那樣站在辦公室中央對他講了X大學需要社區出一份「情況說明」，而張警官卻在對X大學說經過馬凱大隊長的調查證明巴奴．巴布爾有資恐嫌疑。「這不僅僅是冤枉我，也是給馬凱大隊長抹黑呀。因為馬凱大隊長花了一個星期調查的結果是完全相反的，而且也打電話告訴過她。上一次找過您之後她都說要給我撤控了呢，怎麼突然就……，我不知道她為什麼要這樣對我。」我看到王主任的眉頭擰得更緊了，眼裡閃著炯炯的怒意。看得出來這事兒馬凱是向他彙報過的。我本打算說張警官這是公器私用，因為她現在的丈夫是我的導師和朋友，但是轉念一想，這種私人恩怨令人厭惡，而且你怎麼就可以斷定她出於嫉妒要加害於你呢？於是，我就像對老熟人一樣很放鬆地微笑著侃侃而談：「我跟X大學的高書記電話溝通過為我提供擔保的事情，他說當初跟你簽的派遣合同還沒有到期，那個時候作的擔保還是有效的。如果我們不信任你就不會派你出去的，你在那邊的工作表現我們都是瞭解的。」我從自己真誠的謊言中得到了安慰，毫不擔心他會費神去核實，「您看，我的掛靠單位是信任我的。何況，有關部門的同志也希望我能回去在情報工作方面發揮作用。所以，我希望領導能成全我回到工作崗位的心願。」我誠懇地請求道。

王主任認真地聽我說完，黑色的眼睛細長靈動，流露出洞察一切的威嚴氣質，像個將軍一樣果斷地說道：「如果是這樣，我今天就召集有關各方來開會，讓大家都把意見擺在桌面上。」我按捺住內心的狂喜，不露神色地說了句：「那太好了。我回去等消息。」上前一步伸出了右手，並且連聲道謝。他只是輕輕地握了一下我的指尖，我覺得他的手冰涼、無力。

走出辦公大樓，我給張警官打電話，問她是否想要收回給我的那封信。她說那不可能，然後又馬上追問了一句，你還沒有把信交給X大學的領導嗎？我說，我在X大學，領導不在，我在等。我問她：「您確定信裡沒有需要修改的措辭嗎？」她以慣有的堅定語氣回答說：「沒有。」既然這樣那我當然不能把這封信就這麼交出去，得等他們開會研判的結果。我看了看錶，現在是烏魯木齊時間八點三十五分，如果現在就召集會議最快也得到下午才能得到消息吧？

直覺告訴我，這個王主任是可以改變一些事情的。我對人的判斷很少出錯。但是，在忐忑不安中度過了一天，直到晚上下班也沒有任何動靜，我又開始懷疑自己的直覺是不是出現了失誤。最後打電話詢問政法委辦公室的竇曉霞主任關於巴奴・巴布爾的研判會是否已經開過了。女人還記得我，馬上清晰地回答：「今天上午就開過了。」我不屈不撓地堅持：「對不起，我想冒昧地問一句，會議的結論是什麼？」

「這個不清楚。您的責任民警會聯繫您。」竇主任的回答無懈可擊。

# 第十五章　喝茶

這是僻靜小巷裡的小茶館，外間擺了些瓶瓶罐罐，一個樹根狀的茶桌，四邊是幾把竹椅子，除了老闆娘沒有別人。那兩人打了聲招呼就領著我從櫃檯旁邊的樓梯上了小閣樓，進入一個同樣裝飾的小屋，只是這裡更適合密談而已。坐在我對面的這兩個男人年齡跟我差不多，穿著便裝，其中一個小白臉把黑色公文包往身邊一放，然後問我想喝什麼茶。我對綠茶沒有什麼偏好，就說「隨便」。他按了桌上的呼叫器，老闆娘應聲出現在門邊，小白臉說來壺龍井吧。

小白臉是哈薩克族，他掏出工作證給我看，上面有他的照片，是國保還是國安我沒有看清楚，他只是一亮就收回去了。我當然相信他們是真的。小白臉把我上下打量了一番，開口說話了：「我叫哈山，我的同事叫阿迪里。啊，最近忙些啥呢，巴奴？」

「我嘛，忙著找領導給我主持公道呢。」

「說說你在國外的情況吧。」哈山一臉和善，一點都不讓人緊張。

「我都跟那個叫烤肉串的人談過了。從頭說起嗎?」我想知道他們瞭解多少。

「什麼烤肉串?」哈山一臉的問號。

「就是你們那個在北京機場接我回來的同志呀,小個子,扁平臉。這是他在微信上的名字。」

「哼,他呀?」哈山一臉的不屑,阿迪里也撇了撇嘴。也許烤肉串只是個零時工,這麼嚴肅的事情怎麼能有他的份呢。

「X大學有一個跟伊斯坦堡文化大學的研究生交流項目,指導老師推薦了我。我在那裡的時候正是土耳其漢語教學的起步階段,缺中文老師,所以,交流項目結束後文化大學就提出聘用我。我是單身,沒啥牽掛,也需要一份工作就留下來了。後來在中國使領館的支持下,我們成立了中國語言文化中心,有一個中文閱覽室和幾間教室,這幾年我教出來的學生也有好幾百了。我經常會接到領事館的邀請參加宴會什麼的。去年新年前夕,咱們領事館邀請各國駐伊斯坦堡的外交官參加迎新年晚會。在那裡我認識了一位A國武官,上校軍銜,我們挺談得來的就互相留了電話號碼,約會過幾次。這次我回來後他還給我打過幾次電話詢問我的情況呢。」

「這張照片裡面有他嗎?」哈山遞過一張A4紙打印出來的黑白照片,在一個援助項目啟動儀式上,幾個著西裝打領帶的男人在剪綵。只掃了一眼我就認出了站在A國大使身後的馬修,他灰白的寸頭筆挺瘦削的身姿是那麼地與眾不同。

「你有他的照片嗎?對不起,要是沒有也沒有關係。」哈山略帶歉意地說了一句。

「當然有。」我趕緊從包裡翻出備好的照片。這是一張自拍，是我趁他不注意拍的，我和馬修並排躺在海灘邊，戴著棒球帽的他若有所思地望著遠方。

我解釋說馬修不喜歡拍照，尤其不喜歡跟我合影，所以照片上的他沒有看鏡頭。

「他沒有老婆嗎？」另一個人打斷了我的敘述，他一直一句話都沒有說，瞪著一雙金魚眼好像在審犯人一樣。

「不知道。他從沒說起過。」

「你有他的電話號碼嗎？」小白臉問。

「有的。」我翻出他的電話，「在這裡呢。他還有另外一個手機，專門用來處理公務的。」

「你為什麼想到要做這件事情？」金魚眼滿臉怒意地問了一句。

「我是中國公民，有義務協助你們的工作。我現在有這麼好的一個條件，自己本身也對這種事情感興趣。」我沉著地回答道。

「這事情有一定的危險性，你知道嗎？」

「我生來喜歡冒險，鬥智鬥勇，就像女版○○七一樣。」我用一種玩世不恭的語氣調笑他們，但發現氣氛不適於開玩笑後改口道，「我是認真的，生活太平淡了，需要一點新鮮刺激。我會保護好自己，你們肯定會教我怎麼做。對吧？」

「你是共產黨員吧？他知道嗎？」

「啊，他不知道。有組織規定黨員身分對外保密，不過我經常去咱領事館過組織生活。」我稍微定了定神，「我本來不想講條件，但是，有件事求你們：你們要幫我從伽師縣職業技能培訓學校放一個人出來，我想帶她走。她是我已故好友賽南姆的女兒，我是她的監護人。她是孤兒。」說著從包裡掏出委託監護人公證書給他們看，哈山掏出手機隨手拍了下來。

從他們的反應來看，他們是知道一切的。我一點都不吃驚，很多家庭兩口子在自己家裡也是要鬼鬼祟祟的，生怕被屋子裡的什麼儀器記錄下來。

「我會跟你單線聯繫並且指導你開展工作，你用國外的電話號碼申請一個新的微信號，不能加別的朋友。我今天打給你的電話就是我的微信號，知道了嗎？」他們互相交換了一下眼神，哈山眼睛裡漾起一絲笑意，「啊對了，那人叫什麼名字，你們之間說什麼語言？」

「嗯，明白了，我只跟您微信聯繫。」我確認了一下，「他叫馬修．埃爾吉拉蓀。我們說土耳其語也說英語，因為他是土耳其裔A國公民。」

「你還有什麼要說的嗎？」金魚眼瞪著像甲亢病人一樣凸起的眼珠氣哼哼地問。

「沒有了。這件事情知道的人越少越好，張警官越是人多的時候就越是咋呼，說我在為你們工作。」我看到他們臉上露出莫測高深的微笑，不過不管怎麼樣既然都到這裡來了就不能話到嘴邊留半截，我鄭重其事地強調：

「這孩子對我來說很重要，我答應過她媽媽要照顧她的。」

「如果我們無能為力呢?」哈山和顏悅色地問了一句。

「她一個未成年人，正是作夢的年紀，能對社會造成什麼危害?得饒人處且饒人吧。現在就這一個請求把她交給我，把護照還給她。」我一字一句地緩緩說出了醞釀了好多天的這句話。直覺告訴我他們會接受我的條件，因為我知道，他們需要在海外建立強大的情報網絡。幾乎每次回國都有兩個便衣找我「喝茶」，打探情況。有一次，「茶」喝完了，其中一個麻臉駝背的傢伙讓我給他們蒐集中國留學生的情況，並向他們提交報告。我當時為了敷衍他們就答應了，他們給了我一個郵箱，後來我什麼都沒做，告訴他們我跟中國留學生沒有交集，教的都是當地人，他們只好作罷。實際上蒐集別人的資訊，然後發給他們，這突破了我的道德底線。現在又是另外一回事，我必須自救，還得實現自己對朋友的承諾，這是代價。

「你說的這個情況我們得跟上級彙報。」哈山的話把我拉回到了現實。

「那當然。我等你們的消息。」

喝到第二壺茶的時候，輪到阿迪里問話了：

「你的學生中有沒有在政府機構工作的，就是那種將來會大有前途的學生?」

我自然明白他的用意，「怎麼沒有呢?有一名學生博士畢業後會去外交部工作，他的漢語水平挺高的，外交部長出訪中國的時候還帶著他呢。」

「你可以安排他參加去中國參觀訪問的項目嗎?我們可以去北京與他見面。」

「當然，沒有問題，他現在就在北京呢。我可以給你們他的電話。」我心裡想的是吾木德老師，也許這可以幫到他的妻子阿斯亞。

「他可以來新疆旅遊，我們可以承擔他的費用，也可以去北京跟他見面。」

「那挺好的。我先跟他說說吧，他非常信任我。」我想彌補自己先前對他的冷淡，讓他知道只要有機會我是願意幫他的。

「啊，行呢。你自己在那邊有需要報銷的開銷也可以提出來，比如住酒店或者出去旅行的費用。」

我笑著說道：「真有這麼好的事情？等工作開展起來了再說吧。」

我們大概聊了一個多小時，一直都用的漢語，這也符合當時的情形，談工作怎麼能不用「國家通用語」呢。

我讓他們把我送到ＢＲＴ一號線車站附近，看著他們的黑色轎車消失在車流中，返身進了車站。

路過居委會辦公樓，看看錶離下班還早就去找張警官瞭解情況。她正在處理幾個維吾爾居民的事情，他們都是醫學院的醫生，有的我還認識。張警官看到我後咧嘴笑了笑，大聲說：「那個『情況說明』你給你們單位了嗎？」我不知所措，遲疑地回答：「還沒呢，暑假學校找不到人。」誰知張警官卻說：「還給我吧。可以給你解除邊控了，因為你是在為我們工作的，對吧？」她轉身對楊姊，「把巴奴．巴布爾的護照還給她。」聽到這句話那幾個醫生的目光「唰」地集中到了我身上，說不上是嫉妒還是羨慕，抑或是詫異，我心虛地躲閃著他們的眼睛，故作鎮靜地反問了一句：「有誰不是為『我們』工作的？」這個張警官一到這種時候就要把我劃入「他們」的隊伍，她的話讓我很不自在。

楊姊從裡間拿出我的護照遞到我的手上，我迅速翻看了一下，的確是我的。我從沒有像現在這麼深切地體會到它的寶貴，沒有它我就不能奔向自由世界！我把它趕緊放好，生怕得而復失。

那些人離開後，張警官低頭在電腦打字並不看我，我站在屋子中央等她發話。我覺得過了許久，實際上也就是幾分鐘，她頭也不抬地對我說：「政法委開會作出了研判，你可以回到土耳其繼續工作了。我正在寫撤控報告，一個星期後你就可以出境了，因為系統要更新一下，你才能出去。」她頓了頓，提高嗓門開始訓話：「你出去了什麼都不能說，你在這裡看到的、聽到的都不能說，明白了嗎？」我想她是不甘心就這麼放我出去，但是又無可奈何。姑奶奶，這會兒我聽你的，出去了就由不得你了：

「有什麼好說的呢？我知道內外有別，也深知作為一名共產黨員應該怎麼做。」我要讓她對我放心，這事兒不能出差錯。

她點了點頭，似乎對我的答覆還算滿意：「你的機票不要訂得太早，等我最後確認系統更新後你再買票。」說完她又陰陽怪氣地說了句，「替你說話的人還不少呢，你可別害了他們。」

「瞧您說的，咱是那種人嗎？」

清晨，我睜開眼睛沒有立即起床，而是躺在床上回想這段時間發生的事情。窗外空氣中迴響著清脆的鳥鳴，我側耳細聽，這是一牆之隔的鯉魚山公園裡杜鵑淒切空靈的啼鳴與鳥籠裡翠鳥、黃鸝婉轉圓潤的合唱。我不禁感到生活是如此地美好，感到說不出的高興。幾個星期，幾個月以來，我從來沒有像今天這樣心情舒暢；在這些陰鬱的日子裡，我從來沒有像這個美好的早晨那樣快活，那樣充滿活力。我覺得一切是那樣美妙，那樣明快。是啊，誰的心要是被希望所振奮，誰一定會感到幸福。

我自由啦！我要去跟爸爸告別，這是我想到的第一件事情。我還要去探望娜迪耶。

我給程律師發訊息，請她幫忙安排一次探訪。我信任她，我從她微信中分享的內容認定她是一個有正義感的女孩。

我給馬修發了訊息，簡短地說明了情況。

媽媽退休後就搬到了老家特克斯縣一個靠山的村子。媽媽喜歡園藝，這幾年退休工資幾乎都花在了買花種樹上，八月中旬的農家小院刷成了藍色，十分好看。我下了出租車小跑著進了院子，母親正在鍋灶邊忙碌，見了我馬上迎了過來，擁抱親吻之後我把行李箱放進自己的臥室，然後換上家居服坐在母親的身旁。葡萄架下支了一個長方形的板床，鋪了地毯，我坐在褥墊上望著頭頂累累的果實，花園裡姹紫嫣紅的花朵嘖嘖讚歎母親把院子打理得像天堂一樣。媽媽開心地笑了，她說，「好多人妒忌呢，說我都這麼大歲數了還整天捯飭[1]。」媽媽的言談中流露出對自己生活的滿意，「我才不管別人怎麼說呢。哪怕是一天我都不想湊合。」

媽媽知道我喜歡吃肉啃骨頭，特意煮了一鍋帶骨肉，肉湯裡下了一些餛飩，這是我們家人最喜歡吃的飯，也是媽媽最拿手的。吃完飯天色還早，我對母親說我想出去轉轉。

墓地在村西一個山坡上。我抄僻靜的小路翻牆穿過一個個果園，又順著一個汽車印上了山坡。父親的墳頭在靠近一片玉米地的地方，我很快就找到了立在一個土堆前的米白色墓碑。父親去世後我常常到這裡來坐一坐，跟他說說話。他就像我的一個閨密一樣，在這裡我無所不談，我總是低聲地用混雜著漢語的維吾爾語對他說自己的心事。我吃驚地發現父親的墓碑上用阿拉伯文刻寫的「真主至大」和星月標誌被人用黑色油漆塗蓋。放眼望去，一排排白色墓碑上都有醒目的油漆汙跡。

坐在父親墓碑下的石座上不由得悲從心中來，爸爸的名字「巴布爾．吐爾遜」上落滿了灰塵，我掏出紙巾久久地擦拭著維吾爾文刻寫的美麗字體，潸然淚下。我能對爸爸說什麼呢？這裡發生了那麼多的事情，對他講述別人的苦難，還是我機智脫險的故事？在這座山坡上可以俯瞰村裡的景色，綠樹掩映下一座座各色屋頂的房子若隱若現，周圍長滿了芬芳美麗的鮮花。然而，每個院門裡面又有多少悲歡離合的故事！撫摸著父親的墓碑默默地向他傾訴：我回來快兩個月了，爸爸，這是驚愕不斷又肝腸寸斷的五十九天。這是我一個人戰鬥的五十九天。爸爸，我的生活將會有根本的改變，我不再是您的公主，您的金疙瘩。我將獨自體驗痛苦，品味仇恨，經歷誘惑。爸爸，我一直試圖理解什麼是死亡，我至今不能相信一個像大山一樣強壯的人怎麼會突然就沒了。我現在明白了，爸爸，您是心碎而死啊！爸爸，他們塗蓋了您和其他人墓碑上的阿拉伯文字和星月，他們連死人都不放過！爸爸，您要是還活著肯定會問，人們怎麼了，他們瘋了嗎？怎麼能跟如此瘋狂的想法彼此共存？

爸爸，我要回去了，我可能不會再來看您了。您要像以前一樣保護我，爸爸，我需要您。

我舉目四望，墳地荒蕪而寧靜。大多數只是一個土堆，沒有樹木花草也沒有墓碑銘文，邊界渙漫不清。亡者的親人每逢節日來掃墓時，會憑著留下的記號——一塊石頭或一根樹枝，找到自家的墓地。而亡父的白色大理石墓碑突兀地佇立在魚脊型墳堆前，面朝麥加。我不禁暗自嗟嘆，貧富差距啊！

回到家媽媽知道我去了墓地十分驚詫，「你不害怕嗎？都這麼晚了，一路上有不少野狗，還有路也不好走。」她見我神情憂傷疲憊就沒有再說什麼。我原本是想跟母親好好說說知心話的，可是現在那黑色的幽靈又徘徊在我的心頭，我不想在這種心境下跟她說什麼，免得說出讓她傷心

---

1 捯飭，意即修飾、打扮。

的話。

夜裡，村子裡可以聽到幾聲狗吠和驢叫，然後就陷於死寂之中。記得以前回來總能聽到孩童們沿街歌唱的聲音，他們一直到深夜都不願回家睡覺，我也曾經是他們當中的一個頑皮小孩子，我最喜歡的就是齋月裡成群結隊到大戶人家門前唱拉馬丹歌謠：

Ramzan Allah sheriy

Ramzan, hosh mubarek keldiler shu ramzan, rozini 15 tutup kelduk sizge, rozining zakatini bering bizge, ...

（中譯：拉馬丹呀安拉的召喚，高貴吉祥的拉馬丹，它帶著喜慶來到

封齋十五日來看您，快把拉馬丹的稅賦給我們

拉馬丹啊

安拉的齋月，迎接它吧，它是如此吉祥喜慶。）

聽到歌聲，女主人就會打開院門為我們分發糖果和點心。從村子的這頭唱到那頭，奶奶給我的籃子裡就會盛滿親戚們的慷慨，裡面什麼都有，除了糖果，還有雞蛋、洋蔥頭、奶疙瘩，然後我們會聚到某一個小朋友的家裡分享食物，在那裡守夜、玩樂，小朋友的媽媽和年齡稍大一點的夥伴會為我們做葫蘆餡兒薄皮包子。我的維吾爾語就是在那些活動裡習得的。

我問媽媽已經多久沒有聽到小孩子們唱拉馬丹歌謠了，媽媽說，好多年了，大概有十多年了吧。

我拆洗了母親的被褥，澈底打掃了衛生，為她做飯、按摩。我們小心地迴避一些與父親有關的事情，不想讓日漸衰竭的怨尤在我們之間延續。

我這次來去很低調，沒有去看望住在村裡的親戚，也沒有在伊寧市停留。每個家庭都有難以承受的生命之痛，我的探訪會驚擾他們，因為我從那樣一個國家回來，說出這個國家的名字就足以讓他們心驚膽戰。何況我很難向他們解釋我為什麼與別人不同，不僅沒有因為從涉恐國家回來而受到懲罰，而且還可以回到那個國家。

明天我要回烏魯木齊了。晚上我和母親坐在門口的樹下納涼，一輪新月從東方升起，夜色靜謐，我們說著家長里短，間或停下來傾聽果園裡鳥兒的啼啾，享受著夜晚的愜意涼爽。遠處傳來摩托的轟鳴，轉眼就來到我們面前。是我的表姨和他的兒子來探訪。母親為客人沏了一壺新茶，小炕桌上擺滿了各種小吃，在鄉村昏暗的燈光下，母子神情嚴肅，似有重要的事情要言說。表姨叫索菲亞，稀疏淡黃的眉毛下是一雙渾濁的大眼睛。她的兒子叫希爾艾力，已經謝頂了，而那濃密的黑眉毛和坦誠直率的目光一如他已故的父親。他們並排坐在炕上眼睛同時望向我。索菲亞姨媽開腔了：

「村子裡幾乎沒有年輕人了，農民都被拉去學習了。好多人家地裡的麥子熟了也沒有人去收割，奶牛沒有人餵養、擠奶，真不知道政府想幹什麼？我們該怎麼辦？外面的人應該知道這裡正在發生的事情。我們家還好，孩子們都是國家幹部，他們沒有什麼宗教方面的事情。」索菲亞姨媽似乎已經忘記了她的大兒媳因為計生辦打掉了她即將臨產的孩子而精神失常，也許時間已治癒了這個家庭多年前的傷痛。她用塔蘭奇人特有的委婉腔調講述著別人的苦難，一個個駭人聽聞的故事在輕聲輕語的描述中猶如鋼珠落在鐵盤裡，在靜謐的夜晚令人毛骨悚然。她所提到的人名是那麼地熟悉，有的是我小時候的玩伴，有的是家鄉德高望重的長輩。

真是人間浩劫和滔滔血淚呀！我們既能承受苦難也能夠講述苦難，也許正是這深重的苦難終將給我們的民族帶來重生的希望，現在我只能傾聽，在所有這些故事中，我變成了另外一個人，我聽到的是苦難的聲音，但是我已經不再震驚和難過，帶著神祕的微笑慶幸自己將要逃離，所以寧可有個大耳朵，也不願生個長舌頭。索菲亞姨媽卻跟我不一樣，她不想明哲保身，她的良知讓她坐在我的面前。諷刺的是，我們談論的是正在發生的事情，在資訊如此高度發達的今天，在陽光下，以最堂皇的理由將數以百萬計的維吾爾人關押起來，而我們作為受到迫害的這個族群的一部分，卻在鮮花盛開的花園裡，在母親漂亮寬敞一如民俗櫥窗的起居室裡，穿著絲綢裙衫，吃著精美的糕點竊竊私語。有一天，馬修看到我的朋友發的微信動態，說你的親戚們活得挺好的啊，盛裝打扮參加婚禮，還有心情唱歌跳舞。我當時對他說，我們已經習慣苦中作樂了，維吾爾人天性如此。

面對索菲亞姨媽流淌的熱淚不知說什麼才能安慰她。母親向我使了個眼色，我忘記了自己只聽不說的原則，沒有理會母親的提醒。我是很尊重這個表姨的，她為人正直善良，我對她的來意心領神會，於是我安慰她，我們的政府正面臨著巨大的國際壓力，情況會好轉的。

「真希望早點恢復正常啊！我們也不想要大富大貴，只要生活正常就行啊！」表姨今晚第一次露出了笑靨。一直沒有插話的希爾艾力撫摸著母親的手，打趣地說：「我媽媽就像是市長一樣，操不完的心。」

媽媽倒掉客人碗中的涼茶，換了熱茶。我把自己在國外看到的消息說給他們聽，世界各大媒體對這邊的報導，海外維吾爾人的抗議活動等等。我說，這並不能改變什麼，全球化的今天，世界真的是一個命運共同體，在一個如此強大的政府面前，在巨大的經濟利益面前，普世價值永遠是口頭上的漂亮言辭，對這樣一個政府的暴力行為甚至罪行只能膽怯地聽之任之。我的索菲亞姨媽是虔誠的穆斯林，她對伊斯蘭世界寄予希望。我笑了，我說他們的金錢可以讓所有的人閉嘴，包括那些穆斯林「兄弟」國家。即便是稱我們為手足的土耳其政府也只能提供有限的幫助。曾經有一個美國大兵在阿富汗焚燒了一本《古蘭經》，結果全世界各國穆斯林兄弟走上街頭抗議，不少美國人遭到了襲擊。可是現在成車的《古蘭經》被焚燒，伊斯蘭文化被汙名為病毒，有哪個伊斯蘭兄弟國家表達了不滿？他們捧著《古蘭經》裝聾作啞。因為他們知道，西方民主國家你儘管罵好了，不會遭到瘋狂的報復，他們就像大海一樣，可以容納汙垢而依然保持美麗的面貌。而集權專制政府就像一個長著癩痢頭的無賴，你指出他的毛病他就會用盡所有的力量報復你；他們還像一坨大糞，你扔一塊石頭過去，屎點子會濺你一身。保持沉默得到的經濟好處就像魔鬼撒旦的誘惑一樣，令他們迷失和墮落。

希爾艾力比我只大幾個月，一個鄉村教師，勤勞節儉、聰明活躍，喜歡讀書，每天都看國際新聞，這是他瞭解世界政治的唯一窗口。以往我一回來他就往我們家跑，就為了向我打聽外面的世界。我們在果園裡聊得最多的是發生在自己身邊的不公平，他總是拿著憲法和刑法琢磨，找出執法者違法的證據後得出結論：在這個國家法律只是一個擺設。

「一個國家要是有一個好的法律就不會這樣了。不管他是誰，維吾爾族還是漢族，有錢人還是窮人，只要你犯了法，都同樣受到懲罰。而不是像現在，去年給你發護照鼓勵你去旅遊，今年又說這是犯罪，把你關起來。」索菲亞姨媽的這一席話，令我對她刮目相看。

「媽媽，我覺得呀，一個國家執法機關不受限制的權力是可怕的，所以要阻斷政府的專斷妄為就需要一個真正的民主體制，像西方國家那樣，讓人民有投票選擇權，讓媒體有監督權，這樣當官的就不敢發瘋了。」思想活躍的希爾艾力說出了他的夢想，我知道他認為解決民族矛盾的途徑就在於政府的政治體制改革。

「好了，不說這些好嗎？讓我睡個安穩覺吧，我的親人們。」媽媽語氣中的驚恐和不安感染了我們，我們都不再說話，不約而同地望向窗外，似乎那裡有誰在偷聽一樣。

最後索菲亞姨媽說了句：「唉，這是命啊，既然我們注定要忍受這些，那也是沒有辦法的事情。」算是結束了這個話題。他們告辭時已經是深夜，索菲亞姨媽今天專門打了新饢，放在一個紙箱子裡帶過來，奶香混合著新麥的清新味道溢滿房間。

一條小河蜿蜒流淌，河邊青青草地上一群綿羊安靜地吃草。我躺在一片長滿蒲公英和鬱金香的坡地上，晒著太陽，吟誦著穆塔力甫教給我的阿拉伯語詩歌，一個男人由遠而近，一看筆挺的身姿、走路的氣勢就知道是馬修來了，我拍拍身邊的草地，他躺了下來，我感覺一陣微風拂過我的面龐，癢癢的，睜眼一看，是媽媽手握一枝月季在我的臉上撫弄，我報之以微笑，伸個懶腰說：「睡得好香啊！」

母親的房子坐北朝南，陽光充足，原先是爺爺奶奶的老宅，占地四畝，用木柵欄隔成幾塊區域，東邊是一片鑽天楊，散養著雞鴨，西邊是果木和花園，門前搭著葡萄架，是村子裡管理得最好的院落之一。早餐已經擺放在葡萄架下小炕桌上，三分鐘的雞蛋，新鮮水果和蔬菜沙拉，濃郁噴香的奶茶加上索菲亞姨媽打的香饢，我感覺十分地幸福和滿足。想到今天就要離開這一切，回到未知的世界，獨自應對各種挑戰，不由得一陣悵然。媽媽理解了我的沉默，低垂著眼簾低聲對我說：「回去以後記得打電話啊，遇到事情不要慌，最好找一個體貼的好男人，別再挑了。一個人不容易，連狗都想有個家呢。」

「媽媽，不要擔心，我不會總是一個人的。我要是給你帶回來一個老頭兒，你不會反對吧？」

「那他得很有錢。」

「有多少錢才算是很有錢呢？」我把重音放在了「很」字上。

母親尷尬地笑了笑，轉移了話題：「看來你已經有人了。」

我意識到不向母親說明這件事會更好，於是僅僅垂下眼簾煞有介事的答了一句：「是的。」

一下飛機就打開手機，看到哈山打來的未接電話，猜想著他找我的原因也許和娜迪耶有關。電話回過去他只是簡短地問我可否喝茶面談。我們約好兩個小時後在烏魯木齊海關大門前面碰頭。

當我準時來到約定地點時，哈山和一高一矮兩個漢族中年男子已經到了，正站在電動門邊吸菸。我加快腳步走近他們，淡淡地一笑算是打了招呼。他們三個人擺出一副公幹面孔點了點頭。我跟在他們身後進了大門拐進右邊的一棟賓館，服務員打開了一樓的一個房間，一股霉味迎面撲來，老式鐵皮燈罩下一盞玻璃燈泡發出昏黃的光線，我們圍坐在辦公桌邊就像要開會的同事一樣，他們三個人的位置都面對著我，可以清楚地看到我臉上的表情。

高個子戴著一副黑框眼鏡一副鬱鬱寡歡的樣子，衣著邋遢，白色襯衫的領子有明顯的汙垢，身上有一股酸白菜的氣味，眼裡透著一股漠然的神情。他掏出工作證在我眼前晃了一下，然後開口道：「巴奴．巴布爾，你打算什麼時候走？」

「就這幾天吧，我還在等張警官的最後通知。」

「行呢。你要跟哈山單獨聯繫，從現在起他是一家公司職員，你要忘記他的單位和他的聯繫方式。你只能跟他用商定的方式單線聯繫，你明白了嗎？」

「你的工作要從外圍開始，不要直接打聽。」一直在燈光陰影裡觀察我的小個子突然地插了一句，「比如說，在土耳其和A國活動的東突分裂組織他們的資金來源，運作方式，當地人對他們的看法，對中國和所在國的損害，尤其是他們政府高層領導的看法。」

我的呼吸變得急促起來，臉頰開始發燙，我意識到自己正在掉入一個危險的漩渦，掙扎只會愈加危險。

高個子像拉家常一樣用極其平淡的語調繼續說道：「有什麼風吹草動都要記錄下來，他們組織了多少次示威遊行，規模以及參與者的身分情況都要蒐集。最好拍下照片，配上完整的文字說明。與東突分裂組織有關的事情不分大小，也許對你無關緊要的生活瑣事，可是對我們來說可能就有重大情報價值，所以要做個有心人。」

「我明白了，就是寫輿情報告，要有內容。這我可以做得到。」我已經鎮定下來，聲音也顯得正常。

「不要引起他的懷疑，只需要接近他，取得他的信任。以後他退休了，作為普通老百姓更方便我們接觸。我們需要從他那裡得到許多東西。千萬要保護好自己。」一直坐在一邊的哈山帶著明顯的關切輕聲插了一句。

我低下頭抿嘴微微一笑然後從瀏海下向他拋了個媚眼，算作應答。

大個子看似隨意地詢問了土耳其維吾爾社區的情況，我下意識地戒備起來，聲稱自己為了劃清界限從未去過那邊，也沒有跟那邊的人打過任何交道。他嘴角浮起一絲冷笑，單刀直入地說道：「你要接近東突骨幹，可以積極參加他們的活動。你只管做好自己的工作，慢慢來，它不是一天兩天的事情，儘量去做。兩個月寫一份報告，公司會派專人與你聯繫，不要發郵件，不要打電話。」

我咬了咬嘴唇，輕輕點頭。

「尤其要查清楚這些組織背後有哪些國家和政要。通過網上蒐集情報，發揮好自己的語言優勢。嗯，巴奴老師，你懂幾國語言？」

「土耳其語最流利，讀寫都沒有問題，英語六級，學過阿拉伯語，現在正在學習德語。」

「好啊，你自身素質不錯。」大個子恭維了我一句。

「謝謝。我會盡力的。」

他們仨互相交換了一下眼色，然後望著哈山，哈山心領神會地站起身向我伸出右手：「不要動搖，要以國家利益為重。」

# 第十六章　逃離

程律師來電說娜迪耶下週一可能會結束培訓。好消息來得這麼快，我一下子不知道接下來自己該做什麼。激動的心情像潮水一樣退去之後，我認為自己應該在那裡等她，跟她的親戚商量如何安排孩子今後的生活。

阿依仙大姊和我下飛機時，是星期天夜裡十點。這個時段的機票比較便宜。一個四十歲出頭，穿一身寶藍色連衣裙的婦女在出口處迎接了我們，她是阿依仙大姊以前的同事哈尼木古麗。熱情的擁抱之後親吻了我的左右臉頰，接過了我手中的小旅行包。哈尼木古麗一口一個校長夫人，還用尊稱的最高級別「您們」稱呼她，讓我馬上就感覺到了喀什古城優雅古樸的民風。出租車行駛在空曠的馬路上，一會兒就開到了一個小區入口。阿依仙大姊的房子是她丈夫公司的集資房，很寬敞，也很整潔，完全不像久未住人的樣子。原來，哈尼木古麗打掃了房間，還準備了一些吃的給我們。

當我們坐下來喝茶時，哈尼木古麗小心地避開了我的來訪目的，寒暄了幾句就告辭了。

阿依仙大姊微笑著望著我，說道：「您看這就是我的家，我一個人怎麼可能在這麼大的房子生活，到處都是勾起人回憶的東西，一想到他們在裡面受的苦，我心都要碎了啊。」

我沒有接她的話茬，環視四周，主人的生活情趣和殷實家底一目了然：水鑽枝形吊燈和客廳的木雕裝飾都是十分地華麗，地下鋪的也是真正的和田純毛地毯，絨毛像草坪一樣厚實柔軟，踩上去十分舒適。我很害怕觸及娜迪耶的話題，因為這會讓阿依仙大姊想起自己的獨子還在裡面，也許她會請求我為她的兒子庫德萊提做同樣的事情，而我卻無能為力。

「古麗巴奴，我很高興賽南姆有您這麼一個好朋友，有您照顧她的女兒我們也很放心。這可憐的孩子就這麼成了孤兒，她的奶奶幾年前就去世了，爺爺也因為多年前寫的一篇文章判了七年。而我們這邊情況也不是很好。」

「我正想瞭解這些情況呢。我想讓娜迪耶的直系親屬都知道我的打算。」

「我婆婆和公公也都七十多歲了，因為賽南姆參與七．五事件，一直受到牽連，是第一批進去學習的人，是去年八月份吧。兩口子還不在一個再教育中心。我還有兩個小姑子，她們都有自己的孩子，也是麻煩事不斷。根本沒有能力照顧娜迪耶。」

「我可能會回到土耳其，我想把娜迪耶帶出去，您可以把她的護照要出來嗎？」

「這個我試試吧。」

她始終沒有提自己的兒子，也沒有問我是如何做到讓娜迪耶出來的。我想是她內心的驕傲和自尊不讓她開口求我，或許當過校長的她比別人更明事理吧。

下午三點半我們準時來到位於伽師縣迎賓路的職業技能培訓學校的大門前。大門前擺放了大型障礙物，可以看到大門裡面有一個二十多公尺長的通道連接第二道高牆入口。大門一側一個出口和入口。入口處有十幾個人在排隊等候探訪，大部分手裡提著飯盒和其他食品袋。我們也站在隊後等待進入。

大約一個小時後一個民警招呼人們排好隊，手上有探訪許可證明的一個個都進去了，最後剩下我和阿依仙大姊，問明來意，讓我們在外面等著。大概一個多小時以後探訪的人默默地走出了校門，低垂著眼睛，憂慮煩悶。我感到空氣中瀰漫著只能意會，不可言傳的東西，那是我們常常掛在嘴邊的兩個字「絕望」。

阿依仙大姊因為疲累坐在路邊全不顧地下的塵土，我不安地徘徊在入口附近，由於緊張而覺得口中乾澀發苦，可是後來我漸漸平靜下來了，也坐在阿依仙大姊身邊耐心等待。

當一個警察吼了聲：「娜迪耶．米爾蘇力坦的家屬在不在？」的時候我們倆人竟一時沒有反應過來。只允許一個人進去，我讓阿依仙大姊進去辦手續，因為她畢竟是孩子的舅媽。又過了一個小時，阿依仙和娜迪耶一前一後出來了。我急忙迎上前去仔細打量這個女孩，她穿著紅色短袖T恤，一條肥大的米黃色褲子，斜挎著一個大布包，手裡還提著個塑膠袋，頭髮剪得短短的，她的個子幾乎跟我一樣高，讓我想起了自己的學生時代。我微笑著望著她，不知道該怎麼樣表達自己的歡喜之情。娜迪耶大大方方地張開雙臂擁抱了我。我們的眼裡都閃著淚花，什麼都沒有說，匆忙離開了這個不祥之地。

在回喀什市的路上，當著司機的面我們只能謹慎從事，眼睛的交流多於語言。路況非常好，幾乎沒有什麼汽車，風馳電掣的出租車把道路兩旁的房屋田野甩在後邊，不到一個小時就開回了家。

原來我跟阿依仙大姊商量好，娜迪耶回家後的第一頓晚飯要出去吃。孩子不想出去，說是想吃舅媽做的拉麵。於是我們在客廳茶几上擺滿了各種飲料、小吃、水果讓孩子解解饞。可是她只是靜靜地坐在沙發上發呆。我和阿依仙大姊能理解孩子的精神狀態，當一個人從那種令人癲狂的環境中出來後，面對自由，面對寧靜而和諧的氛圍，表現出無所適從甚至不適應都是很自然的。我們讓她靜靜地享受回家的感覺，沒有打擾她。

我和阿依仙大姊在廚房忙著和麵、擇菜。維吾爾拉麵頗費時間，麵要筋道就得反覆揉、搓、醒，急不得。阿依仙大姊在我和麵時，把菜都洗好切好了，打算炒個羊肉炒豇豆西紅柿和尖椒炒茄子，我建議再弄一個蒜末調味汁，阿依仙大姊說這是必須的。阿依仙大姊看到娜迪耶可能想起了自己的兒子，她默默地忙碌著，不時地擦一擦眼淚，發自心底的嘆息聲也消蝕了我的喜悅。我讓她去休息，她好像就在等我這句話似地放下菜刀就出去了。我手腳麻利地炒了兩個菜，開始拉麵的時候，娜迪耶進來了，她輕聲用維吾爾語對我說：「好香啊！讓我想起了媽媽做飯的時候廚房裡的味道。」我們含淚相視一笑，我把筷子交給她，讓她下麵。她很嫻熟地挑起拉好的麵下鍋、撈起、過涼水再盛到盤子裡。我看到娜迪耶身上的沉穩和豁達，不由得想到這個姑娘在再教育中心裡被當作劣等品改造，備受歧視和屈辱，而這將近半年時間裡因受辱而產生的自卑感，沒有使她變得軟弱，自怨自艾。也許，一種壓抑感既能使一個人的性格變得軟弱，也能使一個人的性格奇蹟般地變得更加堅強。我覺得娜迪耶屬後者。

娜迪耶的胃口很好，她吃了很多，我和阿依仙都很小心地不觸及敏感話題，生怕勾起娜迪耶對傷心經歷的回憶。但是，吃過飯她端來一盤水果，一邊削蘋果皮，一邊對我們說：「在裡面吃得還不錯，可以吃飽。跟一些非常有學問的叔叔、阿姨、哥哥、姊姊在一起，學到了很多的東西。他們說我在長身體，悄悄分我一些吃的。」她抬頭望著舅媽，寬慰她道：「大媽媽，不要擔心庫德萊提哥哥，裡面的情況沒有那麼糟糕。除了不自由，不能使用手機，其他還好。」阿依仙大姊將信將疑地望著娜迪耶的眼睛，她不知道孩子是不是為了安慰她才這麼說的。娜迪耶猜到了舅媽的心思，笑著摟著她的肩膀：「真的，我不撒謊。在裡面勞動的時候，我覺得自己可以思考，他們可以囚禁我們的身體，卻關不住我們的心。」

我覺得這是提出我的建議的最佳時機，連忙對她說：

「娜迪耶，那你想過出來後幹什麼嗎？」

「我想回學校讀完高中考大學。」

「在哪裡？」阿依仙大姊問了一句。

「在這裡唄。啊，大媽媽，我可以留在你身邊吧？」娜迪耶恢復了小姑娘的嗲聲嗲氣。

阿依仙看了看我，然後鄭重地對娜迪耶說：「你可以和古麗巴奴一起出國，在國外繼續學業。」

「可是我不想，我就留在你身邊吧，啊，大媽媽？」娜迪耶帶著哭腔請求道。

「好吧，我們先不忙作決定。行不行？」我想讓這件事情還有商量的餘地，「因為這是一個重大的決定。如果我慫恿你出去，那你就會把你在那邊的不開心怪罪在我的頭上。這必須是你們自己的選擇。我能承諾的就是，你如果跟我出去了，我會承擔起責任，照顧好你的生活。」

吃過飯，娜迪耶主動進廚房洗碗。我站在一邊看著她的側影，她的鼻子跟她母親的一樣細長秀挺，微翹的下巴給她增添了傲嬌的氣質。我不由自主地看了一眼她的身體曲線，她繼承了母親凹凸有致的特點，卻比母親更加修長。

「巴奴阿姨，我原先是跟庫德萊提哥哥在一個營地的。後來他們把我轉到伽師縣去了。」娜迪耶輕聲細語地說著沖洗盤子上殘留的洗滌液泡沫。

「那你咋不跟舅媽說呢？」

「我不敢。怕她傷心。他們對我哥哥不好。吃飯時他從自己的固定位子上離開，坐在了我的身邊，被教官發現挨了打還關了禁閉。他們發現我們是表兄妹關係，認為這是一次失誤。然後就把我轉走了。」娜迪耶的話語中透露著傷痛和驚恐。

「我不知道，唉……你還是告訴舅媽吧。讓她知道你見過他就夠了，明白嗎？」

「嗯，知道啦，巴奴阿姨。」娜迪耶乖巧的回答讓我心生喜歡。

「我吧，下個星期就得走，不然夜長夢多。你要是想出去就早點作決定，因為取回護照啥的還得花時間找關係呢。」

「護照啊，在我自己手上呢。出來的時候跟我的身分證一起還給我了。」

「怎麼會？不開玩笑？」我既震驚又高興。

「我拿給你看哈，洗完碗。」娜迪耶的臉上是一種有節制的得意表情。

「千萬別對別人說啊！萬一這又是一次工作失誤，他們發現後一定會收回去的。」

「可以跟舅媽說吧？」

「那當然。就我們三個人知道就行了。」

娜迪耶的護照果然完好無損地放在她的錢包裡。她被帶走的時候，他們收走了她的隨身物品，今天出來時都還給了她。護照的有效期還有七個多月。我提醒她們如果一個月內不使用將會失去效用。

娜迪耶對於出去依然心存疑慮，也許她不想把自己跟一個只見過兩次面的女人捆綁在一起吧。

護照在，希望就在。我們都覺得這是一個好的預兆。

晚上，娜迪耶跟舅媽提出想睡在哥哥的房間。我跟阿依仙面面相覷，覺得姑娘的要求令人意外。舅媽意味深長地笑著搖了搖頭，輕聲對外甥女說：

「你跟舅媽睡板床吧，我們好好聊一聊。」這是維吾爾家庭基本都有的類似於榻榻米的高出地面四、五十公分的通鋪，鋪上漂亮的地毯，沿牆放上長條褥墊和靠枕，一般作為客房來使用。

我早上睜開眼聽到娜迪耶在跟舅媽說話，躺在阿依仙大姊夫婦的大床上懶懶的不想起來，迷迷糊糊地又睡了過去。當我起床時，倆人已喝過早茶，在餐桌邊低聲交談呢。

昨天擺放在茶几上的各色小吃、甜點和水果都移到了餐桌上。她們已經吃過早飯了，看來我的確睡了個好覺。我吃了一個水煮雞蛋、一盤炒菜、一個蘋果，喝完一大碗奶茶起身收拾碗筷。她們兩個人坐回到餐桌邊，阿依仙想要跟我談談：

「古麗巴奴，放下吧。我們決定了。」

「好啊。我把碗收了再談。」我不喜歡面對髒的杯碗盤盞說重要的事情，麻利地把桌面收拾乾淨才坐下來。

「古麗巴奴，我們昨晚一宿沒睡，一直在商量。最後決定娜迪耶跟你走。不過，我很擔心，她可能上不了飛機。」

「真的，我也沒有把握。不過值得試一試。您想，走不成就回您這兒，除了機票錢也沒啥別的損失。她有合法證件，為什麼不能出去？」

「但願能成。不過，我接娜迪耶出來的時候填寫了擔保書，保證她不會參與非法宗教活動啥的。還有她要出喀什就得請假，通過審核批准才行。」

「大姊，您不是在腫瘤醫院住院嗎，可以讓娜迪耶作為陪護跟你一起去烏魯木齊呀。到了那裡就好辦了。」

「對呀，這我怎麼就沒有想到呢。我今天就去辦。他們都知道我得的是什麼病。」大姊的聲音甚至帶著幾許歡快。

我點點頭說：「我今天回去作些準備。您跟娜迪耶儘快到烏魯木齊來。有些話不要在電話裡說。實在要說，就寫在紙上視訊電話時讓我看。一定要盡快，就怕夜長夢多啊。今天是星期二，星期五或者星期六就得走。」

「護照您拿著吧，巴奴阿姨。我害怕他們來收。」娜迪耶把護照交到了我的手上。

「也行。訂票啥的都需要護照。那你們趕緊去辦事吧。一分鐘都不要耽擱。我馬上給自己訂晚上的火車票。T9518，十八點二十九分開，第二天一早就能到烏魯木齊。你們要是趕上也買這一趟。」

「那行，我們換身衣服就出門，現在離上班還有一個小時，我們去早一點，免得找不到人。你要是走的話把門帶上就行了。」阿依仙大姊有點激動地顫聲兒說道。

「別忘了給娜迪耶開無犯罪紀錄證明和出生證明。這在國外用得著。」我壓低嗓門提醒大姊。

她們出門後，屋內一下子陷入可怕的寂靜，我就像馬上要參加長跑比賽的運動員一樣既緊張又興奮，在房間裡走來走去盤算著如何才能順利出境。想來想去也沒有想出一個好辦法，為了打發漫長的等待時間，我開始在廚房擦洗櫥櫃，整理裡面的瓶瓶罐罐。到中午時，做了六個羊肉餡餅，發訊息告訴她們我做好了午飯。她們沒有回覆，也許沒有看到，我正打算打電話時，聽到開鎖的聲音，倆人回來了。

「好香啊！您做了什麼好吃的？」娜迪耶一進門就嚷嚷開了。

「肉饢。我們的午飯和晚飯。」

「您想得太周到了，我們三個人的晚飯肯定是要在火車上吃的。」阿依仙滿臉笑容地回答。我明白她都辦妥了，這麼多年的校長沒有白當。

午飯後，阿依仙為娜迪耶的長途旅行作著準備，就像一個母親一樣。我們把娜迪耶從日本回來時帶回來的大皮箱放在板床上，是娜迪耶被帶走那一天警方通知阿依仙從機場取回來的。皮箱裡塞滿了小姑娘的各色內衣，活潑的迷你短裙，質地優良的牛仔褲和四季鞋帽等。四季衣服基本都在裡面了，我建議都帶上，省得再花錢買。有一頂嶄新的棒球帽引起了我的注意，假裝無意地取出它放在一邊。娜迪耶神色變得黯然，她把帽子拿起來放到了庫德萊提的衣櫥裡。

臨出門前，阿依仙大姊和娜迪耶也買到了同一時刻的火車票。我們提前兩個小時到了喀什火車站。通過了嚴格的安檢，終於到了候車室，這裡擠滿了遊客和民工，幾乎沒有空座位。我叫起一個橫臥在條椅上的男人和阿依仙大姊坐了下來。娜迪耶則坐在行李箱上玩著手機。

在火車上，我提著食品袋來到她們的包廂，她們買的是下鋪。我們坐在床上興奮地低聲交談，彷彿逃出囚籠的小鳥一樣。上鋪是兩個年輕人，衣著體面，我們說的話他們肯定聽不懂，何況耳朵裡還塞著耳機。阿依仙大姊慫恿我跟他們商量換地方，我抬頭看看，一個鼻孔朝天望著車頂，眼神茫然空洞，另一個臉朝裡側臥在床上，完全是一種「別煩我」的狀態。我們吃了肉餅和水果，磕著瓜子兒聊天，直到娜迪耶連連打起哈欠，我才回自己的車廂。

一覺醒來已是黎明時分，火車剛剛經過庫爾勒，再有三個小時就到家啦。我興奮地爬起來開始穿衣，洗臉刷牙後提著包到阿依仙大姊的包廂。阿依仙大姊坐在床沿上若有所思地望著窗外，用右手支著下巴，淚水順著她蒼白的面頰流淌，她卻像一座雕塑一動不動。她沒有注意到我。我在走廊停住腳步，沒有繼續向前，我不想打斷她的思緒。

出站後，阿依仙大姊告訴我她在烏魯木齊市靜月灣社區購置了一處房產，已經裝修好，而且也添置了簡單家具，可以跟娜迪耶去那裡住。我默默地點點頭，與她們在ＢＲＴ車站前告別。

到家時，我找不著進樓的入口了。因為他們已經用一堵高牆把我們的住宅樓與大街隔開了。我茫然四顧，後來想起有人說過這座樓將與後邊的建築連成一片，那麼從醫科大學的大門進去應該是可以的。果然，在校門通過嚴格的安檢後找到了回家的路。

放下旅行包打算洗個熱水澡。我總能在赤身裸體沐浴時理清思緒，想出好主意。站在鏡前，我驀然發現鬢角長出了一縷白髮，它提醒我歲月已經開始在我的身上刻下印記。是啊，我經歷了太多的人間滄桑，見證了那麼多的悲歡離合，還能若無其事地生活，我的心臟一定是被磨出了一層繭子啊！

娜迪耶也許會在這裡住一晚，所以我整理了賽南姆的臥室，更換了床單被套，打開窗戶通風，把客廳和廚房也打掃了一遍。做完這一切已近中午，給張警官發了訊息，詢問是否可以購買機票。她回覆說可以。於是，我上網查看了飛往伊斯坦堡的航班。最終決定從烏魯木齊飛往上海，再從上海買票飛伊斯坦堡，省去從烏魯木齊飛往國外時通常會遇到的麻煩。

我決定星期四，也就是明天飛上海。我打電話給阿依仙大姊，問她明天出發行嗎？她很爽快地同意了。我讓她們早點過來，我們一起去全聚德吃自助餐。阿依仙說娜迪耶想在媽媽的房間住一晚。

我在網上為自己和娜迪耶申請了土耳其的旅遊電子簽證，下載後存在隨身碟裡。又把必須帶在身邊的身分證明文件放進手邊的提包裡，打開衣櫃清理了衣物，把要帶的東西整齊地擺放進大皮箱，那件藏有美元的舊棉襖疊成四方形裝入一個黑色的塑膠袋裡，上面放了幾件襯衣。實際上，兩萬美元是兩個人可以帶出境的最大額度，萬一她走不了，我才需要這麼做。

我們約好在兒童公園對面碰頭。我坐在路邊的椅子上，旁邊是一個低頭讀書的女人黑色雕塑，胸部已被摸得發白。正是下班的高峰時段，馬路上行人如梭，我仔細地觀察他們，希望能發現部分城市居民悲慘生活的蛛絲馬跡，然而一無所獲。娜迪耶和阿依仙大姊出現在馬路對面，她們在等綠燈。娜迪耶穿著一條白色迷你短裙，露出修長勻稱的兩條腿，一件玫紅色針織短衫把身體曲線勾勒得清晰可見，她拖著拉桿箱從馬路對面翩然走來時，我覺得所有的人的目光都在她的身上。阿依仙大姊也做了頭髮，蓬鬆地披散在肩上，穿著一件寬鬆的及膝套頭連衣裙，黑色鏤空圖案襯得她臉色十分蒼白。我帶著娜迪耶回去放行李箱，順手接過了她的大布包。從醫科大學校門過了安檢，順著一條林蔭道緩緩走到與我們大樓相連通的入口處。為了避免尷尬，我一直在不停地說，不停地抱怨他們修的高牆讓我們繞了個大圈。進屋後，娜迪耶站在門口仔細地打量這個她母親曾經生活過的地方，她一眼就看到了我跟她母親的合影，它一直貼在冰箱的門上。她走過去取下照片仔細端詳，微蹙著眉頭抬頭望了望我，看我站在門邊等她就放下照片跟我下了樓。

北京路的全聚德離我們住的地方很近。我們仨沿著林蔭道幾分鐘後就到了那裡。寬敞的一樓餐廳十分整潔，菜品之豐富令娜迪耶讚歎不已。我們穿行在東方美食的操作台前，取了各種吃的，在吃不吃烤鴨的問題上，稍微猶豫了一下，鴨子是清真的嗎？我很想吃就竭力證明這是回族人開的。娜迪耶似乎並不在乎就慫恿舅媽也嘗嘗。結果，我們三個人吃完一份，又都去要了一份。我們的座位靠近中間的鋼琴演奏台，它被安置在一個圓形檯面上，高出地面一公尺左右。彈琴的女孩穿著樸素的白裙，彈奏著莫札特的小夜曲。我們只能看到她的側影，從她的臉部輪廓可以看出是個維吾爾族女孩。我注意到，除了我們仨和彈琴的姑娘，偌大的餐廳裡沒有其他的維吾爾面孔。一個熟悉的身影從琴台左側經過，端著餐盤走向餐廳深處。沉重拖沓的腳步，微聳的右肩，只是頭髮更加稀疏。他走到一張小桌前坐在一個年輕女孩對面，背對著我說著什麼。女孩笑著點點頭，開始埋頭吃飯。那應該是張警官的女兒，郭老師的繼女。我怔怔地站了一會兒，想要過去大聲對他說，嗐，這是怎麼回事，你現在害怕跟我說話了嗎？

我沒有走過去，意識到已經不再需要他了，便默默地轉身背對著他繼續吃飯。

阿依仙想打的回自己的房子，明早再來送行。我覺得阿依仙大姊一定是身心俱疲，不想再來回折騰了，就勸說她回去休息，明天也不要來機場送我們。因為我們得提前三個小時去機場，她要麼留下來，要麼就此告別。我們一路商量著走到了八樓，BRT還在運行。她把娜迪耶叫到一邊說了一些什麼，然後往她的包裡塞了一個厚厚的信封。娜迪耶一直低頭看著腳尖，眼淚滴到了白色的鞋面上。阿依仙用手擦去了孩子的淚水，我猜她在輕聲細語地說著與我有關的事情，因為娜迪耶抬頭看看我露出悽惶的笑容，點了點頭。

我們買的是上午九點三十飛上海的機票，這是最早的一班，到上海虹橋機場是十四點十分，晚上二十二點四十五分有一趟直飛伊斯坦堡的航班。到了機場我們就購買這趟航班的機票，然後把行李存在機場去迪斯尼遊覽。這個計畫太完美了，我不由得為自己的神機妙算而得意，希望她能夠說幾句讚許的話。可是，從娜迪耶憂心忡忡的臉上我看不到對這個計畫的信心。

娜迪耶決定帶上媽媽的筆記本電腦，我把它取出來鄭重地交到了她的手上。孩子翻看著母親的遺物，悲愴的神情令人心痛，我悄悄地掩上門出去了。直到我上床睡覺娜迪耶都沒有走出媽媽的臥室。

手機鬧鈴叫醒了我。我走到娜迪耶的房門前傾聽裡面的動靜，裡面窸窸窣窣的聲音說明孩子已經起床了，我敲門進去，她正在整理自己的東西。我們喝光了冰箱裡的牛奶，吃了一點饢。娜迪耶把冰箱裡的水果洗乾淨放進保鮮袋裡，又把桌上的乾果裝進隨身帶的旅行包裡，連調料都沒有留下。臨出門前，想到這房子的鑰匙應該留給阿依仙大姊，也許她會取走賽南姆的衣物吧，而我卻忘了，於是我們把鑰匙放在擦腳墊下面。

我返身進屋把貼在冰箱上的照片取下來，小心地放進娜迪耶的電腦包裡，最後看了一眼我和朋友們共同生活過的這個小天地，在心裡說了一遍再見，我相信我再也回不到這個地方了。

在機場安檢時我們的身分證被拿去審驗，過了會兒工作人員得到指令讓我們通過了安檢，托運了行李。娜迪耶表現出她這個年齡的孩子罕有的沉穩和機警，就像我們不是在逃亡而是真的去旅遊一樣。坐定後，娜迪耶去取了一杯熱水遞到我的手上，我想她尋求我的友誼，與其說出於好感，還不如說是出於需要。我能理解孩子的心情，她今後的喜怒哀樂將與我緊密聯繫在一起。實際上，我覺得自己的決定也是十分的膽大和魯莽，暫且不說在海關被擋回去給孩子造成的傷害，即便是出去了，我也必須對這個孩子的一切負責，而這個責任比天都大！令我自己害怕的是，我對她生出了別樣的情愫，更多的像是對女友而不是女兒。我的一生經歷使我明白，我身上既有輕率也有勇氣，就像幼稚和美德是同一事件的正反兩面：只有懦弱和沒有自信的人才會連罪責的影子都害怕。我不喜歡畏首畏尾，左顧右盼。

電話鈴聲突然響起，嚇得我魂飛魄散。是哈山打來的，他問我你在哪裡？我告訴他我在機場。他頓了片刻，然後說，走之前咋不打電話說一聲呢。我用哈薩克語回答他，我請示過張警官了。您工作忙，我不敢打擾。他在電話那頭乾笑了一下，說那你朋友的女兒呢？我告訴他我們在一起，我們要去上海，我打算從上海飛，想帶她去迪斯尼玩。他沉默了一會兒，我握著電話的手出汗了，可是他用哈薩克語說了一句：Ak jol bolsun![1]

我們登上了飛往上海的飛機，娜迪耶坐在靠窗的位子上，透過舷窗往外看，我拍了拍她的手，輕聲問她：「捨不得吧？」她回過頭來已是淚水漣漣，我什麼都沒有說，我何嘗不是捨不得離開這片土地，她是我的祖國啊！

到了上海虹橋機場，我們去存行李的時候，娜迪耶扯了扯我的衣襟，怯怯地對我說：「阿姨，我不想去迪斯尼玩，我們找個地方休息吧，我想上網看書。」

「為什麼不去呢？我們有八個多小時呢。」我不解地問。

「我真的不想去。在日本我爸爸帶我去過。」

我們找到土耳其航空公司的售票專櫃，詢問了TK027，二十二點四十五分的航班票價，一張票含稅七千九百八十七元，好貴呀，她要是飛不了還能退多少？我躊躇起來，這畢竟不是一筆小數目。這時娜迪耶從包裡取出舅媽給她的信封交給了我。裡面是一百一張的一沓綠色鈔票。我刷卡買了兩張機票，推著行李車來到一家咖啡店，要了兩個冰淇淋，然後坐下來等。娜迪耶吃完冰淇淋就拿出媽媽的電腦開始上網，我看到她一直都在看一些英文網站，從電腦上的圖片來看，她似乎對時裝設計有著濃厚的興趣。不知道是再教育營學習縫紉期間培養的興趣呢，還是早就有的？她看出了我的好奇，笑著對我解釋道：「小時候我想當醫生，可我後來喜歡上了服裝設計，不過這跟當縫紉女工可沒有關係啊。」她除了中間上廁所幾乎沒有離開電腦。傍晚時分，娜迪耶從包裡取出水果，我買了兩杯茶，我們就著表姨打的香饢權當晚飯。

越是臨近飛機起飛的時間，我越是感覺口裡發乾，手足無措。我頻頻地站起身來看螢幕上的航班資訊，看到TK027開始辦理登記手續後，馬上叫上娜迪耶去找Turkish的櫃檯。拿到登機牌後，我們依然不能放鬆下來，只有登上飛機才可以安心。

排隊走近了邊防檢查窗口，感覺到自己心跳在加劇。我一隻手拿著簽證打印頁、伊斯坦堡文化大學的工作證明和娜迪耶的監護人證明，另一隻手拿著護照，旅行包掛在臂彎裡。我和娜迪耶頻頻對望互相鼓勵。最終輪到我們時，我遞上兩個人的護照和機票，還有委託監護人公證文件。坐在對面的是一位男邊防警官，四十多歲的胖子，一副認真嚴肅的樣子讓我擔心起來。他翻看了一會兒我們的證件，又在電腦上操作了幾下，然後起身離開座位去了稍遠處的一個房間。返回來

---

[1] 哈薩克語，一路吉祥平安。

後，叫我們跟他一起去了那個房間，讓我們坐在門口的椅子上等待。我和娜迪耶默默地坐在那裡，我輕輕地握著她的手，安慰她。她笑了，可是纖細的手指卻是冰涼的。

後來他們叫我進去，這個時候離飛機起飛還剩三十分鐘。他們讓我坐到一台電腦前，那裡有一個耳機，我聽從指示戴上了它。耳機裡傳來了吱吱聲，後來是一個男人的嗓門：

「你叫什麼名字？」

……

「報一下你的身分證號。」

……

「你的民族是什麼？」

……

「你要飛往哪裡？」

……

「你在土耳其是做什麼的？」

我拿出大學的聘書、勞動合同、工作鑑定對著電腦的攝影鏡頭一邊讓他看一邊加以說明。

「你的責任民警叫什麼名字？」

……

「說一下你的責任民警的電話號碼。」

……

我從小屋出來後，迎著娜迪耶詢問的目光，安慰她不要擔心，然後拉著她的手回到了邊防檢查站的窗口，她的手依然冰涼潮溼。

他們依然不能決定。飛機就要起飛了，而我們還沒有通關！我看到有穿著Tukish航空機組人員服裝的人在附近出現，他們在確認我們是否會登機，以便處理我們的行李。我沒有被動的等待，而是主動要求海關武警撥通我的責任民警，詢問她我是否可以出境。二十二點四十分，在烏魯木齊還不算太晚，她應該會接。占線！聽到「您所撥打的用戶正在通話中，請稍後再撥」我急得直跳腳，我站在一邊發瘋般按著重撥鍵，可她那邊一直占線。快停下來吧，別再說了！我在心裡哀求張警官，急得眼淚直流。娜迪耶走過來摟著我的肩膀低聲安慰我不要著急。霎那間我鎮靜下來，直視著邊防警官要求見他們的領導。他嘟囔了一句：「其實你證件齊全我們也不該攔著你。只是……」，他話沒說完，張曉芬警官的電話就打過來了，我難掩激動幾乎喊了起來：「嗐，接一下電話吧您！」警官鎖緊眉頭望了望我，很不情願地接過了我手中的電話，他詢問了她的警號，然後問了我的情況。放下電話後在我和娜迪耶的護照上「啪」地蓋上了章子。這時已經二十三點十分了，飛機為了等我們延誤了。我拉著娜迪耶奔下自動扶梯，來到登機口。還好，他們在等我們，我用土耳其語高聲說了一句：「您好！」

我們登上了Turkish航空公司的飛機，迎候在門口的乘務員那笑臉啊像太陽花一樣明媚，她用土耳其語說了一句：「歡迎您！」我也一字一頓地用土耳其語回了一句：「很高興見到您，謝謝！」我望了望我的小夥伴，她的臉紅撲撲的，也許是一路奔跑的結果，也許是心有餘悸。娜迪耶的座位靠窗，我坐在中間，我的旁邊是一位中國男乘客。我們坐定以後，繫上安全帶，滑行中的飛機小螢幕上正在播放安全提示動畫片，娜迪耶饒有興致地盯著畫面，我拍拍她的手，用維吾爾語問她：「你好嗎？」

她點了點頭，說：「巴奴媽媽，我們就要飛起來了！」

我眼含熱淚，摟緊了我的小夥伴：

「是的，我們正在飛！」

# 新疆大事紀

**1884**
清廷治下新疆正式建省

**1944**
維吾爾人和哈薩克人在蘇聯支持下建立了「東突厥斯坦共和國」

**1946**
在蘇聯的指示下，「東突厥斯坦共和國」改組為「伊犁專區參議會」，投靠中國共產黨

**1949**
新疆宣布脫離中華民國政府投靠中國共產黨，通稱「新疆和平解放」

**1955**
中華人民共和國改新疆省為新疆維吾爾自治區，成為五大民族自治區之一

**1962**
**伊塔事件**
中共稱「五・二九反革命暴亂事件」，數以萬計的新疆公民透過伊犁和巴克圖的幾個重要邊境口岸，集體非法越境至蘇聯

**1981 「兩個離不開」**

由維吾爾族人民解放軍少將阿不都瓦依提・烏拉太也夫提出的「兩個離不開」思想成為中共民族工作的指導方針，即民族關係是「漢族離開少數民族不行，少數民族離開漢族也不行」

**1989 烏魯木齊五・一九騷亂**

由穆斯林示威者遊行演變成針對新疆維吾爾自治區黨政機關的暴力事件

**1997 伊寧二・五事件**

或稱「伊寧事件」、「二・五、二・六事件」，因伊寧警察以「聚會謀反」罪名抓捕聚集禱告的維吾爾婦女，當地學生在二月五日發起大遊行，其後引發當地政府武力鎮壓。此事件被中共當局定調為「打砸搶暴亂」，而流亡海外的維吾爾社群多將此事件視為針對維吾爾人的屠殺

**2005 「語言和諧」政策**

中共在新疆推行「語言和諧」概念，在過往雙語教育的基礎上，正當化了漢語和維吾爾語教學比例的明顯不平等

**2009 七・五事件**

六月廣東韶關旭日玩具廠發生群體鬥毆事件，導致兩名維吾爾人死亡。事件有漢人工人毆打維吾爾工人的影片在YouTube流傳，七月五日即有民眾在烏魯木齊發起遊行，要求對事件進行全面調查，遊行隊伍與警方發生衝突，爆發持續數日的大規模騷亂與暴力活動

**2017 再教育營**

中共在新疆維吾爾自治區展開大規模抓捕，「再教育營」躍上國際新聞版面

釀小說138　PG3040

# 巴奴的救贖
Banu’s Redemption


| | |
|---|---|
| 作　　者 | 古莉尼薩 Gülnisa |
| 責任編輯 | 尹懷君 |
| 圖文排版 | 陳彥妏 |
| 封面繪圖 | 張　爽 |
| 封面設計 | 王嵩賀 |

| | |
|---|---|
| 出版策劃 | 釀出版 |
| 製作發行 | 秀威資訊科技股份有限公司<br>114 台北市內湖區瑞光路76巷65號1樓<br>電話：+886-2-2796-3638　傳真：+886-2-2796-1377<br>服務信箱：service@showwe.com.tw<br>http://www.showwe.com.tw |
| 郵政劃撥 | 19563868　戶名：秀威資訊科技股份有限公司 |
| 展售門市 | 國家書店【松江門市】<br>104 台北市中山區松江路209號1樓<br>電話：+886-2-2518-0207　傳真：+886-2-2518-0778 |
| 網路訂購 | 秀威網路書店：https://store.showwe.tw<br>國家網路書店：https://www.govbooks.com.tw |
| 法律顧問 | 毛國樑　律師 |
| 總 經 銷 | 聯合發行股份有限公司<br>231新北市新店區寶橋路235巷6弄6號4F<br>電話：+886-2-2917-8022　傳真：+886-2-2915-6275 |

| | |
|---|---|
| 出版日期 | 2024年10月　BOD一版 |
| 定　　價 | 350元 |




讀者回函卡

**Printed in Taiwan**

國家圖書館出版品預行編目

巴奴的救贖 = Banu's redemption / 古莉尼薩(Gülnisa)著. -- 一版. -- 臺北市 : 釀出版, 2024.10

面 ;　公分. -- (釀小說 ; 138)

BOD版

ISBN 978-986-445-983-4(平裝)

857.7　　　　113011454